현대무림

현대무림 6

초판 1쇄 인쇄일 2018년 5월 16일 | **초판 1쇄 발행일** 2018년 5월 21일

지은이 조휘 | **펴낸이** 곽동현 | **담당편집 팀장** 이범수
편집부 홍현주 정요한

펴낸곳 (주)조은세상 | **출판등록** 제 2002-23호
주소 경기도 연천군 미산면 청정로 1355
TEL 편집부 02)587-2966 | FAX 02)587-2922
e-mail bukdu@comics21c.co.kr

조휘 ⓒ 2018
ISBN 979-11-6171-854-5 | ISBN 979-11-6171-609-1(set) | 값 8,000원

현대무림

조휘 현대판타지 장편소설 6

NEO MODERN FANTASY STORY

북두
(주)좋은세상

조휘 현대판타지 장편소설

NEO MODERN FANTASY STORY

CONTENTS

1장. 권력이동

　쾌영문에 모인 인원 중에 냉미화 당혜란이 갑자기 우건에게 살수를 펼칠 것이라 예상한 사람은 없었다. 심지어 당혜란의 제자인 진이연 역시 예상치 못한 듯 놀라움을 금치 못했다.

　"사부님!"

　당황한 진이연이 벌떡 일어나는 순간.

　"사부와 제자라는 년들이 감히 나를 세트로 능멸해!"

　호통을 친 원공후가 묵애도를 뽑아 재빨리 진이연을 겨누었다.

　그사이, 김은 삼형제와 임재민은 진이연의 퇴로를 막아

섰다.

"뭐, 뭔가 오해가……"

얼굴이 새파랗게 질린 진이연이 당황해 뒷걸음질 칠 때였다.

우건을 기습한 당혜란이 휘청거리며 물러났다.

방금 전, 당혜란은 그녀가 자랑하는 구도탈명비(九刀奪命匕)의 수법으로 우건의 심장을 찔러 갔지만 우건이 섬광처럼 내지른 태을십사수 비원휘비에 막혀 뜻을 이루지 못했다.

그녀의 기습을 우건이 가볍게 막아 내는 모습을 본 당혜란은 비도의 숫자를 하나 더 늘렸다. 우건은 그제야 당혜란이 사용하는 무기를 자세히 관찰할 기회를 얻었다. 처음 기습을 당했을 때는 은색인 무언가가 날아온단 느낌만 받았었다.

당혜란의 비도는 고풍스러운 무늬를 조각한 15센티미터 길이의 얇은 도신으로 이루어져 있었다. 비도는 칼자루와 코등이가 없는 특이한 형태였는데, 코등이는 칼을 잡은 사람이 자기 칼의 날에 베여 다치지 않도록 해 주는 보호 장구였다. 즉, 당혜란은 칼자루와 코등이가 없이도 날카로운 비도를 사용하는 데 자신 있다는 뜻일 것이다. 또, 비도 구멍에는 가느다란 은사(銀絲)를 달아 수발(受發)하는 데 이용했다.

당혜란은 오른쪽 비도를 먼저 던졌다.

우건은 급히 섬영보로 피했다.

한데 비도는 마치 유도미사일처럼 섬영보로 피하는 우건을 쫓아왔다. 우건이 섬영보와 비응보, 그리고 유수영풍보를 번갈아 사용하며 떨쳐 내려 했지만, 당혜란이 은사로 조종하는 비도는 마치 살아 있는 생물처럼 우건을 놓치지 않았다.

떼어 내는 데 실패한 우건은 발을 멈춘 다음, 오른손에 내력을 실어 비도를 후려쳤다. 태을십사수의 절초 흑웅시록이었다.

곰의 발톱을 닮은 우건의 다섯 손가락이 비도를 후려치려는 순간, 은사로 조종하는 비도가 뱀이 대가리를 들 듯 튀어 올랐다. 그리고는 우건의 심장을 향해 섬전처럼 찔러왔다.

예상하기 힘든 변초(變招)였지만 우건은 당황하지 않았다. 우건은 전에 당혜란의 제자 진이연이 사용하는 은사탈명비도술을 경험한 적이 있었다. 우건은 왼손 손바닥을 빠르게 내밀어 철마제군(鐵馬蹄軍)을 펼쳤다. 철마제군에는 밀어내는 힘이 있었다. 강한 손바람이 당혜란의 비도를 밀어냈다.

잠시 주춤한 비도가 철마제군에 막혀 위로 뜨는 순간, 귀혼청을 펼친 우건은 다른 비도가 날아오는 소리를 포착했다.

우건은 바로 돌아서며 두 팔을 교차하듯 뻗었다.

태을십사수의 절초 쌍봉희왕(雙鳳嬉王)이었다.

강력한 경력이 우건의 등을 기습하려던 비도를 찍어 눌렀다.

쌍봉희왕에 막힌 비도가 바닥으로 떨어지려는 순간, 당혜란은 은사를 재빨리 당겨 비도 두 자루를 동시에 거두어들였다.

우건은 암습을 가한 당혜란을 쳐다보았다.

그러나 당혜란은 마치 우건이 막아 낼 줄 알았다는 듯 표정 변화 없이 재차 비도를 뿌렸다. 이번에는 전보다 한 개 더 늘어난 세 자루의 비도가 상중하 세 지점을 공격해 왔다.

우건은 태을십사수로 비도를 막음과 동시에 금선지를 날려 반격했다. 금선지가 만든 황금색 광채가 허공을 가를 때마다 당혜란은 우아한 춤을 추는 듯한 신법으로 날렵하게 피한 다음, 비도 세 자루를 우건의 빈틈에 재빨리 찔러 넣었다.

눈 깜짝할 사이에 10여 합이 지나갔을 때였다.

얼굴에 서리를 한 겹 씌운 듯 차갑기 그지없던 당혜란의 표정에 변화가 생겼다. 남들은 알아차리기가 힘든 미세한 변화였지만, 선령안을 연마한 우건의 이목까지 피하진 못했다.

우건이 경계심을 끌어올리는 순간, 비도 세 자루가 동시에 도기(刀氣)를 발출했다. 우건은 바로 태을십사수 비원휘비와 파금장을 양손으로 펼쳐 비도가 발출한 도기에 맞서 갔다.

캉캉캉!

맑은 쇳소리가 세 차례 울려 퍼진 후, 강력한 충격파가 쾌영문 1층 대청에 휘몰아쳤다. 대청 가운데 둔 테이블과 의자가 박살 나 그 파편이 사방으로 날아갔다. 초조한 표정으로 대결을 지켜보던 쾌영문 문도들과 진이연은 파편을 피하기 위해 뒤로 물러섰다. 충돌의 여파는 거기서 끝나지 않았다.

끼이이익!

충돌할 때 생긴 날카로운 소음이 메아리처럼 이어지는 탓에 내력이 약한 김 씨 삼형제와 임재민은 귀를 틀어막아야 했다.

천장까지 비산했던 파편과 먼지가 천천히 가라앉으며 장내의 전경이 다시 드러났다. 우건과 당혜란은 적당히 거리를 벌린 상태에서 서로를 마주 보는 모습으로 서 있었다. 여전히 담담한 표정의 우건은 두 팔을 자연스럽게 내린 자세인 반면, 당혜란은 복잡한 시선으로 우건을 응시 중이었다.

대결이 계속될 거라 예상했던 쾌영문도와 진이연은 영문을 모르겠단 얼굴로 가만히 서 있는 두 사람을 번갈아 보았다.

먼저 침묵을 깬 사람은 당혜란이었다.

"연이에게 당신에 대해 처음 들었을 때 솔직히 반신반의했어요."

우건은 여전히 담담한 신색을 유지하며 물었다.

"뭘를 반신반의했다는 거요?"

"연이가 당신에 대해 말해 주었을 때 저는 당신이 태을문의 후예일지 모른다는 예감이 들었어요. 제천회주 악심선(惡心仙) 조광이 펼친 함정으로 당당히 걸어 들어와 중원 전역에서 모인 절정고수 100여 명의 협공을 담담히 받아냈던, 그리고 끝내 엄청난 신위로 조광을 죽였던 그 후예 말이에요."

우건은 굳이 부정하지 않았다.

대신, 그녀에게 궁금한 것을 물었다.

"나를 시험해 본 이유가 무엇이오? 내가 태을문의 후예임을 알아보기 위해서였소? 아니면, 내 실력을 가늠하기 위해서였소?"

당혜란이 한숨을 짧게 내쉬었다.

"역시 당신 눈은 속일 수 없군요."

"웬만한 고수라면 다 나처럼 생각했을 거요. 살기가 없는 기습은 기습이 아니니까. 그보다 날 시험한 이유가 무엇이오?"

당혜란이 순순히 수긍했다.

"둘 다였어요. 당신이 정말 내가 아는 그 태을문 후예가 맞는지 확인해야 할 필요가 있었어요. 그리고 예전 실력을 얼마나 회복했는지 알아볼 필요가 있었어요. 내가 마지막으로 본 당신은 조광의 신공에 단전이 박살 나는 모습이었으니까요. 나와 같이 넘어온 사람들은 내력을 모두 잃었지만 단전이 부서지진 않았어요. 다시 말해 우린 내력을 연성하면 예전으로 돌아갈 수 있었지만, 단전이 부서진 당신은 무공을 아예 익힐 수 없는 몸이었단 뜻이에요. 한데 당신은 무공을 회복했을 뿐만 아니라, 예전 실력을 되찾은 것 같군요."

말을 마친 당혜란이 우건의 눈을 똑바로 쳐다보았다.

마치 어떻게 무공을 회복했느냐 묻는 듯한 행동이었다.

우건은 그녀에게 태을조사의 천지조화인심공을 우연히 얻어 단전의 부상을 치료했을 뿐 아니라, 상단전으로 직접 천지의 기운을 흡수하는 신공을 익혔단 말을 할 생각이 없었다.

"운이 좋았소."

궁금증을 해소하기에 역부족인 대답이었다.

그러나 당혜란은 더 추궁하지 않았다. 원래 이런 문제는 정확한 대답을 기대하기 어려운 법이었다. 사문의 내밀한 사정을 타 문파 사람이 묻는 행동은 무례에 가까웠다. 아니, 무례를 넘어 쓸데없이 의심을 사게 하는 바보 같은 짓이었다.

그때였다.

"흠흠."

헛기침한 원공후가 묵애도를 소매 안에 집어넣으며 물었다.

"그런 거였으면 미리 언질을 좀 주지 그랬소?"

원공후의 말투에는 불만이 잔뜩 섞여 있었다.

당혜란은 즉시 돌아서서 원공후에게 정중히 포권(抱拳)했다.

"원 문주를 속인 죄는 나중에 달게 받도록 하겠어요."

"자자, 오랜만에 만난 동도(同道)끼리 서서 이야기할 순 없지 않겠소. 내 곧 자리를 마련할 테니 잠시 기다려 주시오."

원공후는 배포가 그리 작지 않아 바로 사과를 받아들였다. 원공후의 눈짓을 받은 김 씨 삼형제와 임재민이 진이연의 포위를 푼 다음, 엉망이 된 대청부터 청소했다. 그리고는 앉아서 대화를 나눌 수 있게 탁자와 의자를 새로 가져왔다.

당혜란과 진이연에게 자리를 먼저 권한 원공후는 우건과 함께 반대편에 앉았다. 김은 등은 사부의 뒤에 공손히 시립했다. 곧 주방 일을 전담하는 김철이 차와 과일을 내왔다.

"어렵게 구한 군산은침(君山銀針) 진품이오. 드셔 보시오."

원공후의 강권에 결국 항복한 두 여인이 찻잔에 손을 뻗었다.

당혜란이 찻잔을 내려놓으며 감탄했다.

"맛과 향이 예전에 마셔 보았던 군산은침과 거의 비슷하군요."

"까다롭기로 유명한 당 여협의 입맛에 맞다니 다행이오. 여유분이 꽤 있으니까 돌아가실 때 한 봉지씩 선물로 드리겠소."

원공후에게 사례한 당혜란이 이번에는 우건에게 말했다.

"우 소협께서 그동안 못난 제자에게 많은 가르침을 주었다는 말을 들었어요. 제자를 대신해 감사 인사를 드리고 싶군요."

진이연을 힐끔 본 우건은 읍(揖)으로 답례했다.

"괘념치 마시오. 정말 별것 아니었으니까."

고개를 끄덕인 당혜란이 은밀한 목소리로 말했다.

"특무대에서 우 소협의 정확한 정체를 아는 사람은 나와 제자 연이뿐이에요. 신분 노출은 걱정할 필요는 없을 거예요."

우건은 고개를 저었다.

"두 사람이 세 사람으로 늘어나는 것은 시간문제나 다름없소."

당혜란은 믿어 달라는 듯 단호한 표정으로 대꾸했다.

"나와 내 제자의 입에서 소협의 정체가 드러나는 일은 없을 거예요. 소협이 우리를 얼마나 믿을지는 모르지만, 당혜란이라는 이름으로 쌓은 명성을 거기에 모두 걸 자신이 있어요."

진이연이 수연의원을 처음 찾아왔을 때부터 언젠가는 이런 일이 일어날 거라 예상한 우건은 담담한 표정으로 물었다.

"그 점은 내가 알아서 하겠소. 그보다 찾아온 이유나 말하시오."

정곡을 찔렸다는 듯 당혜란이 살짝 당황했다. 그러나 그녀는 산전수전 다 겪은 강호의 명숙(名宿)이었다. 이내 신색을 회복한 당혜란은 그녀가 우건을 찾은 진짜 목적을 토로했다.

"우 소협은 현대무림의 역사를 어디까지 알고 계신가요?"

우건은 솔직히 대답했다.

"잘 모르오."

당혜란이 고개를 돌려 옆에 있는 원공후를 보았다.

원공후 역시 고개를 저었다.

"나 역시 독고다이라 잘 모르긴 마찬가지요."

고개를 끄덕인 당혜란이 허공의 한 점을 응시하며 설명했다.

"우리가 알기로, 그날 제천회주 조광의 함정에 걸려 제천회 대청에 갇혀 있다가 이곳으로 넘어온 고수들 중에 가장 먼저 넘어온 사람은 십지신살(十指神殺) 오천군(吳千君)이에요."

원공후는 오천군을 잘 아는 듯했다.

이를 부득부득 갈며 소리쳤다.

"십지신살 오천군은 상종 못할 쓰레기요!"

원공후의 평가에 동의한단 표정으로 당혜란이 말을 이어갔다.

"당시 십지신살 오천군 역시 대청에 갇혀 있던 다른 고수들처럼 진법에 내력이 다 빨려 나가 초식만 쓸 수 있는 상태였어요."

당혜란의 설명에 따르면 십지신살 오천군은 지금으로부터 63년 전 처음 이곳에 발을 내딛었다. 오천군은 사파의 고수로 강호를 행도할 때 살인과 강간을 밥 먹듯이 하던 자였다.

제 버릇을 버리지 못한 오천군은 새로운 세상에 대한 적응을 마치기 무섭게 경기도, 충청도, 전라도를 오가며 살인과 강간, 그리고 강도짓을 일삼았다. 경찰 수천 명이 그의 뒤를 쫓았지만 신출귀몰한 오천군을 잡기에는 역부족이었다.

오천군이 중원무림을 행도할 때는 정파의 추적을 받아

위기에 처한 적이 많았지만, 이곳에선 정파의 고수를 두려워할 필요가 없었다. 유일한 문젯거리인 경찰은 내력이 실리지 않은 초식으로 간단히 해치울 수가 있었다. 점점 담이 커진 오천군은 급기야 청와대를 습격하는 사고를 쳐 버렸다.

오천군이 청와대를 습격한 정확한 이유는 알려지지 않았다. 다만, 한국 대통령을 인질로 삼은 다음, 배후의 실력자가 되고 싶었던 게 아닌가 하는 추측만 할 수 있을 따름이었다.

그러나 청와대 습격은 치명적인 실수로 작용했다.

청와대를 수비하는 정예 경비단은 관저로 쳐들어온 오천군에게 자동화기로 반격했다. 오천군은 뒤늦게 후회해 보았지만 소용이 없었다. 내력이 거의 없던 오천군은 경비단이 사용하는 자동화기와 대전차 무기를 감당할 능력이 없었다. 아니, 감당은커녕 도주할 기회조차 제대로 잡을 수 없었다.

한데 놀라운 것은 총을 다섯 발 맞은 오천군이 병원 중환자실에서 6개월 더 살았다는 점이었다. 당시 의료기술을 생각할 때, 놀라운 일이 아닐 수 없었다. 어쨌든 정부는 오천군이 살아 있던 6개월 동안 그를 심문해 자초지종을 알아냈다.

물론, 정부는 오천군의 토설을 믿지 않았다.

강호라는 곳에서 진법에 갇혔다가 이곳에 넘어왔다는 오천군의 설명은 진위여부를 떠나, 황당하기 짝이 없었던 것이다.

그러나 오천군의 토설은 그가 총상 후유증으로 숨을 거둔 직후에 사실로 밝혀졌다. 이번에는 백주대낮에 벌거벗은 남녀 일곱 명이 서울 대로변 한복판에 모습을 드러냈던 것이다.

일곱 명 중 네 명은 도망치는 데 성공했지만 세 명은 시민들의 신고로 얼마 가지 못해 군대를 동원한 정부에 체포되었다.

긴 설명을 마친 당혜란이 우건에게 물었다.

"그때 도망친 네 명이 누구일 것 같아요?"

"짐작은 가지만 말하지는 않겠소."

당혜란이 엷은 미소를 지었다.

"우 소협의 짐작이 맞을 거예요. 그 네 명은 바로 광무대검(光武大劍) 한현(漢現), 열검자(裂劍子), 배은마귀(背恩魔鬼) 은태무(銀太武), 금안독로(金眼禿老) 선일공(宣一公)이란 자들인데, 넷 모두 전에 제천회 장로였던 자들이에요. 그리고 한국에 있는 지금의 제천회를 만든 장본인들이고요."

한현과 열검자의 이름은 처음 들어 보지만 은태무와 선일공의 이름은 들어 본 적이 있었다. 아니, 들어 본 수준을 넘어 그들이 남긴 제자와 목숨을 건 대결을 벌이기까지 했었다.

은태무는 이미 이 세상 사람이 아니었지만 그가 남긴 제자 묵령심애도(墨靈心哀刀) 장린(張璘)은 제천회 핵심조직인 망인단 단주로 있었다. 우건은 은수 친구의 일로 엮였다가 어느 깊은 산속에서 우여곡절 끝에 그를 죽일 수 있었다. 물론, 실제로 장린의 숨통을 끊은 사람은 송지운이었지만.

금안독로 선일공 역시 비슷한 경우였다.

금안독로 선일공은 이미 이 세상 사람이 아니었지만 그에게 무공을 배운 남해도왕(南海刀王) 성만식(成滿飾)이란 제자가 부산에 내려가 그곳 정재계를 쥐락펴락하고 있었다. 임재민의 고모와 사촌동생 일로 우연히 성만식과 엮였던 우건은 복수 차원에서 그의 조직과 그의 일가 전부를 쓸어버렸다.

우건은 공치사할 생각이 없었기에 그 일은 언급하지 않았다.

대신, 같이 넘어왔다가 정부에 체포된 사람들에 대해 물었다.

"정부에 체포된 사람들은 그 후에 어떻게 되었소?"

"정부는 오천군의 청와대 습격과 같은 사건이 재발하는 상황을 막기 위해 그들이 체포한 세 명에게 도움을 요청했어요.

요청이라기보다는 협박이라는 표현이 더 맞을 테지만요. 어쨌든 세 명은 강호인의 준동을 막기 위해 경찰이 설립한 특무대라는 조직에 들어가 지금의 특무대를 만들었어요."

우건은 그제야 제천회와 특무대가 만들어진 이유를 알 수 있었다. 이곳으로 넘어온 고수들 중 일부는 자신의 욕망을 채우기 위해 불법을 저질렀다. 그리고 일부는 그런 자들을 막기 위해 정부와 협력해 특무대라는 조직을 만들었다.

중원무림이나 현대무림이나, 돌아가는 방식은 비슷한 것이다.

당혜란이 마침내 우건을 찾은 본론을 꺼내기 시작했다.

"특무대의 설립 목적은 이곳으로 넘어온 무림인들을 제거하거나 적당히 통제하는 것이었어요. 한데 초기에는 가능했지만 제천회가 다른 방법을 쓰기 시작하며 상황이 바뀌었어요."

궁금함을 참지 못한 원공후가 불쑥 물었다.

"어떻게 바뀌었다는 거요?"

한숨을 내쉰 당혜란이 차분한 어조로 말을 이어 갔다.

"제천회가 그들을 보호해 줄 수 있는 방패를 만들기 위해 정치인과 공무원에게 뇌물을 주기 시작한 거예요. 제천회는 법망이 좁혀 오면 뇌물을 주었던 정치인과 공무원을 움직여 무마시키는 용도로 사용했어요. 특무대는 그동안 몇 번에 걸쳐 상부에 제천회 토벌을 강력히 요청했지만, 제천회의 뇌물을 받아먹은 정치인과 공무원에 의해 번번이 저지당했어요."

원공후가 선뜻 이해가 안 간다는 얼굴로 물었다.

"제천회의 뇌물을 먹은 정치인과 공무원이 문제라면 그들을 먼저 제거하면 되는 거 아니오? 제천회를 비호해 주는 방패가 없어지면 제천회를 없애는 거야 식은 죽 먹기일 듯한데."

당혜란은 그렇지 않다는 듯 고개를 저었다.

"정부가 이곳에 넘어온 고수를 포섭해 특무대를 창설했을 때, 그들의 가장 큰 걱정거리가 무엇이었을지 아시나요?"

원공후가 고민하다가 대답했다.

"잘 모르겠소."

"그들의 가장 큰 걱정은 특무대의 칼끝이 자신들에게 향하는 거였어요. 즉 특무대가 정치인과 공무원을 수사하거나, 제거하려 드는 상황이었지요. 특무대가 변심해 제2의 오천군 사태가 터질 것을 염려한 거예요. 그들은 그런 상황을 막기 위해 남한산성이란 곳에서 특무대를 만든 설립자들을 불러 몇 가지 조항에 서명하게 했어요. 그중 하나가 바로 정치인이 엮인 일과 정부가 하는 일에 간섭하지 않는다는 조건이었어요. 원 문주 말대로 제천회를 비호하는 정치인과 고위 공무원을 먼저 제거하면 제천회를 칠 수 있었지만, 남한산성에서 맺은 조약으로 인해 그럴 수가 없는 상황이에요."

당혜란의 설명이 모두 사실이라면 이해가 가는 면이 있었다.

특무대가 제천회를 먼저 공격하면 제천회의 뇌물을 받은 정치인과 공무원이 수사를 무마시켰다. 그렇다고 뇌물을 받은 정치인과 공무원을 먼저 제거하자니 특무대가 남한산성에서 정부와 맺은 조약으로 인해 그럴 수가 없었던 것이다.

우건 일행은 얼마 전 송지운의 도움으로 대통령과 제천회가 거래하는 장면을 목격한 적이 있었다. 정부를 대표하는 대통령까지 제천회와 관계가 있는 마당에, 특무대가 제천회를 수사하거나 제거하는 것은 계란으로 바위치기와 같았다.

원공후가 답답하다는 표정으로 물었다.

"당 여협이 우리에게, 아니 우리 주공께 원하는 게 무엇이오?"

당혜란은 놀란 표정으로 우건과 원공후를 번갈아 쳐다보았다.

두 사람이 친하다는 사실은 진이연을 통해 익히 알았지만, 주종관계로 발전했을 줄은 전혀 예상하지 못했단 반응이었다.

충격을 해소한 당혜란이 마침내 찾아온 이유를 털어놓았다.

"현 대통령이 파면되었다는 사실은 당연히 알고 계실 거예요."

원공후는 안다는 듯 말없이 고개를 끄덕였다.

당혜란 앞에서 그 파면이 이루어지는 데에 자신들이 상당한 지분을 갖고 있다는 사실을 굳이 자랑할 필요가 없었다. 나쁜 목적으로 찾아온 것 같지는 않지만 열 길 물속은 알아도 한 길 사람 속은 모른단 말처럼 조심할 필요가 있었다.

당혜란은 산전수전을 다 겪은 노회한 고수였다. 작은 실수 하나를 포착해 사건의 본질에 접근하는 데 도가 튼 여인이었다.

그런 사람 앞에서는 항상 말과 행동을 조심해야 했다.

당혜란은 다행이라는 듯 말을 이어 갔다.

"대한민국 헌법에 따르면, 대통령이 파면될 경우 파면된 시기부터 적어도 두 달 안에는 대통령 선거를 치러 새로운 대통령을 선출해야 해요. 다시 말해 각 당의 후보를 선출하는 경선과 대통령 선거가 두 달 안에 이루어진다는 뜻이에요."

목이 타는 듯 차를 한 모금 마신 당혜란이 설명을 이어 갔다.

"현직 대통령의 파면이라는 헌정 사상 초유의 일로 인해 정계가 개편되면서, 현재 거대 정당 두 개와 소수정당 세 군데가 모두 당의 대선 후보를 선출하기 위한 경선에 돌입했어요. 아마 본선이라 할 수 있는 대선은 현 여당인 한정당 소속의 이정백(李政伯) 서울시장과 제1야당인 민중당(民中黨) 소속의 최민섭(崔閔攝) 전 경기도지사의 대결로 압축될 가능성이 높아요."

얼마 전 본 뉴스가 떠오른 우건은 고개를 끄덕였다.

대통령이 파면된 후에 여러 매체에서 조사한 대선 후보 지지율 역시 그 두 사람이 1, 2등을 번갈아 하는 것으로 나왔다.

민중당 후보 최민섭이야 인망이 두터운 사람이라 지지율이 이해가 갔지만,

파면된 대통령이 소속된 한정당에서 내세운 이정백 서울시장의 지지율이 더욱 높게 나오는 것은 상식으로는 이해가 가지 않는 일이었다. 그러나 일이 항상 상식대로 흘러가는 것이 아닌 것처럼 근 60년 가까이 한국 정치를 쥐락펴락해온 한정당의 저력 역시 웬만한 일로는 무너지지 않을 만큼 단단한 기반을 구축했단 증거일 것이다.

당혜란의 목소리가 좀 더 은밀해졌다.

지금부터 하는 얘기가 오늘 그를 찾아온 진짜 용건인 듯했다.

"며칠 전, 특무대가 자체적으로 운용하는 정보조직을 통해 제천회가 한정당 후보 이정백을 당선시키기 위해 민중당 후보 최민섭을 경선 기간 동안 음해하려 한다는 첩보를 입수했어요."

원공후가 한탄했다.

"제천회라면 오히려 음해를 하지 않는 것이 더 이상할 것이오."

당혜란은 개의치 않고 설명을 이어 갔다.

"앞서 말했듯 우리는 정치인과 맺은 남한산성 조약으로 인해 정치인이 하는 일에는 절대 관여할 수가 없어요. 더 솔직히 말하면 특무대 대부분의 간부들은 최민섭보다 이정백을 더 선호하는 편이에요. 이정백은 최민섭보다 부정부패에 더 관대한 편이니까요. 이런 이유로 특무대는 최민섭을 낙마시키려는 제천회와 이정백을 저지할 수 없는 상황이에요."

말을 마친 당혜란은 한숨을 짧게 내쉬었다. 그녀는 방금 특무대가 겉으로 드러난 모습과는 다르게 내부는 썩을 대로 썩었다는 점을 우건 일행에게 고백한 것이나 다름없었던 것이다.

당혜란은 간절한 목소리로 부탁했다.

"우 소협과 원 문주가 최민섭 후보를 지켜 주세요."

원공후가 미간을 찌푸리며 물었다.

"한데 당 여협은 왜 최민섭을 지켜 주려는 거요? 최민섭 본인이나, 아니면 그가 속한 당으로부터 따로 요청을 받은 거요?"

당혜란이 고개를 저었다.

"요청받지 않았어요."

"그럼 최민섭을 지켜 주려는 이유가 대체 뭐요?"

당혜란은 잠시 멈칫했다.

그러나 대답을 회피하지는 않았다.

"내가 순진한 생각을 하는 건지는 모르겠지만, 제천회 대청에 있던 우리가 이곳으로 넘어오는 바람에 겪지 않아도 될 일을 이곳 사람들이 겪고 있다는 생각이 들었어요. 제천회 같은 사악한 조직이 대통령 선거에 영향을 준다면 그건 다 우리들의 책임이란 뜻이에요. 우리가 그들을 제대로 막지 못하는 바람에 아무 죄 없는 일반 국민이 피해를 보는 거니까요. 전 이번 대통령 선거가 잘못을 바로잡을 수 있는 마지막 기회라 생각하기에 두 분에게 도움을 요청한 거예요."

원공후가 툴툴거렸다.

"지금 우리에게 당신들이 해야 할 일을 떠넘기겠다는 말이오?"

당혜란이 미안해하며 대답했다.

"부인하지 않겠어요. 실제로 두 분에게 떠넘기는 게 맞으니까요. 하지만 생면부지인 두 분을 찾아와 간곡히 사정하는 저 역시 고민이 많았단 점을 알아 주셨으면 좋겠어요. 저와 연이가 도울 수 있는 일은 어떻게 해서든 도울 테니까, 민중당의 최민섭 후보를 제천회의 마수로부터 구해 주세요. 최민섭 후보가 낙마해 이정백 후보가 대선에서 승리하면, 파면당한 한승권 전 대통령과 제천회의 유착 수준을 넘어 어쩌면 제천회가 전면에 나서서 대한민국을 지배하려 들 수 있어요."

어깨를 으쓱거린 원공후가 우건을 보았다.

어차피 결정은 우건이 내린다는 의미였다.

우건은 당혜란과 진이연을 힐끔 본 다음, 눈을 살짝 감았다.

우건은 사실 현대무림이 생긴 일에 죄책감을 느끼는 중이었다.

보다 근본적인 원인은 태을문을 배신한 반도 조광이 자신을 잡으러 온 태을문도를 없애기 위해 제천회 대청에 태을양의미진진을 펼쳤기 때문이지만, 우건이 태을양의미진진에 구멍을 내지 않았으면 이런 일이 생기지 않았을 공산이 높았다.

어쩌면 태을양의미진진에 구멍을 낸 우건이야말로 이 모든 사달의 원흉일지 몰랐다. 또, 당혜란 말처럼 제천회의 꼭두각시와 다름없는 한정당 후보 이정백이 대통령에 선출

된다면 제천회는 그야말로 한국의 정, 재계를 장악하는 셈이었다.

우건은 애초에 그들이 그렇게 하게 놔둘 생각이 없었다.

눈을 뜬 우건은 고개를 끄덕였다.

"좋소. 내가 최민섭을 지켜 주겠소."

긴장한 표정으로 우건을 지켜보던 당혜란과 진이연이 안도의 숨을 내쉬었다. 두 여인은 우건 등과 몇 가지 문제를 상의한 다음, 특무대로 돌아갔다. 당혜란의 말에 따르면 특무대는 지금 수뇌부끼리 서로를 믿지 못해 감시하는 상황이었다. 그런 상황에서 오래 출타하는 것은 상대에게 꼬리를 밟힐 위험이 있어 그들이 눈치 채기 전에 돌아가 봐야했다.

당혜란을 차 뒷좌석에 모신 진이연이 돌아서서 전음을 보냈다.

-미안해요.

우건은 그녀를 힐끔 보며 대답했다.

-사과할 필요 없소.

그렇게 말해 주어 고맙다는 듯 차의 운전석에 오르던 진이연이 가볍게 목례를 해 보였다. 우건의 대답에 안심한 듯했다.

우건은 쾌영문으로 들어가며 다시 전음을 보냈다.

-꼬리를 밟히지 않게 주의하시오. 만약, 당신들 때문에 수연의원이나 쾌영문의 존재가 들킨다면, 난 그들의 존재를 아는 모든 사람의 입을 막아 비밀을 지킬 수밖에 없을 테니까.

-아, 알았어요.

긴장한 목소리로 전음을 보낸 진이연은 차를 운전해 쾌영문을 떠났다. 우건은 진이연의 차가 멀어지는 모습을 보며 기파를 퍼트렸다. 다행히 누군가가 감시한단 느낌은 없었다.

쾌영문에 돌아온 우건은 원공후 등과 앞으로의 일을 상의했다.

원공후는 완강했다.

"이번 일은 제가 맡겠습니다. 그깟 정치인 하나 지키는 데 주공까지 나설 필요 있겠습니까? 주공이 나서시는 건 그야말로 닭 잡는 데 소 잡는 칼을 쓰는 거나 마찬가지라 봅니다."

조용히 듣던 김동이 고개를 절레절레 저었다.

"사부님은 안 됩니다."

원공후가 눈을 흘기며 물었다.

"내가 왜 안 된다는 것이냐?"

"대통령 후보의 경호는 사진이 찍히는 일이 많을 텐데 사부님은 외모가 너무 눈에 띄지 않습니까? 제천회가 눈치

챌 겁니다."

원공후가 수염이 거뭇한 턱을 쓰다듬었다.

"얼굴이야 인피면구로 가리면 그만 아니겠느냐?"

김동이 한숨을 내쉬었다.

"얼굴은 가릴 수 있지만 체형은 가릴 방법이 없지 않습
니까?"

"내 체형?"

벌떡 일어난 원공후가 대청에 있는 전신거울 앞에 가서
섰다. 평소에 제자들의 자세를 고쳐주기 위해 쓰던 거울이
었다.

원숭이를 닮은 얼굴이야 인피면구로 가릴 수 있어 그렇
다 치지만 굽은 등과 무릎에 닿을 듯이 긴 팔은 확실히 눈
에 띄는 약점이었다. 혹여 원공후가 체형을 바꾸는 축골공
(縮骨功)을 연공했다면 모르겠지만, 지금 상태로는 위험이
따랐다.

원공후가 입맛을 다셨다.

"쳇, 어쩔 수 없군. 이렇게 낳아 준 부모님을 탓할 순 없
으니까."

그렇게 하여 원공후는 경호원 후보 중에 가장 먼저 탈락
했다.

눈에 잘 띄기는 쾌영문 첫째 김은과 셋째 김철 역시 마찬
가지였다. 김은은 피죽조차 얻어먹지 못한 사람처럼 비쩍

마른 데다 키까지 장대처럼 커서 마치 해골바가지가 걸어 다니는 듯했다. 그리고 김철은 짜리몽땅한 체형에 가슴이 드럼통처럼 두꺼워 한 번 보면 잊을 수가 없는 사람이었다.

그렇다고 막내제자 임재민에게 대통령 후보의 근접 경호를 맡길 수는 없는 노릇이었다. 임재민은 무공이 아직 서툴러 이런 복잡한 일에 투입하기에는 위험이 너무 많이 따랐다.

결국, 최민섭의 근접 경호는 우건과 김동 두 명이 맡기로 했으며 나머지 문도들은 두 사람의 지원임무를 맡기로 했다.

다음 날, 깔끔한 정장을 구입해 입은 우건과 김동은 원공후가 만든 인피면구를 얼굴에 덮어써 신분을 위장했다. 원공후는 도둑이라 인피면구를 만드는 데 도가 튼 사람이었다. 더욱이 지금은 분장에 들어가는 재료가 원공후가 살던 시대보다 비약적으로 발전한 덕분에 제대로 만들면 아무리 안력이 뛰어난 사람도 진짜와 가짜를 분간하기가 쉽지 않았다.

준비를 마친 우건과 김동은 바로 민중당 당사를 찾았다.

안내데스크에 있던 민중당 당사 직원이 물었다.

"신분증은 가져오셨나요?"

"여기 있습니다."

김동은 본인과 우건의 신분증을 꺼내 직원에게 건넸다.

김동이 어제저녁에 정부기관을 해킹해 위조한 신분증이
었다.

단순히 신분증만 위조한 게 아니어서, 민중당이나 정부
기관에서 두 사람의 신분을 조회해도 들킬 위험이 전혀 없
었다.

직원이 복사한 신분증을 돌려주며 물었다.

"자격증과 추천서를 가져오셨나요?"

"여기 있습니다."

김동은 두 사람의 경비지도사 자격증과 경찰 고위관계자
가 작성한 추천서를 건넸다. 물론, 둘 다 김동이 위조한 서
류였다.

경비지도사 자격증은 신분증보다 위조가 쉬운 편이었다.
김동은 자격증을 위조할 때, 경비지도사 합격자 명부를 해
킹해 두 사람의 이름을 몰래 집어넣었다. 그리고 추천서는
경찰청에서 경호를 담당하는 경비과 간부 이름을 적어 넣
었다.

그 간부는 예전에 있었던 어느 비밀작전에서 당혜란에게
신세를 톡톡히 진 탓에 당사에서 확인전화가 오면 자기가
추천한 사람들이 맞다고 대답하기로 미리 입을 맞춰 두었
다.

"확인을 해야 하니까 잠시 앉아서 기다려 주세요."

"알겠습니다."

두 사람은 사무실 소파에 앉아 직원이 돌아오기를 기다렸다.

한데 두 사람의 신분을 확인하는 데 시간이 꽤 걸리는 듯했다. 확인하러 간 직원이 10분 넘게 돌아오지 않았다. 당혜란이 미리 손을 써 두긴 했지만, 유력 대통령 후보를 경호하는 일에 신분이 명확하지 않은 사람을 쓸 순 없을 것이다.

정작 서류를 위조한 장본인인 김동은 무사태평한 모습이었다.

"목이 마르시면 제가 가서 음료수를 좀 뽑아오겠습니다."

"괜찮네."

대답한 우건은 민중당 당사 안을 슬쩍 둘러보았다. 당내 경선이 코앞인 탓에 직원들 모두 정신이 반쯤 나가 있는 듯했다.

우건은 전음으로 물었다.

-서류를 위조했다는 사실이 들킬 가능성이 있는가?

김동은 자신 있는 표정으로 대답했다.

-그들은 절대 밝혀내지 못할 겁니다.

-확신하는가?

-예, 확신합니다. 제 위조기술은 따라올 자가 없습니다.

직원은 그로부터 다시 5분이 지나서야 돌아왔다.

"오래 기다리게 해서 죄송해요. 이런 일은 정확해야 해서요."

김동이 친근감 있는 목소리로 대답했다.

"이해합니다."

직원이 미소를 지으며 자격증과 추천서를 돌려주었다.

"이쪽에서는 신분 확인이 끝났으니까 최민섭 후보님의 경선캠프로 이동하시면 될 거예요. 제가 미리 연락해 두었으니까 별다른 조사 없이 바로 업무를 시작하실 수 있을 거예요."

"신경 써 주셔서 고맙습니다."

서류를 챙긴 두 사람은 당사를 나와 직원이 가르쳐 준 최민섭 후보의 경선캠프를 찾았다. 최민섭 후보는 친가와 처가 모두 부자여서 강남에 있는 빌딩에 경선캠프를 차려 두었다.

캠프가 있는 초현대식 빌딩 7층에 도착한 두 사람은 캠프 관계자에게 경호 관련 업무를 보기 위해 왔다는 말을 전했다.

다른 캠프 관계자와 통화 중이던 직원은 우건과 김동을 한 차례 쓱 훑어본 후에 손가락으로 따라오라는 표시를 해 보였다.

무례한 행동에 발끈한 김동이 한소리 하려 했지만 우건이 눈짓으로 말렸다. 그들은 선거가 끝날 때까지 눈에 띄는 행동을 해선 안 되었다. 그저 최민섭이 살아 있는 상태에서 선거가 무사히 치러지게 만드는 게 그들의 진정한 목표였다. 좋은 대접을 받거나 공치사하기 위해 온 게 아니었다.

사람과 사무기기로 발 디딜 틈이 없는 큰 사무실을 지나커다란 창문이 블라인드로 가려 있는 작은 집무실에 도착했다.

똑똑!

집무실 문을 두들긴 직원이 들어가라는 손짓을 해 보였다. 그리곤 자기는 통화를 계속해야한다 듯 조용한 복도로향했다.

우건과 김동은 시키는 대로 문을 연 다음, 집무실로 들어갔다.

집무실 가운데에 소파와 테이블이 있었다. 그리고 테이블 너머의 창문가에 후보가 쓰는 책상이 덩그러니 놓여 있었다.

소파 상석에 앉아 있던 중년 사내와 왼쪽 소파에 앉아 있던 건장한 사내가 같이 일어섰다. 우건의 시선이 먼저 중년 사내에게 향했다. 중년 사내는 나이가 40대 후반에서 50대 초반 사이로 보였는데, 와이셔츠 소매를 걷어붙인 모습과 입가에 맺혀 있는 엷은 미소가 상대에게 호감을 주는 인상이었다.

우건은 표정과 행동처럼 겉으로 드러난 모습으로 그 사람의 성격이나 본성을 오판하는 사람이 아니었다. 특히 정치인은 표를 얻기 위해서라면 무슨 짓이든 할 사람들이었다. 표를 얻기 위해 거짓말을 하거나 표정을 꾸미는 행동은 정치를 직업으로 하는 사람들에게 일상과 같은 일이었다.

그러나 이 중년 사내가 짓는 표정과 하는 행동은 진짜로 보였다. 선령안으로 살펴봤지만 부자연스러운 면이 보이지 않았다.

그가 바로 민중당의 유력한 대선 후보 최민섭이었다.

2장. 경선(競選)

우건은 어젯밤에 김동이 최민섭의 약력에 대해 브리핑한 내용을 떠올려 보았다. 최민섭은 민중당의 다른 정치인들처럼 7, 80년대에 학생운동을 하던 운동권 출신이 아니었다. 그리고 개천에서 용 난 케이스는 더더욱 아니었다. 오히려 배경과 경력만 봐선 한정당에 더 어울리는 정치인이었다.

지방 유지의 자제로 태어나 유복한 환경에서 성장한 최민섭은 지방의 명문중학교와 고등학교를 졸업한 다음, 서울대 법대에 차석으로 합격해 사법고시에 소년 급제한 수재였다.

고시에 합격한 후에는 다른 합격생처럼 연수원과 법무관 시절을 거친 다음, 검사에 임용되어 10여년 가까이 굵직한 사건을 수사하며 수사력을 입증 받았다. 그가 본격적으로 이름을 알리게 된 시기는 서울중앙지검에 근무했을 때였다.

당시 검찰은 정권에 충성하는 권력의 시녀나 다름없었다. 검찰 수뇌부는 좋은 요직을 차지하기 위해, 그리고 퇴임한 후에 기업과 정계에 진출하기 위해 정권이 내리는 지시들을 충실히 이행했다. 정권이 지목한 기업을 수사하는 일은 약과였다. 검찰은 뇌물죄로 고발당한 고위 관료와 정치인의 수사를 허술하게 해 그들이 빠져나갈 길을 열어 주었다.

그런 상황에서 대쪽 같은 성격으로 이름난 최민섭은 정권과 검찰 수뇌부의 눈엣가시와 같은 존재였다. 정권이 내리는 부당한 지시들을 모두 거부한 최민섭은 결국 항명파동의 주역이란 주홍글씨를 단 상태에서 15년 가까이 역임한 검사직을 놓을 수밖에 없었다. 검사직을 내려놓은 최민섭은 수도권에 개인사무실을 열 생각이었지만 뜻을 이루지 못했다. 민중당 대표가 그를 직접 영입하기 위해 나선 것이다.

당시 민중당은 한정당이 내놓은 대선 후보에게 연전연패하던 참이었다. 민중당은 당의 태생적 한계로 인해 운동권

출신 3선 국회의원과 인권변호사를 대선 후보로 내세웠지만 엄청나게 큰 격차로 한정당 후보가 이기는 광경을 지켜봐야했다.

외연(外緣)을 넓히지 않으면 승리하기 어렵다는 판단을 내린 민중당 수뇌부는 검찰, 법원, 군 장성, 기업인 등 기존에는 영입하지 않았던 인재를 대거 끌어들였는데 그 중 한 명이 바로 최민섭이었다. 최민섭은 민중당의 기대대로 성장했다. 아니, 민중당의 기대보다 더 큰 정치 거물로 성장했다.

최민섭은 한정당이 독식하던 지역구에서 국회의원에 당선되었을 뿐 아니라, 후에 출마한 경기도지사 선거에서는 잠재적인 대선 후보로 평가받던 한정당 후보를 큰 표차이로 앞섰다.

최민섭은 단숨에 대선 후보 중 한명으로 떠올랐고 인기와 지지율 역시 고공행진 중이어서 별다른 문제가 없다면 경선에서 승리해 민중당 대선 후보가 되는 것이 기정사실이었다.

제천회가 최민섭을 제거하려는 이유 역시 그가 제천회가 미는 서울시장 이정백의 가장 강력한 경쟁자였기 때문이었다.

우건의 시선이 왼쪽 소파 앞에 서 있는 건장한 사내에게 옮겨갔다. 사내는 나이가 30대 후반, 40대 초반사이로 보였다. 햇볕에 그을린 피부색과 단단해 보이는 턱과 광대뼈, 그리고 떡 벌어진 어깨로 봐서는 경호를 맡은 책임자인 듯했다.

최민섭이 먼저 악수를 청했다.

"만나서 반갑소. 내가 최민섭이오."

우건은 최민섭의 손을 잡으며 맥문에 손가락을 살짝 얹었다.

"장건우(張建羽)입니다."

우건은 악수를 기회로 삼아 최민섭의 맥을 진맥했다. 맥이 정상적으로 뛰었다. 독이나, 고(蠱)에 당한 상태는 아니었다.

최민섭이 이번에는 김동에게 악수를 청했다.

"만나서 반갑소."

김동은 허리를 넙죽 숙이며 최민섭의 악수에 응했다.

"임재동(林宰棟)입니다. 만나 봬서 영광입니다."

김동과 악수를 마친 최민섭이 건장한 사내를 가리켰다.

"이쪽은 내 경호를 책임진 강정훈(姜正勳) 실장이오. 특수부대에 있었는데 운 좋게 인연이 되어 함께 하고 있는 중이오."

강정훈이 힘줄이 불거진 손을 박력 있게 내밀었다.

"만나서 반갑습니다. 제가 후보님 경호를 책임진 강정훈입니다."

우건은 강정훈의 손을 잡았다.

강정훈은 평소에 운동을 자주 하는 듯 손바닥과 손가락 끝에 굳은살이 잔뜩 박여 있었다. 최민섭 때처럼 맥을 살펴봤지만 무공을 익힌 흔적은 없었다. 강정훈이 우건에게서 내력을 감출 정도의 고수가 아닌 다음에는 제천회의 고수가 살수로 왔을 때, 그의 도움을 기대하기가 어렵다는 의미였다.

통성명을 마친 우건과 김동은 오른쪽 소파에 착석했다.

최민섭이 인터폰 수화기를 든 다음, 두 사람에게 물었다.

"차나, 커피를 마시겠소?"

우건과 김동은 동시에 고개를 저었다.

"괜찮습니다."

인터폰을 내려놓은 최민섭이 상체를 테이블 쪽으로 당겼다.

"그럼 두 분은 정 여사님 소개로 온 거요?"

정 여사는 당혜란이 개인적으로 사용하는 여러 가명 중의 하나였다. 최민섭이 정 여사란 이름을 꺼낼 때 예의를 상당히 갖추는 모습을 봐서는 그녀를 상당히 의지하는 듯했다.

우건은 바로 고개를 끄덕였다.

"맞습니다."

최민섭이 심각한 어조로 물었다.

"정 여사님 말씀으로는 내가 선거를 치르는 과정에서 신변에 위험이 닥칠 가능성이 아주 높다던데 그게 정말 사실이오?"

우건은 다시 고개를 끄덕였다.

"맞습니다."

"그렇게 생각하는 이유가 무엇이오?"

우건은 담담한 눈빛으로 최민섭에게 되물었다.

"어떤 대답을 원하십니까?"

최민섭이 강정훈을 슬쩍 보며 물었다.

"어떤 대답을 원하냐니 그게 무슨 말이오?"

"남은 선거기간을 두려움에 떨며 지내고 싶으십니까? 아님, 제게 그 일을 전적으로 맡기고 선거에 집중하고 싶으십니까?"

최민섭이 끌어당긴 상체를 다시 소파에 깊숙이 묻었다.

"음, 후자가 좋겠소."

대답한 최민섭은 걷어붙인 와이셔츠 소매를 다시 내린 다음, 옷걸이에 걸어둔 양복상의를 꺼내 입었다. 그리고는 우건과 김동, 그리고 강정훈 세 명에게 경호문제는 알아서 처리하라는 듯 고개를 한차례 끄덕여보이고는 사무실을 나갔다.

후보 사무실에 남은 세 사람 사이에 어색한 침묵이 감돌았다.

먼저 침묵을 깬 사람은 강정훈이었다.

소파에 등을 기댄 강정훈이 다리를 꼬며 물었다.

"경찰에 있었습니까?"

우건은 고개를 저었다.

"아니오."

"그럼 군에 있었습니까?"

"아니오."

"그럼 대체 무슨 경력으로 이 자리를 꿰찬 겁니까?"

"무슨 뜻이오?"

강정훈이 불만이 잔뜩 섞인 목소리로 물었다.

"이 캠프에 들어오기 위해 애쓰는 사람이 한둘이 아닌 걸로 아는데 대체 그 전에 무슨 일을 했기에 그 정 여사란 여자의 추천까지 받아가며 캠프에 바로 합류할 수 있었던 거요?"

우건은 어깨를 으쓱거려보였다.

"윗사람들이 무슨 생각으로 우릴 뽑았는지는 모르겠지만 생면부지인 사람을 뽑을 만큼 상황이 심각하다는 뜻 아니겠소?"

강정훈의 미간이 잔뜩 좁혀졌다.

"그 말은 지금 상황이 심각해서 그들이 당신을 데려올 수밖에 없었단 거요? 기존에 있던 경호원으론 감당이 안 되어서?"

"그렇지 않겠소?"

강정훈이 콧방귀를 뀌었다.

"흥, 대단한 자신감이로군."

그때, 말을 마친 강정훈의 눈빛이 살짝 바뀌었다.

강정훈은 꼬고 있던 다리를 품과 동시에 왼팔로 테이블을 우건 쪽으로 밀었다. 우건과 김동이 테이블에 막혀 움직이지 못하는 순간, 강정훈이 오른손 주먹으로 우건의 얼굴을 쳐왔다. 우건은 여전히 담담한 표정으로 강정훈이 하는 행동을 지켜보았다. 제법 힘 있게 날아온 강정훈의 주먹이 우건의 얼굴 바로 앞에서 멈췄다. 물론, 우건은 강정훈의 주먹에 살기가 없는 점을 일찌감치 간파한 터라, 피할 생각을 하지 않았다. 강정훈은 주먹이 날아오는데도 눈 한 번 깜빡이지 않는 우건에게 상당한 인상을 받은 모양이었다.

어색한 동작으로 주먹을 내린 강정훈이 벌떡 일어났다.

"우리 일은 우리가 알아서 할 테니까 우리 일에 신경 쓰지 마시오. 나 역시 그쪽 사람들 업무에는 관심을 끊을 테니까."

양복 매무새를 가다듬은 강정훈이 찬바람을 쏟아내며 나갔다.

사무실에 우건과 김동 둘만 남았을 때였다.

김동이 화가 잔뜩 난 목소리로 전음을 보냈다.

-돌아가는 사정도 모르면서 자존심만 내세우는 거 아닙니까?

-그 자의 말이 맞네.

김동이 황당한 얼굴로 물었다.

-그 자의 말이 맞다고요?

-각자 전담하는 분야가 다르니까 괜한 일에 힘을 빼지 말게.

전음을 보낸 우건은 바로 최민섭을 경호하기 시작했다.

김동은 각종 첨단장비를 설치해 둔 차량 안에서 고성능 카메라와 파라볼릭 마이크 등을 이용해 주변을 경계했다. 그리고 우건은 방송국 카메라나, 사진기자의 카메라에 잘 잡히지 않는 위치에서 최민섭을 따라다니며 근접경호를 펼쳤다.

민중당 당내 경선이었지만 후보는 쉴 틈이 거의 없었다. 지역별로 돌아가며 경선이 펼쳐지기 때문에 제주, 영남, 호남, 강원, 충청, 수도권을 다 돌아야 경선이 끝나는 일정이었다.

호남 경선이 막 끝났을 때까지는 별다른 일이 없었다. 캠프는 분위기가 아주 좋았다. 제주와 호남에서 큰 표차이로 상대 후보를 눌러 수도권에서 크게 뒤지지만 않는다면 민중당 대통령 후보로 선출되는 것은 식은 죽 먹기나 다름없었다.

더욱이 최민섭의 주요 지지층이 수도권에 몰려 있다는 점을 생각하면 그야말로 탄탄대로가 펼쳐져 있는 셈이었다. 물론, 표차이가 많이 난다고 해서 치열하지 않은 것은 아니었다.

최민섭은 당내 기반이 취약한 편이었다. 민중당이 외연을 확장하기 위해 영입한 인사인 만큼, 기존 당원들과 끈끈한 유대감을 형성할 기회가 없어 혼자 겉도는 상황이 많았다. 특히, 당에서 위상이 큰 운동권출신 의원들에게 견제를 받는 경우가 많았는데 그런 상황이 TV 토론에까지 이어졌다.

운동권 출신 후보들은 최민섭의 약점을 집요하게 물어뜯었다.

이른바 강남좌파라는 약점이었다.

최민섭이 공교육의 중요성을 주장하면서 정작 자기 자식은 유학을 보냈다는 것이었다. 또, 부의 분배와 공정한 결과를 주장하는 사람의 재산이 100억대가 넘어간다는 것이었다.

상대 후보들이 최민섭을 견제하기 위해 만든 강남좌파라는 프레임은 처음에는 잘 먹히지 않았지만 거짓말도 계속하면 진실처럼 느껴진다는 말처럼 지지율 하락으로 이어졌다.

이미 유리한 고지를 선점한 최민섭은 당내 경선에서 흑색

선전으로 상대 후보를 흠집 내 승리하고 싶은 생각이 없었다. 그가 대통령 후보로 선출되면 상대 후보의 도움을 받아야 본선이라 할 수 있는 대선에서 이길 수가 있기 때문이었다.

지지율이 약간 떨어진 상황에서 영남권 경선의 막이 올랐다.

우건은 최민섭 후보의 대기실에서 지역방송사가 주최한 TV 토론을 지켜보았다. 처음 양상은 전에 한 토론들과 비슷했다. 상대 후보들은 최민섭을 집중 공격하였다. 본인이 4등인 상황에서 3등 후보를 공격해봐야 별 소용없기 때문이었다.

그들은 1등인 최민섭을 집요하게 공격했다.

최민섭은 지금까지 해온 대로 부드럽게 공격을 받아넘겼다.

그때였다.

"지금부터 제가 보여 드리는 사진을 잘 봐 주시기 바랍니다."

당내에서 강성으로 정평 난 김동수(金洞首)후보가 봉투에 든 사진을 꺼내 카메라 앞에 내밀었다. 외국의 어느 가정집으로 보이는 집 소파에 앉아 있는 젊은 시절의 최민섭을 촬영한 사진이었다. 문제는 최민섭 옆에 옷을 야하게 차려입은 금발 백인여자 두 명이 뭔가에 취한 모습으로 앉아 있단 점이었다. 그리고 소파 앞 테이블에는 담배가루처럼 보이는 갈색 건초(乾草)와 담배를 마는 데 쓰는 종이가 있었다.

카메라가 사진을 줌인으로 충분히 잡을 때까지 여유 있게 기다린 김동수는 사진을 돌려 최민섭이 볼 수 있게 만들었다.

"이 사진을 찍은 시기가 언제입니까?"

최민섭은 최대한 진정하려 애쓰며 되물었다.

"그 사진은 어떻게 입수했습니까? 정당한 경로로 입수한 겁니까?"

김동수가 버럭 소리쳤다.

"최민섭 후보님의 그런 행동은 달을 보라고 가리켰더니 달을 가리킨 사람의 손가락을 욕하는 치졸한 행동과 다름없습니다. 자, 다시 묻겠습니다. 이 사진을 찍은 때가 언제입니까?"

필름을 현상한 사진 밑에는 날짜가 선명히 적혀 있었다.

최민섭이 한숨을 내쉬었다.

"초임검사일 때, 미국에 연수 가서 찍은 사진입니다."

"좋습니다. 공무원 자격으로 간 연수 도중에 찍힌 사진이라 이거군요. 그럼 이 사진 속에 나오는 장소는 어디입니까?"

"연수받던 로스쿨의 교수님 자택이었습니다."

"양옆에 있는 백인 여성분은 누굽니까?"

"로스쿨 학생들이었습니다."

"테이블 위에 있는 풀가루 같은 건 뭡니까?"

최민섭은 김동수를 노려봤다. TV 토론, 아니 경선을 시작한 후 처음으로 카메라가 있는 장소에서 감정을 드러낸 것이다.

김동수는 개의치 않는다는 듯 계속 다그쳤다.

"이 풀가루는 뭡니까?"

최민섭은 한숨을 짧게 내쉬었다.

"마리화나입니다."

"대마초(大麻草)란 말이군요."

"그렇습니다."

김동수가 약을 올리듯 깐죽거리며 물었다.

"이 헐벗은 여성분들과 대마초를 같이 피웠습니까?"

"안 피웠습니다. 제 모든 것을 걸고 자신 있게 말씀드릴 수 있습니다. 로스쿨 교수님의 초대를 받아 자택에 방문했을 때, 대마초를 권유받은 건 맞지만 피운 적은 결단코 없습니다."

김동수가 사진을 연단 위에 내려놓았다.

"최민섭 후보님의 말씀을 믿겠습니다. 사진 상에서도 대마초가 테이블 위에 있긴 하지만 후보님이 피웠다는 증거는 없으니까요. 하지만 앞으로는 처신에 주의해 주시길 바랍니다."

김동수의 공격은 의외로 거기서 끝났다.

한데 사실 김동수로서는 공격을 더 할 필요가 없었다.

갑작스런 사진공개가 있은 후에 30분이 넘는 시간 동안, 후보 사이에 날선 공방이 더 오고 갔지만 이미 시청자 뇌리 속에는 최민섭의 연수시절 사진밖에 남지 않은 상태였던 것이다.

민중당은 그야말로 발칵 뒤집혔다.

생방송 TV 토론에서 군소 후보가 대통령 후보로 선출될 가능성이 가장 높은 자당 후보를 흠집 낸 것이다. 그것도 그 여파가 엄청나 대선에 영향을 끼칠만한 수준의 흠집이었다.

이건 내부총질이 아니라, 내부암살에 가까운 최악의 사태였다.

처음에는 김동수를 비난하는 목소리가 컸지만 시간이 지날수록 처신을 신중하게 하지 못한 최민섭을 비판하는 목소리가 커져갔다. 최민섭의 캠프는 바로 그 자리에 함께 있었던 로스쿨 교수와 로스쿨 학생들에게 연락해 최민섭에게 대마초를 권했지만 그는 끝내 피우지 않았다는 서면진술과 영상자료를 제출했다. 그러나 의혹은 사그라지지 않았다.

오히려 누가 여론공작을 하는 것처럼 날이 갈수록 터무니없는 의혹이 점차 신빙성이 있는 진실처럼 비춰지기 시작했다.

일각에서 후보사퇴까지 거론하는 중대한 사안에 최민섭의 캠프는 그야말로 초상집과 다름없었다. 매일 밤늦게 대책회의가 열렸지만 출구전략을 세우기가 불가능한 상황이었다.

소파에 머리를 기댄 최민섭이 손짓을 해 보였다.

"잠시 혼자 있고 싶으니까 다들 나가 주시오."

그 말에 지친 기색이 역력한 관계자들이 밖으로 나갔다.

최민섭이 가장 마지막에 나가던 여성 수행비서에게 물었다.

"담배 있나?"

"예, 여기 있어요."

수행비서는 주머니에서 은제 담배케이스에 든 담배를 꺼내 건네주었다. 수행비서에게 담배를 빌린 경험이 많은 듯 다들 신경 쓰지 않았다. 수행비서까지 나간 후에 최민섭은 서랍에 든 라이터로 담배에 불을 붙여 한 모금 깊게 빨았다.

최민섭은 원래 금연에 성공한지 5년이 넘었었지만 경선을 치르기 시작하면서 다시 담배에 손을 대기 시작한 상태였다.

후보사무실 문 옆을 지키던 우건은 미간을 찌푸렸다. 최민섭이 피우는 담배연기가 문틈으로 새어나온 것이다. 비흡연자에게 담배연기는 상당히 괴로운 냄새였다. 더욱이

후각이 발달한 우건에게는 괴로운 것을 넘어 역하기까지
했다.

우건이 문과 거리를 벌리려 할 때였다.

담배연기 속에 평소에 맡지 못한 냄새가 섞여 있었다.

우건은 집무실 문을 벌컥 연 다음, 담배연기를 자세히 맡
았다.

신경이 예민해질 대로 예민해진 최민섭이 짜증을 냈다.

"당분간 혼자 있고 싶다고 했을 텐데 내 말을 잘 안 듣는
군."

우건은 신경 쓰지 않았다.

담배연기를 자세히 맡은 우건이 최민섭에게 걸어가며 물
었다.

"담배 맛이 평소와 다르지 않습니까?"

그 말에 담배를 한 모금 뺀 최민섭이 연기를 마시며 대답
했다.

"평소와 다름없는데 왜 그런 걸 묻는 거요?"

"담배에 좋지 않은 게 들어 있는 것 같습니다."

최민섭이 피식 웃었다.

"담배야 원래 몸에 나쁜 거 아니었소?"

"지금 당장 담배를 끄는 게 좋겠습니다."

최민섭이 씁쓸한 얼굴로 고개를 저었다.

"내 건강을 생각해 그러는 거라면 그럴 필요 없다고

대답하고 싶군. 담배까지 피우지 못하게 하면 아마 미쳐
버릴 거요."

우건은 태을십사수의 광호기경으로 최민섭의 손에 든 담
배를 빼앗았다. 그리고는 거의 다 피운 담배의 연기를 들이
마셨다. 확실히 담배연기 속에 이상한 냄새가 섞여 있었다.

"이봐, 당신! 아무리 정 여사님 소개로 왔어도 이건 너무
무례……."

최민섭이 흥분해 소리치는 순간, 우건이 맹룡조옥으로
그의 마혈과 아혈을 연거푸 점했다. 마혈이 제압당한 최민
섭은 반쯤 일어선 엉거주춤한 자세로 서 있었다. 지금 상황
을 믿을 수 없다는 듯 눈동자가 엄청나게 빠른 속도로 돌아
갔다.

최민섭은 집무실 밖에 있는 직원들에게 도움을 요청하기
위해 목소리를 내보려했지만 아혈까지 점혈당한 상태에서
목소리가 제대로 나올 리 만무했다. 그제야 겁이 나기 시작
한 듯 최민섭의 이마에 굵은 땀방울이 송골송골 맺혀갔다.

우건은 마혈을 제압한 최민섭의 맥문을 잡아 내력을 집
어넣었다. 최민섭을 처음 만났을 때, 맥문을 슬쩍 잡아 진
맥한 적 있었는데 그때는 독이나, 고에 중독되지 않은 상태
였다.

그러나 그때는 건성으로 한 조사였다. 최민섭의 몸 상태
를 완벽히 파악하는 것이 불가능했다. 우건은 시간을 들여

최민섭의 몸 상태를 자세히 관찰했다. 잠시 후, 결과가 나왔다.

결과는 놀랍기 짝이 없었다.

우건은 한숨을 내쉬었다.

"지금부터 제가 하는 말을 잘 귀담아 듣도록 하십시오. 지금 후보님 몸은 마약류로 보이는 무언가를 장복한 상태입니다. 소량이라 중독된 사람처럼 보이지는 않지만 마약은 서서히, 그리고 끊임없이 후보님 뇌에 타격을 주고 있습니다."

전혀 예상 못한 말인 듯 최민섭의 눈동자가 크게 흔들렸다.

우건은 담담한 어조로 설명을 이어 갔다.

"제 말을 이해했으면 눈을 한 번 깜박여 보십시오."

최민섭의 흔들리던 눈동자가 점차 안정을 찾아갔다.

최민섭은 1분 넘게 지난 후에야 눈을 한 번 깜박였다.

"잠시 후에 점혈한 마혈과 아혈을 풀어 드리겠습니다. 그럼 몸을 다시 움직일 수 있게 될 겁니다. 그리고 다시 말도 할 수 있게 될 겁니다. 그러나 소리를 질러 다른 사람들을 불러들이는 행동은 지금 상황에 전혀 도움이 되질 않습니다. 내 말을 이해했으면 다시 한 번 눈을 깜박거려보십시오."

이번에는 최민섭이 곧바로 눈을 깜박였다.

우건은 약속한 대로 최민섭의 혈도를 풀어 주었다.

소파에 털썩 주저앉은 최민섭이 자기 목을 잡고 힘을 주었다.

"아, 아. 휴우, 이제야 목소리가 나오는군."

몸이 움직이고 목소리가 나온다는 사실을 확인한 최민섭은 손수건을 꺼내 얼굴에 흥건한 땀을 닦으며 우건에게 물었다.

"방, 방금 대체 나에게 무슨 짓을 한 거요?"

"혈도를 점혈했습니다."

"혈, 혈도라니. 무협영화에서 나오는 그런 혈도를 말하는 거요?"

최민섭은 당혜란과 친분이 있지만 그녀가 무공 고수라는 사실을 모르는 듯했다. 당혜란이 고수라는 사실을 알았다면 혈도를 제압당한 일에 저런 반응은 보이지 않았을 것이다.

우건은 대답 대신 책꽂이에 있는 두꺼운 책 하나를 꺼내 가루로 만들었다. 삼매진화를 보여 주면 더 확실하겠지만 화재경보기가 있어 불을 잘못 피웠다간 난리가 날 수 있었다.

두꺼운 법전이 순식간에 가루로 변해 흩어지는 모습을 눈앞에서 목격한 최민섭은 너무 놀라 말을 제대로 잇지 못했다.

우건은 담담히 물었다.

"경찰 특무대나, 제천회에 대해 들어 본 적 없습니까?"

"특무대는 들어 본 기억이 없지만 제천회는 들어 본 적이 있소. 이번에 대통령이 탄핵당할 때 거론되었던 조직이 아니오?"

우건은 최민섭에게 특무대와 제천회에 대해 간략히 설명했다.

최민섭은 믿지 못하겠다는 반응을 먼저 드러냈다.

"맙소사, 정말 그런 세계가 실제로 존재한다는 거요?"

"방금 보셨지 않습니까?"

최민섭이 의심스러운 눈초리로 물었다.

"보기야했지만 그게 눈속임이 아니라고 어찌 확신할 수 있겠소?"

한숨을 내쉰 우건은 격공섭물로 테이블에 놓인 라이터를 끌어당겼다. 라이터는 마치 원래 있던 자리로 돌아가는 것처럼 우건의 손에 착 감겼다. 우건은 라이터를 살짝 쥐었다가 손바닥을 펴보였다. 쇠로 만든 지포라이터가 가루로 변해 흩어졌다. 최민섭은 그제야 우건의 말을 믿기 시작했다.

우건은 최민섭을 다시 소파에 앉혔다.

"지금은 현대무림이 존재한단 사실이 별로 중요하지 않습니다."

"그럼 대체 뭐가 중요한 거요?"

"후보님이 마약에 중독되었다는 사실이 중요합니다."

좀 전의 기억을 떠올린 듯 최민섭이 몸을 흠칫하며 물었다.

"정말 내가 마약에 중독되었소?"

"그렇습니다. 어떤 마약인지는 모르지만 중독성이 있는 마약임은 분명합니다. 요즘 담배 피우는 횟수가 늘어났습니까?"

최민섭이 아뿔싸 하는 표정으로 자기 이마를 짚었다.

"나, 나는 스트레스 때문에 담배를 피우고 싶은 욕구가 강해진 줄 알았는데……. 설마 담배 안에 마약이 들어 있던 것이오?"

"확실하진 않습니다. 담배가 가장 의심스럽긴 하지만 마시는 차나, 음식에 마약을 넣었을 가능성이 존재하기 때문입니다."

최민섭이 당황한 얼굴로 물었다.

"그럼 어디에 마약을 넣었는지 확인할 방법이 없다는 말이오?"

우건은 고개를 저었다.

"아니, 확인할 방법은 있습니다."

"어떤 방법이오?"

"평소에 담배를 누구에게 빌리십니까?"

최민섭의 미간이 잔뜩 찌푸려졌다.

"으음, 주로 수행비서에게 빌리는 편이오."

"수행비서에게 전화해서 담배를 더 빌려 달라 하십시오."

우건을 힐끔 본 최민섭이 고개를 천천히 끄덕였다.

인터폰을 든 최민섭이 단축번호를 누른 다음, 담배를 가져다달라 요청했다. 우건은 집무실에 딸려 있는 개인화장실에 숨어 기다렸다. 잠시 후, 집무실 문이 열리는 소리가 들렸다.

뒤이어 수행비서의 목소리가 들려왔다.

"요즘 담배를 너무 많이 피시는 것 같아요."

"미안하네. 다음부턴 내가 사서 피우도록 하지."

"그런 뜻으로 한 말이 아닌 것을 더 잘 아시잖아요. 전후보님의 건강이 걱정되었을 뿐이에요. 그리고 언론은 후보님이 몇 년 전에 금연한 것으로 알고 있는데 담배 사는 모습이 카메라에 찍히는 날에는 선거에 나쁜 영향을 줄 거예요."

"이번이 마지막이네. 정말이야."

"정말이죠?"

"정말이라니까."

수행비서가 나간 후, 우건은 화장실에서 나와 최민섭을 보았다.

최민섭은 테이블 위에 놓여 있는 담배를 뚫어져라 노려

보는 중이었다. 우건은 말없이 소파에 앉아 담배에 불을 붙였다. 그리고는 불을 붙인 담배를 재떨이 위에 올려놓았다. 담배가 타며 연기가 올라왔다. 우건은 담배연기 속에서 좀 전에 맡았던 마약냄새를 찾았다. 함량을 높인 듯 담배연기 속에서 어렵지 않게 마약이 타는 냄새를 찾아낼 수 있었다.

우건은 지풍으로 담배에 붙은 불을 껐다.

"담배에 마약이 든 게 확실합니다."

최민섭이 양 손바닥으로 자기 얼굴을 감쌌다.

"맙소사."

한참 후에야 손을 뗀 최민섭이 분노한 어조로 소리쳤다.

"당장 김비서를 불러서 그녀의 해명을 들어봐야겠소!"

우건은 고개를 저었다.

"좋은 선택이 아닙니다."

"왜 좋은 선택이 아니라는 거요?"

"그 김비서란 여자를 불러 추궁하는 순간, 이번 일을 꾸민 배후의 귀에 바로 그 소식이 들어갈 겁니다. 그러면 후보님이 가진 패 하나가 허공으로 날아가 버리는 것과 같습니다."

이해했다는 듯 최민섭이 목소리를 낮춰 물었다.

"그럼 내가 어떻게 하는 게 좋겠소?"

우건은 최민섭이 해야 할 조치에 대해 일러 주었다.

다음 날, 최민섭은 다음 TV 토론을 준비하기 위해 열린

회의에서 집중하지 못하는 모습을 보였다. 초조한 듯 물을 벌컥벌컥 마셨다. 그리고 창밖을 보며 혼이 나간 사람처럼 멍한 표정을 지었다. 또, 관계자에게 이유 없이 화를 냈으며 신경질을 자주 냈다. 온화하기 짝이 없는 평소의 모습과는 전혀 다른 모습이라, 사람들이 의아하게 여기기 시작했다.

그 다음 날 오전, 최민섭의 수행비서인 김희숙(金熙淑)이 출근하지 않았다. 비서실장이 전화해 봤지만 전화기가 꺼져 있었다. 김희숙과 가까이 지내던 다른 직원들 역시 그녀의 행방을 알지 못해 실종신고를 해야 하나 고민 중일 때였다.

경찰 10여 명이 언론사 기자들과 함께 캠프를 급습했다.

캠프 단장이 경찰을 막아서며 물었다.

"무슨 일입니까?"

경찰이 단장에게 긴급체포영장을 내밀었다.

"마약류 위반으로 최민섭 씨를 체포하러 왔습니다."

체포영장을 읽어 내려가던 단장의 얼굴이 와락 일그러졌다.

"이런 불분명한 이유로 야당의 유력후보를 체포하겠단 겁니까?"

"최민섭 씨가 마약을 복용했단 증거와 증인이 있습니다."

대답한 경찰이 데려온 부하들에게 소리쳤다.

"뭣들 하는 거야! 어서 최민섭 씨를 체포해!"

"옛!"

대답한 경찰들이 강제로 진입하려하였다. 캠프 관계자들은 바로 스크럼을 짜서 그런 경찰들을 저지했다. 캠프가 있는 층의 복도까지 올라온 언론사 기자들이 고함을 지르며 미친 듯이 카메라 셔터를 누르는 통에 아비규환이 따로 없었다.

캠프 관계자와 경찰 간의 몸싸움이 10여 분 쯤 이어졌을 때였다. 후보 집무실 문이 열리며 최민섭이 혼자 걸어 나왔다.

잠잠하던 기자들이 다시 고성을 지르며 카메라 셔터를 눌렀다.

"와아!"

"최민섭 후보가 나왔다!"

"어이, 거기 대가리 치워! 후보 얼굴이 안 보이잖아!"

최민섭은 명멸하는 조명 속에서 담담한 표정으로 선언했다.

"범죄를 저지르면 그게 누구든 조사를 받아야 할 것입니다. 저 최민섭은 법 집행 기관과 저를 지지해 주시는 국민여러분께 숨길 게 없기에 당당히 조사받도록 하겠습니다. 그러나 이 모든 사달이 정적(政敵)을 제거하기 위한 음모라면 음모를 꾸민 사람은 반드시 합당한 처벌을 받아야 할 겁니다."

순순히 체포당한 최민섭은 근처 경찰서로 향했다. 최민섭은 경찰서에 변호사와 단장, 그리고 우건 세 명만 대동했다.

방송사와 신문은 즉시 이 소식을 속보로 내보냈다. 그리곤 최민섭이 경찰서로 들어가는 장면을 촬영하기 위해 진입로부터 진을 치기 시작했다. 최민섭은 특혜를 요구하지 않았다.

최민섭은 기자들이 병풍처럼 늘어선 탓에 오솔길처럼 변해 버린 좁은 통로를 따라 경찰서로 들어갔다. 집요한 기자 몇 명이 프레스라인을 넘어와 마이크를 코앞까지 들이댔지만 최민섭은 담담한 표정으로 그들의 질문을 무시해 버렸다.

경찰서 안에는 이미 최민섭을 조사하기 위한 취조실이 따로 마련되어 있었다. 최민섭은 변호사와 함께 취조실에 들어가 취조를 받았다. 우건은 캠프 단장과 문밖에서 대기했다.

우건은 취조실 문밖에 서서 귀혼청을 전개했다. 취조실 방음이 완벽하지 않은 탓에 대부분의 대화를 엿들을 수 있었다.

경찰은 먼저 이동준(李同准)이란 이름을 언급했다. 그러나 최민섭은 모르는 사람이란 답변을 내놓았다. 경찰은 이동준이 필리핀과 한국을 오가는 사업가로 헤로인을 밀수하다가 잡힌 자라 설명했다. 최민섭은 변호사와 상의해 만난 적이 없을 뿐 아니라, 들어 본 적 역시 없다는 답변을 내놓았다.

경찰이 이번에는 김희숙이란 이름을 언급했다.

최민섭은 바로 김희숙을 안다고 인정했다.

김희숙은 경선이 이루어지는 동안, 최민섭을 지근거리에서 수행한 수행비서였다. 애초에 모를 수가 없는 사람인 것이다.

경찰의 언성이 높아졌다.

"김희숙은 이동준에게 공급받은 헤로인으로 자택과 차 안, 그리고 모텔에서 10여 차례에 걸쳐 투약했다고 자백했습니다."

최민섭이 한숨을 내쉬었다.

"안타까운 일이오."

"그 김희숙이 증언하기를 최민섭 씨 역시 담배에 소량을 투여하는 방식으로 헤로인을 복용했다는데 이를 인정하십니까?"

최민섭은 단호한 목소리로 부정했다.

"그런 일 없소."

경찰이 혀를 차며 설득하듯 말했다.

"검사까지 하신 분이 이거 왜 이러십니까? 마약은 다른 범죄와 달리 조사하면 다 밝혀지게 되어 있습니다. 망신살 뻗치기 전에 인정하십시오. 그럼 선처받을 수 있도록 해 드리겠습니다."

최민섭의 목소리에 분노가 어리기 시작했다.

"믿지 못하겠으면 조사해 보시오."

경찰이 서류철로 테이블을 친 듯 쾅하는 소리가 들렸다.

"좋습니다! 그렇게 원하시면 조사해 드리지요!"

경찰은 곧 과학수사대 대원을 불러 최민섭의 혈액과 모발 등을 채취해 돌아갔다. 우건은 경찰이 최민섭의 혈액과 모발 등을 바꿔치기할지 몰라 과학수사대 대원 뒤를 몰래 밟았다. 일월보로 신형을 감춰가며 따라붙은 결과, 다행히 혈액과 모발을 마약중독자의 것으로 바꿔치기하는 일은 없었다.

과학수사대의 조사결과를 전달받은 경찰과 검찰은 아연 실색할 수밖에 없었다. 결과에는 아무런 이상이 없었던 것이다. 심지어 검사 결과에는 흡연했다는 증거조차 나오지 않았다.

그들은 우건이 그저께 밤에 태을혼원심공의 양강한 내력으로 최민섭의 몸 안에 쌓여 있던 마약과 담배의 잔류성분을 완벽히 제거했다는 사실을 모르기에 당황할 수밖에 없었다.

짧은 시간 내에 엄청난 내력을 소모하느라 하루를 정양할 수밖에 없었지만 그 덕분에 최민섭은 위기를 벗어날 수 있었다.

몸 안에 쌓여 있던 마약과 담배의 흔적을 완벽히 제거한 최민섭은 우건의 조언에 따라 마치 금단증상을 겪는 사람처럼 행동해 다른 사람들의 의심을 불러 일으켰다. 그리고 최민섭을 중독 시킨 장본인인 김희숙은 그의 연기에 감쪽같이 속아 넘어가 바로 이번 일을 꾸민 배후에게 연락을 취했다.

배후는 과실이 충분히 여물었다고 판단한 듯 이동준과 김희숙이 마약유통수사과정에서 붙잡힌 것처럼 위장한 다음, 김희숙의 진술을 이용해 최민섭을 마약복용혐의로 체포했다.

경찰과 검찰은 최민섭을 확실히 집어넣을 수 있을 거라 판단했을 것이다. 며칠 전 민중당 경선 TV 토론에서 후보 중 하나인 김동수가 최민섭이 미국 연수중에 대마초를 피우는 공간에 있었단 증거를 뒷받침하는 사진을 갑자기 공개했다.

이미 국민들은 사실여부와 상관없이 최민섭과 대마초를 같이 떠올리는 상황이었다. 한데 그런 상황에서 마약복용혐의까지 씌우면 최민섭의 정치인생을 완전히 끝내 버릴 수 있었다.

한데 가장 중요한 마약복용이 사실이 아닌 것으로 드러났다.

당황한 경찰과 검찰은 최민섭의 모발과 혈액을 다시 채취해 재검사에 들어갔다. 경찰과 검찰은 과학수사대 안에 존재하는 최민섭의 지지자 중 누군가가 검사결과를 조작한 거라 생각한 듯 참관인을 파견한 다음, 모든 과정을 카메라로 녹화했다. 그러나 재검사 역시 마찬가지였다. 최민섭의 혈액과 모발은 깨끗하다 못해 아주 건강한 것으로 나타났다.

경찰과 검찰은 최후의 방편으로 검사결과를 조작하란 지시를 과학수사대에 내렸지만 대한민국 전체가 다 썩은 게 아니라는 듯 과학수사대는 수사결과를 사실 그대로 발표했다.

바로 풀려난 최민섭은 이번 일을 꾸민 배후에게 반격을 가하기 시작했다. 이번 체포소동이 경찰과 검찰, 그리고 법원이 그를 제거하기 위해 꾸민 범국가적 음모라 주장한 것이다.

반향은 엄청났다.

시민의식이 성숙할 대로 성숙한 21세기에 야당의 유력후보를 제거하기 위한 음모가 있었단 사실에 충격을 받은 국민들은 대거 거리로 쏟아져 나와 정부를 성토하기 시작했다.

대통령이 파면되는 바람에 얼떨결에 대통령권한을 대행하게 된 국무총리는 이번 음모에 개입한 법무부와 검찰, 경찰관계자를 파면했지만 국민의 분노는 쉽게 사그라지지 않았다.

국무총리가 민중당이 이번 음모를 조사하기 위해 제안한 특검법에 서명한 후에야 국민은 다시 생업전선으로 돌아갔다.

전화위복(轉禍爲福)이라는 말처럼 마약복용설에 휩싸였을 때는 죽을 만큼 괴로웠지만 누명을 썼단 사실이 밝혀진 후에는 상황이 완전히 뒤바뀌었다. 최민섭의 지지율은 고공행진을 거듭해 2등인 이정백을 5포인트 차로 누르기까지 했다.

또, 내부총질한 당사자인 김동수에게는 출당조치가 취해져 민중당 내부에 있던 최민섭의 반대파는 기세가 한풀 꺾였다.

최민섭의 캠프 분위기는 아주 좋았다.

충청과 강원 경선에서 다른 후보를 압도적으로 이긴 다음, 하이라이트라 할 수 있는 수도권 경선을 준비하는 상황이었다.

최민섭은 이번 일로 우건을 깊이 신뢰했다. 그리고 점점 더 의지하게 되었다. 우건이 없었으면 그야말로 끔찍한 결과로 이어졌을 것이기에 최민섭의 그런 반응은 당연한 것이었다.

수도권 경선을 위한 TV 토론이 이틀 앞으로 다가왔을 때였다.

후보 집무실에서 회의를 주재하던 최민섭의 휴대전화가 울렸다. 휴대전화에 뜬 이름을 확인한 최민섭의 얼굴이 밝아졌다.

"잠시 실례하겠소. 전화를 받아야 해서."

자리에서 일어난 최민섭은 화장실에 들어가 전화를 받았다.

잠시 후, 밖으로 나온 최민섭은 상태가 이상했다. 얼굴이 붉게 달아올라 있었다. 그리고 숨을 몰아쉬며 식은땀을 흘렸다.

캠프 단장이 놀라 일어설 때, 최민섭이 소리쳤다.

"혼자 있고 싶으니까 다들 나가 주시오!"

갑작스런 축객령에 사람들이 웅성거리며 사무실을 나갈 때였다.

최민섭이 문을 지키던 우건을 급히 손짓해 불렀다.

"아, 장 경호원은 나 좀 잠깐 봅시다."

우건은 집무실 문을 닫은 다음, 최민섭에게 걸어갔다.

"무슨 일입니까?"

최민섭이 휴대전화 액정화면을 멍하니 보며 대답했다.

"내, 내 딸이 납치된 것 같소."

3장. 납치범(拉致犯)

우건은 급히 물었다.

"납치범이 협박하는 소리를 녹음했습니까?"

최민섭은 떨림이 가시지 않은 목소리로 대답했다.

"중간부터 했소."

"먼저 녹음부터 들어봐야겠습니다."

최민섭은 바로 휴대전화 녹음 애플리케이션을 켰다.

가장 먼저 사내의 묵직한 저음이 들려왔다.

-……팔다리가 다 붙어 있는 채로 딸년을 돌려받고 싶으면 내가 시키는 대로 하시오. 만약, 시키는 대로 하지 않으면 딸년의 손가락과 발가락을 하나씩 잘라서 돼지에게

쥐 버리겠소.

뒤이어 최민섭의 급박한 목소리가 들렸다.

—아영(娥英)이는? 아영이는 무사한 거요?

—지시를 따르겠단 약속부터 하시오. 그럼 사진을 보내 주겠소.

—내, 내가 어떻게 해 줘야 하는 겁니까?

—지지율을 떨어트리시오. 방식은 당신에게 맡기겠소. TV 토론에 나가서 막말을 하든, 술을 쳐 먹고 기자회견을 하든 상관없소. 무조건 지지율을 떨어트리시오. 만약, 우리가 정한 숫자대로 지지율을 떨어트리지 못하면 당신 딸년을 윤간한 다음, 배를 갈라서 내장을 꺼낼 것이오. 알아들었소?

—아영이가 무사한지부터 알려 주시오. 그럼 지시대로 하겠소.

—곧 알려 주겠소. 알겠지만 경찰에 신고할 생각은 하지 마시오. 그리고 언론에 발표할 생각 역시 하지 마시오. 그 즉시, 딸은 여자가 겪을 수 있는 가장 큰 고통을 겪게 될 테니까.

녹음은 그게 끝이었다.

우건이 급히 물었다.

"사진이 왔습니까?"

"동영상이 왔소."

71

최민섭은 인질범이 보내온 동영상을 틀었다.

동영상은 일본으로 보이는 어느 밤거리를 촬영한 장면부터 시작되었다. 건물을 나온 20대 중반 여자가 택시를 타고 가다가 주택가 근처에 내렸다. 그리고는 근처 가게에 들러 몇 가지 물건을 산 다음, 다시 밖으로 나왔다. 그녀는 다른 사람이 바로 뒤에서 그녀를 촬영하고 있다는 사실을 전혀 모르는 눈치였다. 그녀는 가게에서 산 물건을 들고 집으로 보이는 맨션으로 걸어가다가 갑자기 비틀거리며 쓰러졌다.

그때, 화면이 바뀌었다.

백열전구가 천장에 달린 폐건물 같은 곳이었는데 좀 전의 영상 속에 나왔던 젊은 여자가 이번에는 철제침대 매트리스 위에 손과 발이 묶인 상태로 누워 있었다. 그리고 입에는 재갈이 물려 있었다. 화면은 스커트를 입은 여자의 다리부터 재갈을 물린 입까지 천천히 보여 주다가 갑자기 여자의 눈을 클로즈업했다. 눈물을 흘린 듯 마스카라가 번져 있었다.

잠시 후, 화면이 다시 바뀌었다.

이번에는 여자의 소지품으로 보이는 물건이 화면을 채웠다. 여권, 주민등록증, 운전면허증 등을 차례대로 보여 주었다.

이름과 사진, 생년월일이 모두 일치했다.

모두 최아영(崔娥英)의 것이었다.

화면은 거기서 끝났다.

한숨을 내쉰 우건이 물었다.

"따님이 확실합니까?"

최민섭은 고개를 끄덕였다.

"맞소. 내 딸 아영이가 틀림없소."

"일본 같은데 따님이 거긴 왜 간 겁니까?"

"회사 출장 때문에 일본 오사카지사에 간 것으로 알고 있소."

우건은 잠시 고민한 후에 김동을 불렀다.

주차장에 주차해 둔 차에서 건물 CCTV를 해킹해 주변을 감시하던 김동이 연락을 받기 무섭게 바로 사무실로 올라왔다.

"부르셨습니까?"

우건은 최민섭에게 받은 휴대전화를 김동에게 건넸다.

"이 휴대전화 속의 영상을 빨리 분석해 주게."

"알겠습니다."

김동은 가져온 노트북에 휴대전화를 연결해 영상을 분석했다.

"조작이 없는 백퍼센트 진본 영상입니다. 그리고 영상출처를 조사해봤는데 일본에 위치한 전화기지국이 나왔습니다. 오사카인데 정확한 위치는 현지에 가야 알 수 있을 듯합니다."

김동의 보고에 최민섭은 거의 정신을 잃기 직전으로 변했다.

"이제 어떻게 해야 하오? 어떻게 해야 아영이를 구할 수 있겠소?"

우건은 이미 계획을 세워놓았다는 듯 바로 대답했다.

"제가 잘 아는 분이 있습니다. 그분에게 따님을 구해오도록 하겠습니다. 실력이 뛰어난 분이니까 어렵지 않을 겁니다."

고개를 세차게 저은 최민섭이 우건의 팔을 다급히 붙잡았다.

"장 경호원이 직접 가줄 수는 없겠소? 장 경호원이 말한 사람을 믿지 못하는 것은 아니지만 나는 아무래도 마음이 놓이지 않소. 제발 부탁이오. 못난 아비가 이렇게 부탁드리겠소."

한숨을 짧게 내쉰 우건이 고개를 끄덕였다.

"알겠습니다. 제가 일본에 가서 따님을 직접 구해오겠습니다."

최민섭은 죽다 살아난 사람처럼 기뻐했다.

"고맙소. 정말 고맙소. 이 은혜는 절대 잊지 않겠소."

"고맙다는 말은 따님을 구해온 뒤에 듣겠습니다. 다만⋯⋯."

"왜 그러시오?"

"어쩌면 상대의 양동작전일지 모릅니다. 그러니 제가 자리를 비운 동안은 다른 경호원이 후보님을 경호하게 하겠습니다."

"알겠소."

우건은 김동에게 지시해 원공후일행을 불러오게 했다. 잠시 후, 인피면구를 쓴 원공후와 김은, 김철 세 명이 도착했다.

우건은 원공후에게 사정을 설명한 다음, 그들을 최민섭에게 소개했다. 원공후는 다루기 어려운 사람이었지만 상황이 상황인지라, 양쪽 다 별 불만 없이 현 상황을 받아들였다.

우건은 준비가 끝나는 대로 김동과 함께 김포공항으로 이동해 일본행 비행기에 올랐다. 수속에 필요한 여권은 김동이 해킹을 통해 간단히 해결했다. 우건은 애초에 여권을 만들 수 없는 사람이었다. 그리고 김동은 여권이 있었지만 지금은 임재동이란 이름으로 활동 중이기에 새 여권이 필요했다.

위저드급 해커인 김동은 불과 여섯 시간 만에 정부 데이터베이스를 해킹해 여권 두 개를 완벽히 위조하는데 성공했다. 비자가 필요한 국가라면 상대국의 시스템까지 해킹해야했지만 다행히 일본은 관광의 경우엔 비자가 필요 없었다.

간사이국제공항에 내린 우건과 김동은 우선 오사카 시내로 이동했다. 최민섭에게 걸려온 전화가 오사카 시내에 있는 기지국을 통한 국제전화였기 때문이었다. 김동은 최민섭의 휴대전화를 복제한 복제폰으로 정확한 기지국을 찾아냈다.

숙소는 일부러 잡지 않았다. 최아영을 납치한 자가 연락하면 바로 출발해야했던 탓에 최민섭의 일본 지인이 빌려준 차에서 숙식을 해결했다. 김동은 일본어를 꽤 잘하는 듯했다.

일본어가 필요할 때마다 적극 나서서 문제를 금방 해결했다.

두 사람이 탄 승합차가 기지국 주변을 빙빙 도는 모습을 수상하게 여긴 일본 경찰이 검문했지만 김동의 유창한 일본어로 위기를 넘겼다. 김동은 차를 잠시 공원 근처에 세웠다.

"경찰이 의심하는 것 같으니까 잠시 정차해 있는 게 좋겠습니다."

"그렇게 하게."

김동은 운전하는 틈틈이 전화번호추적 프로그램을 돌리는 노트북 화면을 살피느라 정신이 없어 보였다. 그 모습을 지켜보던 우건은 김동의 부담을 줄여 줘야겠다는 생각이 들었다.

물론, 컴퓨터와 관련한 쪽은 일찍부터 포기했다. 우건이 김동수준의 위저드급 해커가 되려면 시간이 얼마가 걸릴지 알 수 없는 일이었던 것이었다. 하지만 운전은 달랐다. 우건은 지금까지 경찰이 단속할 경우에 대비해 운전을 전혀 하지 않았지만 운전을 배우는 데 따로 시간을 낼 필요가 없었다. 그동안 다른 사람들이 운전하는 모습을 옆에서 쭉 지켜봐 온 덕분에 시키면 지금 당장이라도 할 자신이 있었다.

"뒷자리로 옮겨가게. 운전은 내가 하겠네."

깜짝 놀란 김동이 손사래를 쳤다.

"괜찮습니다. 어차피 어려운 일은 주공께서 다하실 텐데 운전까지 맡길 순 없습니다. 아마 이 일이 사부님 귀에 들어가면 혼쭐이 날 겁니다. 그러니 행여라도 그런 말씀 마십시오."

"원 문주한테는 내가 잘 말해 둘 터이니 그 점은 걱정하지 말게."

우건의 거듭된 권유에 김동은 못이기는 척 뒷자리로 옮겨갔다.

공원 옆에서 30분가량 휴식한 두 사람은 다시 기지국 근처를 돌기 시작했다. 일본은 운전석이 반대쪽에 있었지만 우건 정도의 고수에게는 적응하는 일이 그리 어렵지 않았다.

김동은 10년 넘게 운전한 자신보다 운전을 더 잘하는 우건을 보며 감탄을 금치 못했다. 사실 우건과 같은 고수에게는 운전이 검법초식을 하나 익히는 것보다 쉬운 일이었다.

그렇게 몇 시간을 보냈을 무렵, 최민섭의 휴대전화를 복사한 복제폰에 전화가 걸려왔다. 김동은 바로 노트북에 복제폰을 연결해 전화가 걸려온 위치를 추적했다. 김동이 직접 코딩한 프로그램은 전화가 걸려온 기지국 위치부터 찾아냈다.

다행히 납치범은 어제와 동일한 기지국을 이용했다.

김동은 정확한 장소를 찾기 위해 추적프로그램을 계속 돌렸다.

"왼쪽 도로로 들어가십시오."

우건은 시키는 대로 차를 왼쪽 도로로 몰았다.

"도로를 따라 직진해서 세 블록을 더 가십시오."

김동은 마치 인간 내비게이터처럼 우건을 정확한 장소로 안내했다. 잠시 후, 오사카 시내를 벗어난 차는 교외에 있는 산업단지 근처에 도착했는데 영업 중인 공장과 폐업한 공장이 뒤섞여 있어 을씨년스러운 분위기를 풍기는 곳이었다.

뚫어져라 노트북 화면을 주시하던 김동이 자기 이마를 짚었다.

"놈이 전화를 끊었습니다."

김동의 말은 최민섭에게 전화를 건 납치범이 전화를 끊는 바람에 전화추적프로그램을 더 이상 돌릴 수 없단 뜻이었다.

우건이 룸미러로 뒷좌석을 보며 물었다.

"이 산업단지 안에서 전화를 건 것은 확실한가?"

김동이 틀림없다는 듯 자신 있는 목소리로 대답했다.

"예, 그건 확실합니다. 저 공장들 중 하나에 놈이 있을 겁니다."

우건은 어둠이 깔린 폐 공장 뒷마당에 차를 주차했다.

"공장들 중 하나에 놈이 있다면 찾는 건 어렵지 않을 것이네."

"어찌 그렇습니까?"

"놈이 최민섭 후보에게 보낸 영상을 봐서 알겠지만 최민섭 후보의 딸은 놈이 덮치기 직전까지도 이상함을 눈치 채지 못했네. 놈이 매복해 있었다면 그럴 수 있겠지만 매복이 아니었네. 놈은 바로 뒤에서 그녀를 관찰하며 수백 미터를 족히 쫓아갔네. 한데 그녀는 누가 쫓아온단 사실을 전혀 몰랐지. 즉, 그녀가 놈의 발자국소리를 전혀 듣지 못했다는 말이네."

김동이 이해했다는 듯 고개를 끄덕였다.

"놈이 최아영을 쫓아갈 때 보법을 펼친 거로군요."

"맞네. 놈은 상당한 고수야."

우건이 생각한 최악의 상황은 최아영이 야쿠자나, 불량배와 같은 일반인에게 납치당한 상황이었다. 야쿠자나, 불량배에게 납치당한 경우에는 공장에 있는 수십, 수백 명을 전부 조사해야했다. 지나가며 슬쩍 살펴보는 것으로는 그들 중 누가 최아영을 납치했는지 알아내기가 어려운 탓이었다.

그러나 최아영이 무공을 익힌 고수에게 납치당한 상황이라면 오히려 일이 한결 쉬워졌다. 산업단지에 있는 수십, 수백 명 중에 무공을 익힌 자들만 따로 추려내면 그만인 것이다.

우건은 김동이 건넨 복면과 이어셋을 착용한 다음, 산업단지 안으로 들어갔다. 야간작업이 있는 듯 공장 몇 개는 불이 환하게 들어와 있었다. 납치범이 공장에 불을 켜두진 않았을 테지만 혹시 몰라 가장 가까운 공장부터 뒤지기 시작했다.

첫 번째 공장은 야간작업이 한창이었다. 우건은 기파를 퍼트려 공장 직원들을 조사해 보았지만 그들 중에 무공을 익힌 자는 없었다. 우건은 곧장 두 번째 공장으로 향했다. 두 번째 공장은 공작기계 위에 먼지가 잔뜩 쌓인 폐공장이었다.

폐공장 안에서 인기척을 감지하지 못한 우건은 곧장 세 번째 공장으로 향했다. 두 번째 공장처럼 지금은 쓰지 않는 폐공장이었는데 두 번째 공장과 다른 점이라면 공장 안이 말끔하게 치워져 있다는 점이었다. 우건은 일월보를 사용해 공장 안으로 들어갔다. 공장은 2층으로 이루어져 있었다. 비어 있는 1층은 작업장이고 외부계단을 통해 이어진 2층은 사무실인 듯했다. 우건은 기파를 퍼트리며 2층으로 향했다.

우건이 막 첫 번째 계단에 발을 내딛는 순간.

쉬익!

밑에서 새파란 도광이 우건의 발목을 잘라왔다.

바로 뛰어오른 우건은 공중에서 비룡번신 수법으로 몸을 뒤집은 다음, 암습을 가한 적을 찾았다. 검은색 정장을 입은 중년 사내 하나가 계단 밑에서 문 쪽으로 도망치는 모습이 눈에 들어왔다. 우건은 지체 없이 그쪽으로 날아가며 선풍무류각의 철혈각을 펼쳤다. 뒤에서 들려오는 파공음에 화들짝 놀란 중년 사내가 급히 돌아서며 수중의 도를 올려쳤다.

도가 만든 새파란 도광이 우건의 다리를 자르려는 순간, 철혈각을 회수한 우건은 거리를 좁힌 다음, 흑옹시록으로 중년 사내의 가슴을 재빨리 훑어 내렸다. 그 즉시, 중년 사내의 살이 찢어지며 허연 갈비뼈가 수수깡이 부러지듯 박살났다.

바닥에 착지한 우건은 죽은 사내의 손에 들린 도를 집어들었다. 칼자루가 길고 도신이 미녀의 눈썹처럼 휘어진 것을 봐서는 일본도의 한 종류처럼 보였다. 우건은 해안가백성을 괴롭히던 왜구를 격퇴한 경험이 있어 일본도에 친숙했다.

우건은 비응보를 이용해 2층으로 올라갔다. 적이 그의 등장을 눈치 챈 상황이었다. 남의 집 밥상에 올라온 생선을 훔치려는 도둑고양이처럼 은밀하게 행동할 이유가 없는 것이다.

우건이 2층 난간 위에 신형을 세우려는 순간, 이번에는 천장과 바닥에서 장력과 권풍이 동시에 날아들었다. 우건은 수중의 도를 공중으로 던진 다음, 장력과 권풍 속으로 뛰어들었다. 암습을 가한 적들은 그 모습에 실소를 금치 못했다.

우건이 수레바퀴 앞을 막아선 사마귀처럼 그들이 전력을 다해 펼친 공격 속으로 뛰어드는 모습에 절로 웃음이 나왔다.

그러나 그들의 미소는 오래가지 못했다.

우건은 자유로워진 두 손으로 동시에 원을 그렸다.

그 순간, 엄청난 힘이 소용돌이처럼 적이 펼친 장력과 권풍을 빨아들였다. 그리고 장력은 권법을 펼친 적에게, 권풍은 장법을 펼친 적에게 돌려보냈다. 완벽한 이화접목이었다.

펑펑!

폭음이 거의 동시에 울린 후, 검은색 정장을 입은 사내 두 명이 피를 뿌리며 나가떨어졌다. 그들은 동료가 펼친 공격이 자신에게 날아오는 모습에 당황해 허무한 죽음을 맞았다.

적 두 명을 가볍게 해치운 우건은 바닥으로 떨어지는 도를 잡아 앞으로 찔러갔다. 천지검법의 절초 생역광음이었다.

쉬익!

새하얀 섬광이 어둠을 밝히는 순간, 복도 입구에 숨어 있던 적이 미간에 구멍이 뚫려 쓰러졌다. 그는 동료들이 죽어가는 와중에도 최후의 일격을 위해 끝까지 모습을 드러내지 않았지만 선령안을 펼친 우건의 시야를 벗어나지 못했다.

방금 죽은 적을 끝으로 더 이상의 암습자는 없었다.

우건은 복도 양편에 있는 사무실을 둘러보았다.

원래는 유리창을 통해 안을 들여다볼 수 있는 구조였지만 지금은 신문지와 합판으로 가려놓아 내부가 보이지 않았다.

우건은 다시 기파를 퍼트렸다.

복도 반대편에 있는 방에서 호흡소리가 미세하게 들려왔다.

우건은 재빨리 복도를 통과해 방문 문고리를 잡았다.

문은 닫혀 있지 않았다.

문을 살짝 연 우건은 어둠에 잠겨 있는 방안을 쓱 둘러보았다. 창문이 모두 막혀 있는 어두운 방 안에 철제 침대 하나만 달랑 놓여 있었다. 그리고 그 침대 위에 사지가 결박당한 상태로 젊은 여자가 누워 있었다. 여자는 납치범이 보낸 영상 속에서 보았던 최아영의 용모파기와 정확히 일치했다.

우건은 바로 철제 침대로 몸을 날려 최아영의 손목을 잡았다.

다행히 맥은 뛰고 있었다.

상태를 더 정확히 알아보기 위해 내력을 최아영의 몸속으로 밀어 넣으려는 순간, 감겨 있던 최아영의 눈이 번쩍 뜨였다.

우건이 흠칫해 물러설 때였다.

핏!

최아영의 입을 벌리며 독침을 쏘았다.

우건은 급히 고개를 옆으로 틀었다.

새파란 독침이 우건의 귀 옆을 아슬아슬한 차이로 빗나갔다.

우건이 물러서며 자세를 잡을 때, 최아영, 아니 최아영이라 생각했던 여자가 벌떡 일어나 쇠사슬로 우건을 찔러 왔다.

우건은 처음에 여자가 침대 매트리스에 쇠사슬로 결박당해 있는 줄 알았는데 지금 보니 그 쇠사슬은 여자가 사용하는 무기인 듯했다. 양 팔목과 양 발목에 감긴 네 개의 사슬이 살아 있는 뱀처럼 기묘한 각도로 움직이며 우건의 요혈을 찔러 왔다. 우건은 대해인강으로 쇠사슬을 쳐냈다. 그리곤 선도선무로 쇠사슬을 휘두르는 여자의 본체를 공격해갔다.

파파파팟!

부챗살처럼 퍼져 날아간 도광이 여자의 몸을 난도질하려는 순간, 여자가 쇠사슬과 함께 팽이처럼 회전하기 시작했다.

캉캉캉캉!

선도선무로 만든 도광이 회전하는 쇠사슬에 막혀 흩어졌다.

방어에 성공한 여자는 날렵한 신법으로 방 곳곳을 유령처럼 오가며 쇠사슬로 찔러 왔다. 순식간에 10여 합이 지나갔다.

파탄을 찾아낸 우건이 생역광음을 찌르려는 순간.

콰아앙!

천장이 무너지며 원반모양을 한 물체가 우건 앞으로 떨어졌다.

생역광음을 포기한 우건은 일검단해로 그에게 날아드는 물체를 갈랐다. 일검단해가 만든 도광이 물체를 휘감을 때였다.

콰콰콰쾅!

갑자기 엄청난 섬광과 함께 귀를 찢는 소음이 터져 나왔다.

군이나, 경찰이 주로 쓰는 고섬광탄(高閃光彈)이었다.

우건은 선령안과 귀혼청을 동시에 펼쳐 여자를 상대하던 중이던 탓에 갑자기 터진 고섬광탄의 빛과 소음에 평소보다 훨씬 큰 충격을 받았다. 폭발하듯 터진 섬광에 노출된 눈은 순간적으로 시야를 완전히 잃어버려 볼 수 있는 게 없었다. 그리고 청력 역시 고막을 다쳤는지 윙윙거리며 울리는 진동소리만 들릴 뿐, 다른 소리는 전혀 들리지 않았다.

스르륵!

그때, 소름끼치도록 차가운 물체가 양팔의 팔목과 두 다리의 발목을 휘감는 느낌을 받았다. 시야가 다시 돌아오는 순간, 우건은 여자가 던진 쇠사슬에 사지가 결박당한 자신의 모습을 볼 수 있었다. 우건은 쇠사슬을 떼어 낼 목적으로 일본도에 내력을 실어 쇠사슬 중앙을 내리쳤다. 그러나 특수한 합금으로 제작한 쇠사슬인 듯했다 일본도에 먼저 금이 가기 시작했다. 애용하던 청성검이라면 다른 결과를 낼 수 있었겠지만 검을 들고 비행기를 탈 수는 없는 노릇이었다.

우건은 하는 수 없이 쇠사슬을 본인 쪽으로 당겨 여자를 먼저 제거하려했다. 그러나 쇠사슬을 당기려는 순간, 쇠사슬을 통해 쏟아져 들어온 여자의 내력이 그의 맥문을 압박했다.

우건은 정심한 내력으로 버텨냈지만 그런 방법은 한계가 있었다. 쇠사슬이 똬리를 튼 뱀처럼 맥문을 계속 조여 왔다. 함정에 꼼짝없이 걸린 우건이 다른 방법을 모색할 때였다.

퍼어엉!

갑자기 우건 뒤에 있는 벽이 허물어져 내리며 시커먼 그림자가 벼락처럼 튀어나왔다. 심상치 않은 느낌을 감지한 우건이 등에 호신강기를 집중할 때였다. 시커먼 그림자가 우건 등에 10여 장을 연달아 내갈겼다. 등에 장력이 적중될 때마다 우건의 몸이 고압전류에 감전당한 사람처럼 부르르 떨렸다. 시커먼 그림자가 갈긴 마지막 장력은 특히 강력해 우건의 몸이 활처럼 휘어지며 입에서 피가 쏟아져 나왔다.

쿠웅!

바닥에 쓰러진 우건은 정신을 잃은 듯 몸을 움직이지 못했다.

우건에게 암습을 가한 시커먼 그림자의 정체는 머리가 벗겨진 악독한 인상의 중년 사내였다. 중년 사내가 쓰러진 우건에게 장력을 한 번 더 갈겼다. 우건은 물고기가 뭍으로 나왔을 때처럼 한 차례 퍼덕거린 다음에 다시 잠잠해졌다. 중년 사내는 확인사살을 마친 후에야 안심한 표정을 지었다.

"지독한 놈이군. 내 유령음풍장(幽靈陰風掌)을 열두 대나 맞고 버티다니. 하지만 이번 일격으로 숨통이 끊어졌을 것이네."

중년 사내의 말에 최아영으로 변장했던 여인이 얼굴에 쓴 인피면구를 벗었다. 매미 날개처럼 얇은 인피면구를 벗는 순간, 눈꼬리가 찢어져 표독한 인상을 주는 얼굴이 드러났다.

"본회 삼당(三黨) 중 하나인 음월당(陰月黨)의 유령음마(幽靈淫魔) 장혁진(張赫進)어르신께서 나서셨는데 어련하겠어요."

다분히 비꼬는 듯한 말투에 유령음마 장혁진이 미소를 지었다.

"흐흐, 회가 일본진출을 위해 파견한 대외사자인 쇄찰마녀(鎖刹魔女) 미요랑(美妖琅), 자네의 도움이 없었으면 우리가 어찌 이런 공을 세울 수 있었겠는가. 너무 튕기지 말게. 내 본회에 돌아가면 자네의 공을 반드시 보고토록 하겠네."

말을 마친 장혁진이 미요랑의 가느다란 허리에 팔을

슬쩍 감았다. 미요랑은 싫은척하면서도 팔을 뿌리치지는 않았다.

미요랑의 행동에 자신감을 얻은 장혁진은 팔을 감은 손을 슬쩍 내려 미요랑의 풍만한 엉덩이를 주무르기 시작했다. 미요랑은 그에 맞춰 달뜬 신음소리를 내며 몸을 비틀었다.

"제가 세운 공을 보고한다는 약속 잊으시면 안 돼요."

"흐흐, 그야 이를 말인가."

미요랑의 요염한 몸짓에 점점 대담해진 장혁진의 손길이 그녀의 엉덩이 사이로 미끄러져 들어가 은밀한 부위를 건드렸다. 벼락 맞은 사람처럼 몸을 떤 미요랑이 장혁진의 팔을 잡았다. 그러나 장혁진의 손을 멈추려는 행동은 아니었다.

오히려 교태가 줄줄 흐르는 요염한 몸짓으로 장혁진을 침대로 이끌었다. 달아오른 장혁진이 침대에 뛰어드려 할 때였다.

장혁진이 갑자기 멈칫하더니 서둘러 주머니를 뒤져 휴대전화를 꺼냈다. 누가 그에게 전화를 건 모양이었다. 휴대전화 화면에 뜬 전화번호를 확인한 장혁진이 쓴웃음을 지으며 문어처럼 그에게 찰싹 감겨 있는 미요랑을 슬며시 떼어냈다.

"이 전화는 받아야해."

미요랑이 불만 가득한 목소리로 물었다.

"누군데요?"

"부당주(副黨主)야."

어깨를 으쓱한 미요랑이 허리까지 말려 올라간 스커트자락을 다시 밑으로 내렸다. 아쉽다는 듯 입맛을 쩝쩝 다시며 그 모습을 지켜보던 장혁진이 휴대전화 통화버튼을 눌렀다.

"접니다."

짧은 통화를 마친 장혁진이 휴대전화를 주머니에 다시 넣었다.

"부당주가 놈의 정체를 조사해 보라는군."

미요랑이 눈을 깜박이며 물었다.

"갑자기 웬 조사요?"

"자네도 얼마 전에 망인단과 범천단, 그리고 적귀단(赤鬼團) 단주 마동철(魔童鐵)이 정체를 알 수 없는 세력에 당했단 소식을 들었을 거야. 높으신 분들은 이곳을 습격해온 저 자가 그들이 보낸 끄나풀일지 모른다고 의심하는 것 같네."

미요랑은 의아함을 감추지 못했다.

"그들은 구룡문에 당한 거 아니었어요? 특무대는 남한산성조약 때문에 우리 일을 방해하지 못하니까 그들밖에 없잖아요."

"지금으로서는 구룡문이 키워 낸 고수일 확률이 가장 높지만 제 3의 세력이 개입했을지도 모른단 거지. 어쩌면 중국에서 엄청난 속도로 크는 중이라는 참선당의 짓일 수도 있어."

미요랑이 미간을 찌푸렸다.

"망인단, 범천단, 그리고 적귀단의 마동철단주가 당한 사건과 이번 최민섭의 딸 문제는 구분해 생각하는 게 맞지 않아요?"

"그게 무슨 뜻인가?"

미요랑이 손가락으로 죽은 것처럼 보이는 우건을 가리켰다.

"최아영을 구출하기 위해 온 저 자는 다른 조직에서 왔을지 모른단 뜻이에요. 최민섭이 구룡문이나, 참선당에 연줄이 있을지도 모르지만 가능성이 그렇게 높진 않을 것 같거든요."

"그럼 자네는 저 놈이 어느 조직의 끄나풀일 거라 보는 건가?"

"제 생각엔 그들이 일본에 정착해 만든 대정회(大正會)나, 북미로 넘어간 자들이 만든 페코(FEKO)쪽 킬러인 것 같아요."

장혁진이 어깨를 으쓱했다.

"자네 말대로 대정회나, 페코가 보낸 해결사일 수도 있겠지. 어쨌든 놈을 조사해 보자고. 어느 조직 소속인지 알아보게."

장혁진은 쓰러져 꼼짝 않는 우건에게 걸어갔다. 우건의 상태는 엉망이었다. 장혁진의 유령음풍장을 등에 맞을 때, 각혈했기 때문에 흰색 와이셔츠 앞이 온통 피로 얼룩져 있었다.

우건 앞에서 한쪽 무릎을 꿇은 장혁진이 뒤를 보며 말했다.

"우선 놈이 쓴 복면부터 벗겨보자고."

말을 마친 장혁진이 우건이 덮어쓴 복면을 잡아 위로 올렸다.

핏자국이 선명한 우건의 입 주위가 막 드러났을 때였다.

눈을 번쩍 뜬 우건이 갑자기 장혁진의 왼손 맥문을 붙잡았다.

"이런!"

깜짝 놀란 장혁진이 뒤로 튕기듯이 물러섰지만 태을십사수 맹룡조옥를 피하기에는 두 사람의 거리가 너무나 가까웠다.

맹룡조옥으로 장혁진의 맥문을 틀어쥐는데 성공한 우건은 장혁진이 뒤로 물러서는 힘을 이용해 벌떡 일어났다. 그리고는 오른손 손바닥을 펼쳐 장혁진의 가슴을 짓쳐갔다. 장혁진은 그가 자랑하는 유령음풍장으로 우건의 장력을 막아

보려 했지만 맥문이 잡힌 탓에 위력이 제대로 나오지 않았다.

쿠르릉!

천둥이 치는 듯한 굉음이 폭발하듯 울리는 순간.

퍼엉!

태을진천뢰의 장력이 장혁진 가슴에 뇌전(雷電)처럼 작렬했다.

"크아아!"

비명을 지른 장혁진이 자기 가슴을 내려다보았다.

가슴 앞섶에 손바닥처럼 생긴 시커먼 장인(掌印)이 크게 찍혀 있었다. 장혁진은 고개를 들어 우건을 보았다. 우건의 눈빛은 마치 무슨 일이 있었냐는 듯 담담하기 짝이 없었다.

"우, 우릴 속였구나."

우건은 잡고 있던 장혁진의 맥문을 놓았다.

장혁진은 마치 뼈가 없는 연체동물처럼 흐물거리며 쓰러졌다.

태을진천뢰가 가진 양강한 장력이 그 짧은 시간 동안, 장혁진의 몸속에 있는 여러 장기와 척추를 녹여 버린 탓이었다.

우건은 고개를 들어 미요랑을 찾았다.

미요랑은 눈치가 빨랐다. 장혁진이 우건에게 맥문을 잡히는 순간, 일이 이상하게 돌아감을 눈치 챈 그녀는 지체 없이 몸을 돌려 방을 빠져나갔다. 우건은 바닥을 가볍게 찍었다.

그 즉시, 우건의 신형은 쏜살처럼 미요랑의 뒤를 추격했다. 태을문에서 가장 뛰어난 신법으로 꼽히는 일보능천이었다.

한 번의 도약으로 5, 6미터를 관통한 우건은 주저 없이 비응보를 펼쳤다. 공중으로 날아오른 우건은 먹잇감을 발견한 매처럼 곧장 낙하해 도망치는 미요랑의 뒷덜미를 잡아갔다.

도망치긴 틀렸다고 판단한 듯 미요랑이 휙 돌아서며 쇠사슬을 휘둘렀다. 내력이 가득 담긴 쇠사슬 네 개가 날카로운 검처럼 우건의 요혈을 찔러 왔다. 우건은 이형환위 수법으로 위치를 바꿔 피한 다음, 섬영보로 더 접근해 들어갔다.

미요랑은 접근한 우건을 떼어 내기 위해 회전하기 시작했다. 쇠사슬 네 개가 바람개비처럼 돌아가며 우건의 접근을 차단했다. 우건은 허리를 젖혀 쇠사슬을 피해 냈다. 날카롭게 갈아둔 쇠사슬 끝이 코앞을 아슬아슬한 차이로 빗나갔다.

뒤로 제비를 돈 우건은 비응보로 도약했다가 다시 하강하며 쌍장(雙掌)을 번갈아 휘둘렀다. 그 즉시, 파금장이 만든 강력한 장력이 미요랑을 보호하는 쇠사슬을 부수기 시작했다.

순식간에 그녀를 보호하는 쇠사슬 네 개 중 두 개가 거의 끝자락만 남았다. 욕을 내뱉은 미요랑은 쓸모없어진 쇠사슬 두 개를 버린 다음, 남은 두 개로 우건의 요혈을 찔러갔다.

운용할 수 있는 쇠사슬이 반으로 줄었지만 마냥 나쁜 것만은 아니었다. 오히려 남은 두 개에 더 집중할 수 있었던 것이다. 우건은 요혈을 찔러오는 쇠사슬을 유수영풍보의 수법으로 피하며 파금장과 금선지로 미요랑의 본체를 공격했다. 미요랑은 공중제비를 돌거나, 물구나무를 서는 것 같은 잡다한 신법을 이용해 우건의 공격을 가까스로 피해 냈다.

다시 10여 합이 지났을 때였다.

엄밀한 방어를 돌파한 쇠사슬 두 개가 우건의 양팔에 있는 맥문을 휘감았다. 좀 전에 함정에 빠졌을 때와 같은 상황에 처한 것이다. 그때는 미요랑의 쇠사슬에 사지가 결박된 상태에서 장혁진의 급습까지 받아 피를 한사발이나 토했다.

뱀이 똬리를 틀 듯 맥문을 휘감은 쇠사슬이 조여오기 시작했다. 우건은 담담한 눈빛으로 혈색이 변하는 손을 바라보다가 손목을 한 바퀴 돌려 쇠사슬 끝자락을 단숨에 붙잡았다.

쇠사슬에 모든 내력을 쏟아 붓던 미요랑이 깜짝 놀라 물었다.

"맥, 맥문이 잡힌 상태에서 어떻게?"

미요랑이 놀라는 것은 당연했다.

맥문이 잡히면 대부분은 그 즉시 내력을 쓰지 못하는 상태로 변했다. 즉, 무방비상태로 변하는 것이다. 그러나 우건은 맥문이 잡힌 상태에서 손목을 자유롭게 움직여 쇠사슬 끝을 잡아챘다. 그녀의 상식으론 이해가지 않는 일이었다.

우건은 쇠사슬에 감긴 자기 손목을 보여 주었다.

"이거 말이오?"

미요랑은 안력을 집중한 다음에야 어떻게 된 일인지 깨달았다.

우건이 강력한 호신강기로 양팔의 맥문을 보호해 미요랑의 쇠사슬이 그의 맥문을 제압하지 못하도록 조치한 것이다. 그러나 호신강기의 두께가 너무 엷은 나머지 집중해서 보지 않으면 쇠사슬이 우건의 맥문을 제압한 것처럼 보였다.

미요랑의 몸이 사시나무처럼 떨렸다.

"그, 그럼 아까 역시?"

"그렇소. 당신은 쇠사슬로 내 사지를 제압했다고 생각했겠지만 호신강기로 맥문을 보호한 나에게 타격을 주지 못했소."

말을 마친 우건은 잡은 쇠사슬 두 개에 내력을 밀어 넣었다.

오른쪽 쇠사슬에서는 연기가 올라올 정도로 뜨거운 기운이, 그리고 왼쪽 쇠사슬에서는 표면에 서리가 얹을 정도로 차가운 기운이 각각 밀려들어가 미요랑 내부를 마구 휘저었다.

"으아아악!"

미요랑은 몸을 뒤틀며 고통스런 비명을 질렀다.

이번에는 사내를 유혹하기 위한 몸짓이 아니었다.

참기 힘든 고통이 불러온 본능에 가까운 몸부림이었다.

우건은 쇠사슬에 밀어 넣은 태을음양수의 기운을 조절했다.

"최아영은 지금 어디 있소?"

미요랑은 우건의 질문에 대답하는 대신에 태을음양수의 기운이 약해진 틈을 타 쇠사슬을 벗겨내려 했지만 우건이 내력을 이용해 방해했다. 오히려 쇠사슬이 그녀의 살 속으로 파고 들어가 버렸다. 다른 사람의 자유를 구속하는데 사용한 쇠사슬이 이제는 그녀의 자유를 구속해 버린 상황이었다.

포기한 미요랑이 표독스런 얼굴로 고함을 질렀다.

"날 죽여도 그 걸레년이 어디에 있는지 알아내지 못할 것이다!"

우건은 말없이 태을음양수의 내력을 다시 쇠사슬에 밀어 넣었다. 이번에는 전보다 강도를 세게 한 탓에 미요랑의 오른쪽은 화상을 입은 사람처럼 살이 부풀어 오르기 시작했다. 반대로 왼쪽은 동상을 입은 사람처럼 얼어붙기 시작했다.

말로 형언할 수 없는 끔찍한 고통에 미요랑이 소리를 질렀다.

"알, 알았어요! 사, 사실대로 말할 테니까 제, 제발 그만 해요!"

우건은 태을음양수의 기운을 회수하며 다시 물었다.

"최아영은 지금 어디 있소?"

"그년, 아니 그녀는 지금 부당주와 함께 있어요."

"부당주면 아까 당신들이 말한 음월당 부당주를 말하는 것이오?"

"맞아요."

우건은 충분한 정보를 얻은 후에 미요랑의 사혈을 찔렀다. 미요랑이 살아남아서 부당주란 자에게 연락을 보내면 끝장이었다. 부당주가 죽은 장혁진과 미요랑에게 다시 연락하기 전에 그를 찾아야만 최아영을 무사히 데려갈 수 있었다.

우건은 시체를 처리한 후에 김동이 기다리는 차로 돌아갔다.

우건은 차에 타기 전 하늘을 보았다.

달이 조금씩 동쪽으로 기울고 있었다.

"서둘러야겠군."

차에 오른 우건은 산업단지를 나와 큰 도로로 들어섰다.

4장. 심야의 추격

　　우건은 2층 복도 끝 방의 문을 엶과 동시에 유령음마 장혁진과 쇄찰마녀 미요랑이 함정을 팠다는 사실을 눈치 챘다.

　　쇄찰마녀 미요랑은 최아영의 얼굴을 그대로 복제한 인피면구와 최아영이 입었던 옷을 착용한 상태에서 철제 매트리스에 결박당한 모습으로 누워 그를 기다렸다. 납치범이 최민섭을 협박할 때 보낸 최아영의 모습과 정확히 일치했다.

　　그러나 쇄찰마녀 미요랑은 최민섭이 딸을 찾기 위해 보낸 해결사의 무공수위를 제대로 파악하지 못한 게 틀림없었다.

미요랑은 우건을 속이기 위해 내력을 감춘다고 감췄을 것이다. 그러나 우건이 퍼트린 기파에 의해 그녀가 익힌 무공의 흔적이 그대로 드러나 버렸다. 그리고 유령음마 장혁진 역시 기척을 감춘 상태에서 우건이 함정에 걸려들길 기다렸지만 부처님 손바닥 위의 손오공과 차이가 별로 없었다.

우건은 그 자리에서 바로 그들을 속일 계획을 하나 세웠다. 장혁진은 죽이고 미요랑은 살려서 정보를 캐는 계획이었다.

우건은 미요랑의 쇠사슬에 일부러 당해 준 다음, 호신강기를 끌어올린 상태에서 장혁진의 유령음풍장에 등을 내주었다.

장혁진이 속도록 피를 토하는 모습까지 보여 준 우건은 가사(假死)상태에 빠진 것처럼 행동했다. 그리고 다른 한편으로는 분심공을 이용해 두 남녀가 나누는 대화를 엿들었다.

마침내 부당주의 전화를 받은 장혁진이 다가와 우건을 조사하려할 때, 재빨리 태을십사수와 태을진천뢰로 숨통을 끊었다.

장혁진은 최소 20합을 겨뤄야 죽일 수 있는 상대였다. 우건의 상태가 온전했다면 이야기가 달랐겠지만 지금 상태에선 방금 전처럼 수월하게 처리하기 힘든 강자였다. 그러나 우건은 기발한 책략으로 단 두 수만에 장혁진의 숨통을 끊었다.

　장혁진보다 실력이 떨어지는 미요랑은 쉬운 상대였다. 우건은 그녀를 태을음양수로 고문해 필요한 정보를 모두 얻었다.

　우건은 운전하며 장혁진이 가지고 있던 전화기를 김동에게 주었다. 김동은 바로 빈 전화기에 장혁진의 전화에 든 정보를 복사해 복제폰을 만들었다. 그리고 만든 복제폰을 노트북에 연결해 수신된 전화번호를 추적할 준비를 마쳤다. 장혁진의 원래 전화는 혹시 몰라 우건에게 다시 돌려줬다.

　우건은 김동에게 돌려받은 장혁진의 전화기가 울리길 기다렸다. 기다림의 시간은 그리 길지 않을 터였다. 최아영과 함께 있다는 부당주는 몇 분 전 장혁진에게 전화를 걸어 우건의 정체를 조사하란 지시를 내렸다. 그리고 그 말은 부당주가 결과가 궁금해 장혁진에게 다시 전화를 걸 확률이 매우 높다는 뜻이었다. 원래대로라면 장혁진이 먼저 부당주에게 전화를 걸어 보고하는 게 순서겠으나 이미 이 세상 사람이 아닌 장혁진이 먼저 전화를 걸 순 없는 노릇이었다.

　산업단지 주변을 10여 분쯤 돌았을 때였다.

　<u>드드드드!</u>

대시보드에 올려둔 장혁진의 전화기가 진동했다.

우건은 룸미러로 김동에게 눈짓한 다음, 통화버튼을 눌렀다.

버튼을 누르기 무섭게 부당주로 보이는 사내가 물었다.

-왜 보고가 없어? 아직 조사 중인가?

그때, 복제폰으로 위치를 추적하던 김동이 직진을 표시했다.

부당주의 전화를 추적하는 데 성공한 모양이었다.

우건은 차를 직진하며 전화기에 대고 말했다.

-그는 죽었소.

우건의 대답이 끝나기 무섭게 죽음 같은 정적이 흘렀다.

10여 초 후에 부당주가 다시 물었다.

-그들은 모두 당한 건가?

-그럴 거요.

-흠, 최민섭이 내 경고를 무시한 모양이군. 해결사를 보내면 딸년을 윤간한 다음에 병신으로 만들 거라 했는데 말이야.

우건은 부당주가 다른 생각을 못하게 바로 질문했다.

-제천회 음월당 부당주라 들었는데 내가 정확히 파악한 것이오?

-장혁진은 아닐 테고. 미요랑 그 암캐가 분 모양이군.

-맞소. 당신이 제천회 삼당 중 하나인 음월당의 부당주

혈심선생(血心先生) 손욱(孫旭)이라고 미요랑이 친절히 알려 주더군. 또, 혈심선생은 귀계(鬼計)를 잘 쓰는 데다 손속까지 아주 잔인해 음월당 안에서 당주 외에는 감히 당신에게 대적할 사람이 없다고 하더군. 물론, 좋은 소리만 한 건 아니오.

그때, 김동이 우회전하란 신호를 보냈다.

우건은 우회전하며 손욱이 전화를 끊기 전에 말을 계속 시켰다.

—미요랑이 말하길 당신에게는 여자를 죽여 간살(奸殺)하는 악취미가 있는데 더 역겨운 건 그 여자들이 열여섯이 넘지 않은 어린 소녀들이란 거였소. 미요랑이 아주 치를 떨더군.

그때, 전화기에서 덜그럭거리는 소리가 들렸다. 우건의 추측으로는 차 안 홀더에 끼워둔 전화기를 꺼내는 소리처럼 들렸다. 그리고 그 말은 손욱이 지금 차에 있다는 뜻이었다.

그때였다.

—여, 여보세요.

손욱의 목소리 대신, 젊은 여자의 겁에 질린 목소리가 들렸다.

우건은 룸미러로 김동을 보았다.

김동은 시간을 더 끌어야한다는 듯 집게손가락을 빙빙

돌렸다.

우건은 전화기에 대고 물었다.

-전화 받은 분의 이름을 알 수 있겠소?

-저, 전 최아영이에요.

-다친 곳은 없소?

-크, 크게 다친 데는 없어요.

전화기에서 다시 덜거덕거리는 소리가 들렸다.

손욱이 최아영에게서 전화기를 뺏은 모양이었다.

-그녀의 목소리를 들었나?

-들었소.

-내 경고를 무시한 최민섭의 딸년에게 내가 어떤 조치를 취할 것 같은가? 선택지가 몇 개 없으니까 한 번 맞춰 보라고.

우건은 잠시 뜸을 들였다.

김동이 손가락으로 우회전을 지시한 것이다.

우건은 손욱이 차에서 나는 소음을 듣지 못하도록 전화기를 손으로 가린 상태에서 재빨리 우회전하여 속력을 높였다.

새벽시간대였으므로 도로는 거의 텅 비어 있었다.

우건은 전화기를 가린 손을 치우며 대답했다.

-제천회 회주가 원하는 게 뭐일 것 같소? 내 생각엔 최민섭이 자살이나 암살과 같은 극단적인 방법으로 정치판에

서 사라지는 게 아니라, 자신의 실수로 지지율을 까먹다가 당선권에서 멀어지는 걸 원한다고 생각하는데. 내 말이 틀렸소?

손욱은 정곡을 찔린 듯 잠시 대답이 없었다.

이는 우건의 예상이 얼추 맞아떨어진 것을 의미했다.

제천회가 한정당 대선 후보 이정백을 당선시키기 위해서는 가장 강력한 경쟁자인 민중당 최민섭을 먼저 낙마시켜야했다.

그러나 최민섭이 스스로 목숨을 끊거나 갑자기 교통사고를 당해 죽는다면, 국민은 야당후보의 석연치 않은 죽음에 분노할 게 틀림없었다. 까마득한 시절이긴 하지만 한국에서는 대통령이 야당 유력후보를 사법 살인한 전력이 있었다.

국민들은 이정백과 현 정부를 의심할 게 분명했다.

그런고로 극단적인 방법은 득보다 실이 더 많았다.

그들이 취할 수 있는 가장 완벽한 조치는 최민섭이 어처구니없는 실수를 반복해 당선권에서 멀어지게 하는 것이었다. 그리고 그들은 그렇게 만들기 위해 최아영을 납치한 것이다.

부당주는 그들의 뜻을 이루기 전까지 최아영을 살려 두어야했다. 최아영이 죽으면 이판사판이 된 최민섭이 이 일을 언론에 발표해 그들이 이루려는 일을 어렵게 만들 게 뻔했다.

우건은 김동의 손짓에 따라 좌회전하며 말을 이어 갔다.

－당신은 최아영을 이용해 최민섭을 협박하는 상황이지만 반대로 최아영이 살아 있어야 최민섭을 협박할 수 있는 상황에 처한 것이오. 이곳에서는 그런 걸 아이러니라고 부르더군.

그때, 손욱이 마침내 침묵을 깼다.

－당신 말대로 최아영을 죽일 순 없겠지. 그러나 팔다리가 잘려 병신이 된 최아영과 남자들에게 윤간당해 폐인이 된 최아영은 여전히 살아 있는 인질이란 점에서는 변함이 없지. 즉, 협박의 강도를 올리는 일에 주저할 필요가 없다는 뜻이야. 최민섭은 병신이 된 딸이라도 돌려받고 싶을 테니까.

손욱이 최아영을 때린 듯 전화기 너머에서 비명소리가 들렸다.

－그녀가 아파서 울부짖는 소리를 들었나?

－들었소.

－사람이 얼마나 잔인해질 수 있는지 가르쳐 주지.

전화기 너머에서 옷이 찢어지는 소리가 들렸다.

뒤이어 최아영의 흐느끼는 소리가 같이 들려오기 시작했다.

－이년의 몸매에는 보는 사람을 환장하게 만드는 매력이

있더군. 몸을 주무를 때마다 사타구니가 금세 뜨거워진단 말이야.

우건은 룸미러로 뒤를 힐끔 보았다.

김동이 거의 다 왔다는 듯 엄지와 집게손가락으로 거리를 표시해 보였다. 김동의 거리감이 어떻게 되는지 모르겠지만 손욱과 최아영이 그리 멀지 않은 곳에 있는 것은 확실했다.

그때, 노트북 화면과 도로를 번갈아보던 김동이 30여 미터 앞에서 빠른 속도로 주행 중인 승합차를 손가락으로 지목했다.

우건은 확실히 하기 위해 전음으로 물었다.

-저 차가 확실한가?

-백퍼센트 확실합니다.

고개를 끄덕인 우건은 액셀러레이터를 밟아 속력을 높였다.

얼마 지나지 않아 우건이 모는 차는 승합차 살짝 뒤에 붙을 수 있었다. 우건은 고개를 돌려 승합차 조수석을 힐끗 보았다. 각도가 맞지 않아 전체를 다 볼 수는 없었지만 생머리를 길게 기른 젊은 여자가 조수석에 있는 것은 확실했다. 여자가 바깥쪽으로 고개를 조금만 돌려 줘도 확인이 가능할 텐데 아쉽게도 긴 생머리만 어지럽게 찰랑거릴 뿐이었다.

우건은 김동을 믿기로 했다.

김동은 이런 분야에서는 천재 중의 천재였다.

그를 믿지 않으면 믿을 사람이 없을 것이다.

우건은 김동에게 손짓해 운전을 맡겼다. 그리고 우건 본인은 열어놓은 창문으로 빠져나와 지붕으로 올라갔다. 차의 속력이 빨라 맞바람이 엄청났지만 천근추로 극복이 가능했다.

김동은 우건의 지시대로 차를 최아영이 있는 것으로 보이는 승합차 왼쪽 뒤에 붙였다. 일본은 차의 운전석이 오른쪽에 있어 왼쪽으로 접근해야 운전자의 시야를 피할 수 있었다.

거리가 적당히 줄어들었을 때, 우건은 비응보로 도약해 승합차 지붕으로 올라갔다. 소리가 나면 손욱이 눈치 챌지 몰랐다. 우건은 무게를 최대한 분산한 상태에서 조용히 착지했다.

그러나 손욱과 같은 고수를 완벽히 속이는 것은 불가능했다.

우건의 두 발이 차 지붕에 닿는 순간.

치이익!

새파란 도광이 지붕을 자르며 튀어나와 우건의 사타구니 사이를 정확히 찔러 왔다. 우건은 섬영보로 피하며 운전석이 있는 오른쪽으로 접근해 상체를 숙인 다음, 안을 보았다.

우건이 운전석 창문 안으로 머리를 들이밀기 무섭게 좀 전에 보았던 도광이 창문을 박살내며 쏘아져왔다. 우건은 허리를 세워 피한 다음, 재빨리 왼쪽에 있는 조수석으로 향했다.

끼이익!

우건은 차문을 통째로 떼어 낸 다음, 조수석 안을 살폈다.

마혈이 제압당한 듯 최아영으로 보이는 젊은 여자가 경직된 자세로 조수석에 앉아 있었다. 그때였다. 손욱으로 보이는 냉정한 인상의 중년 사내가 칼로 최아영의 목을 겨누려했다.

우건은 비원휘비로 칼을 막아 낸 다음, 전광석화로 기습했다.

전력을 다한 전광석화가 푸른 불꽃으로 변해 손욱의 팔을 찔러갔다. 손욱은 급히 몸을 뒤로 젖혔지만 전광석화를 피하지 못했다. 전광석화라는 명칭에서 알 수 있듯 불꽃이 날아가는 속도가 워낙 빨라 절대고수가 아니면 피하기 어려웠다.

손욱은 인상답게 성격 역시 냉정한 사내였다. 왼팔이 전광석화에 당하는 순간, 바로 칼로 자신의 왼팔을 잘라 내버렸다.

스프링클러를 틀어놓은 것처럼 손욱의 잘린 팔에서 치솟

은 피가 차 안을 흠뻑 적셨다. 그리고 전광석화가 옷과 살을 태우는 바람에 생긴 연기가 수증기처럼 시야를 가려 버렸다.

드드득!

우건은 그 틈에 최아영이 앉아 있는 조수석을 통째로 뜯었다. 마혈이 제압된 상태에서 안전벨트까지 착용한 최아영을 구하는 데는 좌석을 통째로 뜯어내는 방법이 가장 빨랐다.

그때였다.

휘익!

손욱이 오른손에 쥔 칼로 최아영을 구하려는 우건을 베어왔다.

우건은 피하려면 피할 수 있었다.

시간과 공간이 충분해 몸을 젖히면 어렵지 않게 몸을 뺄 수 있었다. 그러나 우건이 피하면 최아영의 생명이 위험했다.

우건은 급히 몸을 돌리며 등으로 칼을 받아 냈다.

호신강기를 펼쳤지만 거리가 너무 가까웠다.

촤아악!

호신강기가 뚫리며 칼이 등허리 가운데를 자르며 지나갔다.

우건은 개의치 않는다는 듯 무심한 얼굴로 고개를 돌렸다.

김동이 모는 차가 바로 뒤에 도착해 있었다. 우건은 전음으로 지시를 내렸다. 갑작스러운 지시에 화들짝 놀란 김동은 주먹으로 전면유리를 부셔 최아영을 받을 준비를 마쳤다.

김동이 준비를 마침과 동시에 우건은 최아영을 구속한 벨트를 잘랐다. 그리고는 조수석에서 떨어져 나오는 최아영을 받아 김동에게 던졌다. 긴장한 듯 온몸이 땀에 젖은 김동은 우건이 던진 최아영을 받아들기 무섭게 차 속력을 줄였다.

최아영의 안전을 확인한 우건이 고개를 차 쪽으로 돌렸을 때였다. 지혈을 마친 손욱이 칼로 우건의 가슴을 베어왔다.

카앙!

우건은 태을십사수의 철마제군으로 간신히 막아 냈다. 철마제군의 강력한 힘이 손욱의 칼이 옆으로 빗나가게 만들었다.

빗나간 칼이 승합차의 전면 유리를 박살내며 세찬 바람이 쏟아져 들어왔다. 그러나 바람에 신경 쓰는 사람은 없었다.

우건은 그 틈에 조수석을 떼어 낸 차 안으로 들어가 무영무음지를 펼쳤다. 손욱 역시 만만치 않은 고수였다. 비록 전광석화에 당해 왼팔이 잘렸지만 실력 자체가 원체 뛰어났다.

손욱의 실력이 뛰어나지 않았으면 제천회 수뇌부가 이처럼 중요한 일을 그에게 맡기지 않았을 것이다. 소리와 흔적이 전혀 없는 무영무음지를 피해 낸 손욱이 맨손으로 우건의 목을 잡아왔다. 우건은 고개를 옆으로 틀어 공격을 피했다.

우건을 헛친 손욱의 오른손이 차체를 뚫고 튀어나갔다. 엄청난 위력의 수공이었다. 우건은 두 팔을 교차하며 앞으로 뻗었다. 태을십사수의 절초 쌍봉희왕이었다. 손욱은 하나 남은 오른손으로 쌍봉희왕 가운데를 갈라 초식을 막아냈다.

우건은 다시 흑웅시록으로 손욱의 오른쪽 어깨를 찍어갔다. 손욱은 시트를 뒤로 젖혀 피한 다음, 우건의 왼쪽 허리를 수공으로 쳐왔다. 우건은 급히 앞으로 상체를 숙여 피했다.

두 사람은 그런 식으로 좁은 차 안에서 치명적인 공격을 주고받았다. 그러나 두 사람 중에 유리한 쪽은 우건이었다.

손욱은 오른쪽에 위치한 운전석에서 오른팔로 왼쪽에 있는 우건을 공격해야한다는 약점을 갖고 있었다. 왼팔이 있었다면 더 짧은 거리에서 치명적인 공격을 가할 수 있었지만 왼팔이 없기에 조금 더 먼 거리를 움직여야 하는 오른팔을 사용할 수밖에 없는 것이다. 원래 두 사람과 같은 고수의 싸움에선 작은 차이가 승패를 넘어 생사까지 결정지었다.

그렇다고 우건이 마냥 편한 상황은 아니었다. 등의 상처에서 계속 피가 쏟아져 나와 과다출혈로 이어지기 직전이었다.

우건과 손욱 둘 다 끝이 멀지 않았음을 직감한 상황이었다. 당연히 본인이 아는 최강의 살수를 동원할 수밖에 없었다.

손욱의 오른팔에 핏빛 광채가 물들기 시작했다. 우건은 즉시 태을진천뢰를 펼쳤다. 핏빛 광채와 태을진천뢰가 충돌하며 차에 달린 모든 유리창이 박살났다. 그리고 차 지붕에 커다란 구멍이 뚫리며 운전석 차문이 통째로 뜯겨나갔다.

전자장비가 고장 난 듯 계기판의 숫자가 제멋대로 움직이며 불꽃이 사방으로 튀었다. 우건은 선령안을 펼쳤다. 태을진천뢰가 핏빛 광채를 부수며 들어가 손욱의 가슴에 적중했지만 손욱이 호신강기를 펼친 듯 치명상을 입히지 못했다.

손욱의 손에 방금 전보다 짙은 붉은색 광채가 어리기 시작했다. 진원까지 끌어올린 듯 횃불 하나가 피어오른 듯했다.

우건은 급히 양 손으로 태을음양수를 펼쳤다.

붉은색 강기와 푸른색 강기가 뒤엉키며 날아가 횃불과 충돌했다. 그 순간, 엄청난 폭음과 함께 그나마 남아 있던 차체가 완전히 박살 나 거의 골격만 남았다. 우건은 다시 선령안으로 손욱의 상태를 살폈다. 이번 공격은 통한 듯 손욱의 몸이 반은 타오르고 반은 얼어붙어 있었다. 그러나 목숨이 끊는 데는 또 실패한 듯 손욱이 갑자기 핸들을 홱 꺾었다.

우건은 급히 차 밖으로 몸을 날리려했지만 손욱이 하나 남은 손으로 우건의 다리를 붙잡았다. 우건이 수도로 손욱의 팔을 잘라낼 때, 차가 가드레일을 뚫고 절벽으로 떨어졌다.

손욱은 두 팔이 다 잘린 상태에서도 사악한 미소를 지었다.

우건이 차 밖으로 몸을 날리려는 순간, 30여 미터를 추락한 승합차가 앞부터 바닥에 충돌했다. 그 즉시, 폭발음과 함께 골격만 남은 승합차 위로 시커먼 연기와 불길이 치솟았다.

한편, 우건과 손욱이 탄 승합차 뒤를 조심스레 쫓아가던 김동은 승합차가 갑자기 가드레일을 뚫고 까마득한 절벽 아래로 떨어지는 모습을 목격하고는 거의 기절하기 직전이었다.

차를 급히 갓길에 세운 다음, 부서진 가드레일 옆에서 절벽 밑을 내려다보았다. 어둠 속에서 엄청난 폭발음과 함께 새빨간 불길이 10여 미터까지 치솟았다. 김동이 초조한 눈빛으로 주변을 살펴볼 때였다. 불길 속에서 갑자기 시커먼 인영이 공중으로 솟구쳤다. 김동이 안력을 집중하기 위해 눈을 깜박이는 순간, 시커먼 인영은 공중에서 왼발로 오른 발등을 찍은 다음, 다시 도약해 가드레일 위에 올라왔다.

김동은 처음에 시커먼 인영이 손욱일지 모른다는 생각에 급히 방어 자세를 취하며 물러섰지만 인영의 정체가 불길에 잔뜩 그을린 우건임을 알고는 안도의 숨을 길게 내쉬었다.

우건은 별일 아니라는 듯 담담한 표정으로 주위를 둘러보았다. 시간이 시간인지라, 지나다니는 차가 많지는 않았지만 사고를 목격한 차들이 하나둘 갓길에 차를 세우기 시작했다.

우건은 차들이 더 몰려들기 전에 김동의 차에 올라 현장을 벗어났다. 조수석에 탄 우건은 사이드미러로 뒤를 보았다. 현장에 도착한 사람들이 전화를 꺼내드는 모습이 보였다.

김동은 현장과 거리를 벌린 다음, 바로 차를 세웠다. 지혈이 너무 늦은 탓에 우건이 과다출혈로 인한 쇼크에 빠진 것이다.

김동은 근처 병원에 잠입해 우건의 혈액형과 맞는 혈액과 수혈에 필요한 도구를 훔쳐왔다. 쾌영문에 입문하기 전까지

도둑질로 생계를 유지한 김동에게는 식은 죽 먹기와 같았다.

김동은 쇼크에 빠진 우건을 뒷좌석에 눕힌 다음, 혈액을 수혈했다. 이곳이 병원이라면 수혈과 동시에 등의 상처를 치료했을 테지만 병원이 아닌 탓에 수혈부터 먼저 시작한 것이다.

혈액 두 팩을 수혈했을 무렵, 우건이 갑자기 정신을 차렸다.

그 다음에는 김동이 할 수 있는 일이 사실상 없었다.

우건은 가부좌한 상태에서 천지조화인심공을 운기해 상처를 치료했다. 천지조화인심공의 요상구결은 내상치료에 가장 효과적이지만 그렇다고 외상치료에 효과가 전혀 없는 것은 아니었다. 물론, 외과의사가 수술하듯 벌어진 살을 꿰매 주지는 못했다. 그리고 찢어진 혈관을 이어 주지는 못했다. 그러나 치료를 받지 않은 상태에서 한 달이 넘게 걸릴 회복시간을 짧게는 몇 시간, 길게는 며칠로 줄여 줄 수는 있었다.

이를테면 인간이라면 누구나 가지고 있는 자가 치유력을 인위적으로 증폭시켜 외상을 치료하는 방법이라 할 수 있었다.

치료를 마친 우건은 바로 김동에게 돌아가는 비행기티켓을 예약하란 지시를 내렸다. 우건과 김동은 입국할 때 사용한 여권이 있어 문제없었지만 손욱이 여권을 없애 버린 최아영은 재발급이 필요했다. 그러나 일본에 있는 대사관을 찾아 여권을 재발급하기에는 시간이 부족했다. 하는 수 없이 김동이 최아영의 여권까지 새로 위조하기로 결론을 내렸다.

우건 일행은 여권작업을 위해 오사카에 있는 모텔에 투숙했다.

우건은 모텔에 방을 잡은 다음, 최아영의 몸 상태를 살폈다. 최아영을 점혈한 솜씨가 고명해 김동은 풀 방법이 없었다. 우건은 최아영의 명문에 내력을 집어넣어 자세히 진맥한 후에야 그녀의 혈도를 막은 기운을 제거하는데 성공했다.

마혈이 풀린 최아영은 멍한 표정으로 우건을 응시하다가 김동이 건네준 담요로 몸을 감쌌다. 그녀가 입었던 옷을 손욱이 다 찢어버리는 바람에 몸을 가릴 게 담요밖에 없었다.

구해줘 고맙다는 듯 머리를 숙인 최아영은 비틀거리며 일어나서는 화장실에 들어가 문을 잠갔다. 그리곤 세면대와 샤워기를 같이 틀었다. 물소리에 다른 소리가 모두 가려졌다.

컴퓨터로 작업 중이던 김동이 슬쩍 다가와 우건에게 물었다.

"그녀가 나쁜 마음을 먹지는 않겠죠?"

"그게 무슨 말인가?"

"끔찍한 일을 겪은 사람이 극단적인 선택을 하는 게 그리 이상한 일은 아니지 않습니까? 저는 그녀가 그런 선택을 할까봐 걱정됩니다. 그녀가 잘못되면 다 수포로 돌아가니까요."

우건은 귀혼청으로 화장실 안에서 들려오는 소리를 엿들었다.

숙녀가 들어간 화장실에서 나는 소리를 엿듣는 게 권장할 만한 행동은 아니었지만 그녀가 자살하는 것보다는 나았다.

다행히 작게 흐느끼는 소리 외에 다른 소리는 들려오지 않았다.

우건은 귀혼청으로 최아영을 감시하며 김동에게 물었다.

"여권은 어떻게 되었나?"

"딥 웹으로 접근한 현지 위조여권업자에게 방금 연락이 왔습니다. 마침 오사카에 산다니까 나가서 만나볼 생각입니다."

"딥 웹?"

"일반적인 방법으로는 들어가지 못하는 어두운 세계를 뜻합니다. 인간사의 가장 추악한 부분들이 모여 있는 곳이지요."

"혼자갈 수 있겠나?"

"걱정 마십시오. 별일 없을 겁니다."

"알겠네."

김동이 위조여권업자를 만나러 떠난 후, 우건은 최아영이 나오기를 기다렸다. 다행히 최아영은 극단적인 선택을 하지 않았다. 욕실 물소리가 잠잠해지다가 어느 순간, 문이 열렸다.

침대 끄트머리에 엉덩이를 살짝 걸친 최아영은 김동이 사다준 담요로 밖으로 드러난 맨살을 최대한 가리려 노력했다. 우건은 고개를 다른 쪽으로 돌리다가 김동이 쓰던 노트북 옆에 놓인 쇼핑백을 발견했다. 뭐가 들었는지 궁금해 열어 보았다. 여자가 입는 속옷과 블라우스, 치마가 들어 있었다.

꼼꼼한 김동이 최아영을 위해 미리 준비해 둔 옷이 분명했다.

"이 옷으로 갈아입으시오."

쇼핑백 내용물을 확인한 최아영이 머리를 살짝 숙였다.

"고, 고마워요."

쇼핑백을 받은 최아영은 화장실에 들어가 옷을 갈아입었다. 잠시 후, 최아영이 옷 위에 담요를 걸친 어색한 모습으로 다시 나왔다. 김동이 산 옷은 모두 치수가 작았던 것이다.

패션모델처럼 170센티미터가 훌쩍 넘는 그녀의 체형에 일본 여자들이 평소에 입는 기성복이 맞을 리 없었다. 물론, 컴퓨터에 관해서는 천재적이지만 그 외의 다른 일, 특히 여자에 관해서는 숙맥이나 다름없는 김동이 그녀의 치수를 잘못 계산한 탓이 컸다. 그녀가 입은 블라우스 소매는 팔뚝에서 끝났다. 그리고 바지는 종아리 위에 걸쳐져 있었다.

전처럼 침대 매트리스 끝에 엉덩이만 살짝 걸친 자세로 앉은 최아영은 불안한 눈빛으로 우건과 방 안을 번갈아 보았다.

최아영은 생전처음 보는 사내와 단둘이 모텔에 있는 게 불안해 견딜 수 없는 모양이었다. 우건은 불안해할 필요 없다고 말해 줄 수 있었지만 불과 몇 시간 전에 끔찍한 일을 겪은 최아영의 심정을 이해하기에 별다른 말을 하지 않았다.

어색함을 견디지 못한 최아영이 먼저 말을 걸었다.

"아버지가 보내셨나요?"

"그렇소."

끔찍한 기억들이 떠오른 듯 최아영이 고개를 세차게 저었다.

"그, 그자들……. 그러니까 그 자들……."

"듣고 있소."

최아영이 고개를 홱 들어 우건을 정면으로 응시했다.

"그자들은 평범한 사람이 아니던데 당신도 그들과 같은 능력을 가지고 있나요? 그래서 저를 구해 줄 수 있었던 건가요?"

"자세한 사정은 돌아가서 아버님과 이야기를 나누도록 하시오."

"아버지는 제가 풀려난 사실을 아시나요?"

"아직 말하지 않았소."

최아영이 이해가 가지 않는다는 표정으로 물었다.

"왜 말하지 않았죠?"

"도청되면 입국하는데 어려움이 있을 수 있기 때문이오."

한손으로 얼굴을 감싼 최아영이 우울한 목소리로 다시 물었다.

"한국 상황이 그 정도로 나쁜 거예요?"

"그렇소. 야당 유력후보의 딸을 납치해 협박하는 자들이 있는 상황이오. 그리고 그자들은 끝까지 포기하지 않을 것이오."

불안한 생각을 떨쳐버리려는 듯 머리를 흔든 최아영이 물었다.

"방금 전까지 같이 있던 남자는 왜 보이지 않는 거죠?"

"그는 여권을 만들러갔소."

"제 여권을요?"

"재발급받기에는 시간이 부족해서 위조하려는 거요."

우건의 대답을 끝으로 대화는 다시 끊겼다.

우건은 고개를 돌려 최아영의 행색을 살폈다.

어른에게 아이의 옷을 억지로 입혀놓은 듯했다. 아마 공항에 들어서면 다들 이상한 눈으로 그녀를 쳐다볼 게 틀림없었다.

"새 옷을 사러나갑시다."

모텔에 단둘이 있으면 최아영이 계속 불안해할 가능성이 높아 우건은 그녀와 함께 모텔 근처의 쇼핑상가를 찾았다. 김동에게는 문자를 보내 잠시 외출할 거라 미리 말해 두었다.

최아영은 우건이 준 현금으로 속옷과 겉옷, 그리고 신발과 간단한 화장품까지 구입한 후에야 조금 진정이 되는 듯했다.

최아영은 본사가 그녀를 일본지사에 파견할 정도로 일본어에 능통해 물건을 구입하는데 힘든 점이 없었다. 쇼핑한 후에는 쇼핑몰에 붙어 있는 푸드 코트에 들러 식사까지 끝냈다.

식사가 막 끝났을 때, 김동이 위조여권업자를 만나 최아영의 여권을 만들었다는 문자가 도착했다. 일본에 오래 머물 생각이 전혀 없던 우건은 서둘러 모텔로 돌라갔다. 원공후를 믿지 못하는 건 아니지만 최민섭을 계속 맡겨 둘 순 없었다.

손욱과 장혁진, 그리고 미요랑과의 연락이 모두 끊긴 제천회 수뇌부는 최아영을 납치해 최민섭을 협박한다는 계획이 실패했다는 사실을 이미 눈치 챘을 터였다. 그들이 또 다른 일을 벌이기 전에 서둘러 귀국해 최민섭 옆에 있어야했다.

감시카메라가 많은 대로변을 피하다 보니 자연스레 골목골목을 돌아 그들이 방을 빌린 모텔로 돌아가게 되었다. 우건의 공간감각은 타의 추종을 불허해 도중에 길을 잃거나, 헤맬 이유가 전혀 없었다. 모텔이 멀지 않았을 때였다. 불량해 보이는 일본 청년 몇 명이 골목 반을 차지한 상태에서 담배를 피우며 술을 마시다가 우건과 최아영을 발견했다.

흠칫한 최아영이 본능적으로 우건의 소매를 잡았다.

"우리 다른 길로 가요."

최아영을 힐끗 본 우건은 그녀의 말을 따르지 않았다.

청년들이 막아선 골목으로 걸어가기 시작한 것이다.

청년들이 하나둘 일어서더니 아예 골목 전체를 막아 버렸다.

최아영은 두려움에 질린 얼굴로 우건 뒤에 숨었다.

최아영은 겁을 너무 많이 집어먹은 나머지 우건이 손욱, 장혁진과 같은 고수를 해치웠다는 사실을 잊어버린 모양이었다.

청년들이 일본말로 무어라 소리치기 시작했다. 말투와 표정으로 봐서는 좋은 말이 아님은 분명했다. 일본어를 잘

하는 최아영은 알아들은 듯 우건의 소매를 더욱 세게 잡아당겼다.

우건은 그들을 무시할 생각이었다. 괜히 일본까지 와서 일반인을 상대로 사고를 칠 필요가 없었다. 그의 이번 목표는 최대한 조용히 입국해 최아영을 제천회의 마수에서 구해낸 다음, 다시 최대한 조용히 한국으로 귀국하는 것이었다.

청년들의 어깨를 가볍게 밀치며 골목길을 지나가려는 순간, 청년 하나가 우건의 얼굴에 냅다 주먹을 날렸다. 우건은 비원휘비로 주먹을 잡은 다음, 살짝 비틀었다. 청년의 주먹이 돌아가선 안 되는 각도까지 돌아갔다. 비틀거리며 벽까지 밀려난 청년이 부러진 손목을 잡은 채 눈물을 글썽였다.

그게 시작이라는 듯 청년 두 명이 마시던 술병을 벽에 쳐서 깬 다음, 날카롭게 갈린 병조각을 휘두르며 곧장 덮쳐왔다.

우건은 맹룡조옥과 광호기경으로 청년 두 명을 날려 버렸다.

이번에는 청년 하나가 잭나이프를 꺼내 우건의 등을 찔러 왔다. 우건은 선풍무류각의 연환각(連環脚) 수법을 사용해 회칼을 든 청년을 그대로 걷어차 버렸다. 붕 떠오른 청년은 3, 4미터를 날아간 다음, 바닥에 처박혀 일어나지 못했다.

10여 초가 채 지나기 전에 동료 네 명이 나가떨어지는 모습을 본 불량배들은 친구와 동료를 부축해 골목에서 도망쳤다.

최아영은 그들의 모습이 골목에서 완전히 사라질 때까지 우건의 소매를 놓지 않았다. 한참만에야 우건의 소매를 놓은 최아영은 가슴을 쓸어내리며 안도의 숨을 길게 내쉬었다.

도중에 작은 우여곡절이 있기는 했지만 어쨌든 골목길을 돌아 모텔 뒷문에 무사히 도착하는데 성공했다. 두 사람이 빌린 방이 있는 층으로 올라가기 위해 승강기에 탔을 때였다.

승강기 벽에 있는 대형거울로 자신의 모습을 살펴보던 최아영이 뭔가를 깨달았다는 듯 아차 싶은 표정으로 돌아섰다.

"죄송해요."

"갑자기 왜 죄송한 거요?"

"목숨을 걸고 절 구해 주신 분인데 그동안 정식으로 감사인사를 드리지 못했다는 것을 방금 깨달았거든요. 이번 기회에 제대로 말씀드릴 게요. 구해 주셔서 정말 감사합니다. 두 분의 도움이 없었으면 전 끔찍한 상황에 처했을 거예요."

우건은 고개를 저었다.

"그럴 필요 없소. 공치사를 위해 소저를 도운 것은 아니니까."

최아영 역시 고개를 저었다.

"진심으로 하는 말이에요. 믿어 주세요."

말을 마친 최아영이 정중한 자세로 머리를 숙여보였다.

우건은 원래 이런 상황을 좋아하지 않아 얼른 말했다.

"알았으니까 이제 그만 머리를 드시오."

마침 승강기 문이 열린 덕분에 어색한 상황을 끝낼 수 있었다.

방에 도착한 우건과 최아영은 위조여권을 만들어온 김동과 합류해 바로 가까운 공항으로 출발했다. 차는 공항주차장에 주차해 두면 나중에 다른 사람이 와서 찾아가기로 했다.

우건이 수속을 밟으며 김동에게 전음을 보냈다.

-여권은 확실한가?

-제 실력을 의심하시는 겁니까?

-최민섭 후보의 딸이 위조여권을 이용해 밀입국하다가 경찰에 발각되었단 소식은 전혀 도움이 안 되네. 정말 확실한가?

-백퍼센트 확실합니다.

-알았네.

김동은 자신감을 내비쳤다. 그리고 그런 자신감이 허세가

아님이 곧 밝혀졌다. 출국하는데 어려움이 전혀 없었던 것
이다.

현장발급인 관계로 김동과 최아영이 붙어 있는 좌석을,
우건은 그들과 조금 떨어진 좌석을 받았다. 우건은 한국에
도착하기 전까지 체력을 보충해 둘 생각으로 수면을 취했
지만 김동과 최아영은 속닥거리며 비행 내내 대화를 멈추
지 않았다.

그들 간의 대화는 주로 최아영이 김동에게 질문하는 식
이었다.

"저분은 성함이 어떻게 되세요?"

"장건우입니다."

"진짜 성함인가요?"

김동은 눈썹을 살짝 찡그리며 대답했다.

"예, 진짜 성함입니다."

최아영이 한숨을 내쉬었다.

"그럼 그쪽 이름은 임재동이겠군요."

"맞습니다. 임재동, 그게 제 이름입니다."

"저를 납치한 사람들 말이에요. 그들은 대체 누군가요?
장 경호원은 제천회라는 조직이 그들을 보냈다고 하던데
맞나요?"

"맞습니다. 좀 더 정확히 말하면 제천회 음월당이란 곳
입니다."

최아영의 질문은 쉴 틈이 없었다.

"그 사람들은 쓰는 게 무공이란 건가요?"

"그들이 무공을 펼치는 모습을 본 적 있습니까?"

"묶여 있을 때는 몸을 움직이지 못해 자세히 보지 못했어요. 하지만 그들이 몇 미터 높이를 단숨에 뛰어오르고 몸이 거의 안보일 만큼 빠르게 움직이는 모습은 본 적이 있어요."

김동은 솔직히 대답했다.

"제대로 보신 게 맞습니다. 그게 무공이란 겁니다."

"그럼 저를 납치한 사람들은 그 세계에서 어떤 위치에 있어요?"

"아마 강자 축에 넉넉히 들어갈 겁니다."

"엄청 강했던 거로군요."

"그렇습니다."

"임 경호원 말이 맞다면 그런 조직에게서 저를 구해 낸 저 장 경호원이란 분은 그들보다 훨씬 더 강한 사람이란 뜻이겠군요?"

"그렇습니다. 장 경호원이 그들보다 훨씬 강합니다."

최아영은 장건우라는 이름으로 위장 중인 우건에게 관심이 상당히 많은 듯했다. 질문 대부분이 우건에 관한 거였다.

그러는 사이에 비행기는 김포공항 활주로에 착륙했다.

아련한 시선으로 창문 밖의 풍경을 바라보던 최아영은 김동이 보지 못하도록 몸을 돌려서는 화장지로 눈물을 닦았다.

김동은 그런 그녀를 말없이 지켜보았다.

5장. 총력전(總力戰)

최민섭과 최아영의 감격적인 재회는 보는 사람들을 눈물 짓게 만들었다. 김동은 콧잔등이 시큰거리는 듯 코를 연신 훌쩍였다. 원공후, 김은, 김철 세 명 역시 눈이 벌게져 있었다.

다만, 우건만이 평소와 다름없는 표정으로 지켜볼 따름이었다.

최아영을 다독거린 최민섭이 우건에게 진심을 담아 말했다.

"이 은혜를 앞으로 어찌 갚아야 할지 모르겠소."

"국민을 위해 좋은 정치를 하십시오. 그거면 족합니다."

"장 경호원의 말을 명심하겠소."

부녀의 감격적인 재회가 끝난 후에 최아영은 모친이 있는 교외 자택으로 이동했다. 우건은 원공후에게 모녀의 경호를 부탁했다. 원공후는 흔쾌히 우건의 부탁을 받아들여 주었다.

원공후와 김은, 김철 세 명이 최아영을 호위해 자택으로 이동한 후에는 전처럼 우건과 김동이 최민섭의 경호를 담당했다.

민중당 경선의 하이라이트라 할 수 있는 수도권 경선을 이틀 앞두었을 때였다. 이미 최민섭이 압도적인 표차이로 상대 후보에게 앞서나가 있을 때라, 수도권에서 참패만 하지 않는다면 19대 대통령 선거에 민중당 후보로 출마할 가능성이 아주 높은 상황이었다. 한데 수도권이야말로 최민섭의 표밭이나 다름없어 캠프 사람들은 한시름 놓은 표정이었다.

새벽까지 이어진 강행군 끝에 휴식을 취할 시간을 잠시 얻은 최민섭은 우건과 김동을 불러 앞으로의 일정을 상의했다.

"장 경호원이 보기에 놈들이 또 일을 꾸밀 것 같소?"

우건은 고개를 끄덕였다.

"놈들은 민중당의 마지막 경선에 해당하는 수도권 경선이 끝나기 전에 한 번 더 일을 저지를 가능성이 아주 높습니다."

"어떻게 그리 확신하는 것이오?"

"야당 대선 후보가 되면 놈들은 역풍이 두려워 손을 쓰지 못할 겁니다. 경선을 치루는 예비후보라면 몰라도 대선에 출마한 유력후보를 암살하는 것은 정치적인 자살행위입니다. 놈들은 경선이 끝나기 전에 일을 벌일 가능성이 높습니다."

최민섭이 감탄했다는 듯 물었다.

"그런 건 어떻게 알았소?"

"큰 틀에서 보면 정치계나, 무림이나 거의 같기 때문입니다."

최민섭이 고개를 끄덕였다.

"나 역시 장 경호원과 같은 생각이오. 경선이 끝나기 전에 일을 벌일 듯한데 놈들이 이번엔 어떤 식으로 나올 것 같소?"

"놈들이 일을 벌이기 전까지는 어떤 방법을 써올지 예측하기가 아주 어렵습니다. 그러나 그전에 한 가지 확실히 말씀드릴 수 있는 건 강도가 전보다 훨씬 강해질 거란 점입니다."

"강도가 어떤 식으로 강해진단 거요?"

"놈들이 후보님 개인을 직접 공격하려들 가능성이 높습니다."

최민섭이 한숨을 내쉬며 소파에 등을 묻었다.

"나를 직접 친다는 뜻이오?"

"그렇습니다. 그리고 아마 일본에서 따님을 납치했을 때 동원했던 고수들보다 더 강한 고수들이 여럿 동원될 것입니다."

"그렇게 확신하는 이유가 무엇이오?"

"그들이 후보님 옆을 지키는 저희의 존재를 알기 때문입니다."

최민섭은 말없이 고개를 끄덕였다.

최아영을 납치한 자들을 없앨 정도의 실력을 가진 고수가 최민섭 옆을 지킨다는 사실은 이미 드러난 카드나 다름없었다.

그렇다면 그 카드부터 없애야 최민섭에게 접근할 수 있다는 뜻이니 제천회는 전보다 강한 고수를 동원할 게 틀림없었다.

최민섭은 한참 후에야 복잡한 표정으로 입을 열었다.

"놈들이 일을 벌인다면 언제일 것 같소?"

"공식 일정이 있을 땐 아닙니다. 사람과 카메라가 많으니까요."

"그럼?"

"자택에서 야간에 공격해올 가능성이 아주 높습니다."

최민섭이 깜짝 놀라 물었다.

"그럼 아내와 딸아이를 빨리 피신시켜야 하지 않겠소?"

우건은 고개를 저었다.

"경호대상이 분산되면 오히려 경호하기가 더 어려워질 겁니다."

우건과 최민섭은 새벽 늦게까지 경호문제를 상의했다.

그날 새벽, 우건은 최민섭의 자택을 경호하는 원공후에게 전화를 걸어 그들이 해야 할 일을 알려 주었다. 원공후는 문제없다는 답신을 보냈다. 전화를 끊은 우건은 잠시 고민하다가 머릿속에 있는 전화번호를 하나 끄집어내 연락했다.

잠시 후, 전화번호 주인이 전화를 받았다.

전에 걸었을 때처럼 짜증이 잔뜩 섞인 목소리였다.

우건은 전화번호 주인에게 필요한 정보를 몇 가지 얻은 다음, 한 가지 일을 부탁했다. 전화번호 주인은 다른 사람과 먼저 상의해 본 후에 결론이 나오면 알려 주겠다고 대답했다.

우건은 알겠다며 전화를 끊었다.

수도권 경선 전날, 우건은 원공후 등과 최민섭의 분당(盆唐) 자택에 도착해 경호계획을 면밀히 짜기 시작했다. 최민섭의 자택은 정원과 아담한 텃밭이 딸려 있는 2층 주택이었다.

경호계획대로 인원배치를 마친 새벽 무렵, 20여 명이 넘는 인원이 저택 사방을 에워싸기 시작했다. 적외선 망원경으로 적의 접근을 가장 먼저 감지한 김은이 바로 신호를 보냈다.

－적이 접근 중입니다.

우건은 바로 김동과 김철에게 최민섭의 가족을 자택 지하실로 내려 보내라는 지시를 내렸다. 뜬 눈으로 밤을 지새우던 최민섭의 가족은 외출복을 입은 상태에서 지하실을 찾았다.

－후보 가족이 지하실에 도착했습니다.

이어셋을 통해 김동의 보고를 받은 우건은 고개를 돌려 앞마당을 보았다. 그때, 검은색 야행복을 입은 적 네 명이 담을 넘어 집 안으로 들어왔다. 일월보로 신형을 감춘 우건은 그들이 땅에 내려서는 순간을 노려 폭풍 같은 공세를 가했다.

쉬익!

생역광음이 가장 먼저 날아갔다. 적 역시 실력이 만만치 않아 기습을 눈치 채기 무섭게 장력으로 반격해왔다. 웅혼한 장력이 앞마당에 있는 잔디밭에 깊은 고랑을 만들며 덮쳐왔다.

그러나 우건이 전력을 다해 펼친 생역광음은 적의 장력을 관통해 장력을 날렸던 적의 심장에 구멍을 뚫기에 충분했다.

첫 번째 적을 기습으로 쓰러트린 우건은 신형이 완전히

드러남과 동시에 유성추월, 선도선무, 일검단해를 연속해 펼쳤다.

파파파팟!

청성검이 쉴 새 없이 뿜어내는 새파란 검광이 클럽의 조명처럼 번쩍이는 순간, 두 번째 적과 세 번째 적이 쓰러졌다.

그러나 네 번째 적은 검광 속을 제 집처럼 돌아다니며 우건의 폭풍과 같은 연계공격을 모두 피해 냈다. 선봉으로 담을 넘은 네 명 중 네 번째 적이 가장 고수라는 증거일 것이다.

우건은 재빨리 기파를 퍼트렸다.

적의 주력이 담을 넘기 직전이었다.

우건의 계획은 간을 보기 위해 넘어온 선봉대를 기습으로 처리한 다음, 주력을 상대하는 것이었다. 한데 네 번째 적에게 발목이 잡히면 우건이 먼저 주력에게 포위당할 것이다.

네 번째 적은 경신법의 고수처럼 보였다. 대적 경험이 많은 듯 우건의 계획을 눈치 채기가 무섭게 피하는 데 주력했다.

우건은 거리를 벌리는 척하다가 앞으로 뛰어들며 청성검의 검봉을 살짝 흔들었다. 그 순간, 수천, 수만 마리의 벌떼가 일제히 날아오른 것처럼 고막을 정신없이 울리는 기이

한 소음과 함께 수백 개가 넘는 검광이 별빛처럼 명멸했다.

변화의 극(極)이라 불리는 성하만상이 밤하늘을 수놓은 것이다.

"크아아악!"

벌떼가 날아오르는 소리 속에서 누군가가 내지른 지독한 비명이 들려왔다. 우건은 성하만상을 멈추며 물러섰다. 적은 신법에 자신이 있어 보였지만 성하만상이 만든 거대한 그물을 빠져나가기에는 조금 모자란 듯 처절한 죽음을 맞았다.

우건이 네 번째 적을 성하만상으로 제압하는 순간.

10여 명의 적이 담장 위에 올라왔다. 그리고 그 중 세 명이 곧장 몸을 날려 호흡을 가다듬는 우건의 상중하를 찔러왔다.

절묘했다.

우건이 숨을 가다듬는 틈을 정확히 노려 기습을 가해왔다. 확실히 앞서 상대한 네 명보다는 실력이 뛰어나 자들이었다.

우건은 하는 수 없이 어기충소(御氣衝溯)의 수법으로 5, 6미터 가까이 도약했다. 어기충소는 내력을 많이 소모하는 수법이라 평소에 잘 쓰지 않았지만 지금은 다른 방법이 없었다.

공중으로 도약한 우건은 비룡번신의 수법으로 몸을 뒤집

어 아래를 보았다. 기습에 실패한 적 세 명이 우건을 따라 몸을 솟구치며 검을 찔러 왔다. 적의 검봉(劍鋒)에서 튀어 나온 날카로운 검기(劍氣)가 백회혈을 찔러 왔다. 우건은 대해인강으로 검기를 후려치듯 막아 낸 다음, 선도선무를 펼쳤다.

전력을 다한 공격이었다. 그 어느 때보다 선명한 검광이 부챗살처럼 뻗어나가며 위로 솟구치는 적 세 명을 찔러 들어갔다.

그러나 적은 이미 예상했다는 듯 공중에서 자세를 바꾸더니 사방으로 산개해 피해 냈다. 우건이 쏟아낸 검광은 적 대신에 마당에 있던 굵은 감나무를 수십 조각으로 쪼개 버렸다.

우건은 천근추(千斤墜)의 수법으로 하강해 지상에 내려섰다. 그리고는 이제 막 지상으로 내려오던 적 세 명 중 머리가 반백인 초로의 사내를 향해 곧장 쏘아져갔다. 그가 적 세 명 중에 가장 강한 고수였다. 그가 죽는다면 실력이 떨어지는 나머지 두 명은 쉽게 처리할 수 있었다. 우건은 초로의 사내의 심장을 향해 전력으로 생역광음을 쏘아 보냈다.

샛별과 같은 섬광이 번쩍하는 순간, 생역광음이 만든 검광은 이미 초로의 사내의 심장 부근에 이르러 있었다. 그러나 초로의 사내는 보통내기가 아니었다. 어깨를 숙이는 간단한 동작 하나로 심장으로 향하던 검광을 어깨로 대신 받아 냈다.

초로의 사내가 호신강기를 펼치는 바람에 살을 헤집을 수는 있었지만 뼈를 자르지는 못했다. 우건이 전력을 다해 펼친 생역광음을 살 몇 점과 바꾼 것이다. 그는 대단한 고수였다.

그때, 후위를 맡은 나머지 적 두 명이 우건의 등에 날카로운 검기를 쏘아 보냈다. 우건은 급히 돌아서며 대해인강으로 막아 냈다. 대해인강에 막힌 검기가 허공으로 빗나갈 무렵, 이번에는 초로의 사내가 강력한 반격을 해왔다. 검이 마치 다섯 개로 늘어난 것처럼 보이는 순간, 검기 다섯 가닥이 요혈 다섯 개를 찔러 왔다. 우건은 선령안을 펼쳤다. 다섯 가닥 모두 실초였다. 우건은 연신 물러서며 검을 휘둘렀다.

캉캉캉캉캉!

검기를 막을 때마다 팔과 몸이 함께 흔들렸다.

대단한 힘이었다.

우건이 충격을 해소하기 위해 물러서는 순간, 뒤에 있던 적 두 명이 다시 기습해왔다. 적 세 명에게 둘러싸인 우건은 방어하는데 급급했다. 한편, 번갈아가며 공격하는 차륜전(車輪戰)으로 우건의 힘을 뺀 적들은 긴장을 풀기 시작했다.

우건이 선봉으로 뛰어든 고수 네 명을 순식간에 처리하는 모습을 보며 잠시 긴장했던 그들은 우건이 그들의 합공에 막혀 맥을 추지 못하는 모습을 보는 순간, 마음을 놓은 것이다.

오히려 이런 자를 상대로 긴장한 자신이 우스울 지경이었다.

우건의 검이 교묘하게 움직이기 시작한 것은 그들의 마음에 방심이란 마물(魔物)이 막 자리 잡기 시작했을 무렵이었다.

초로의 사내가 펼친 검초에 막혀 물러서던 우건은 뒤에 있던 적 중 하나가 검으로 허벅지를 찔러오는 모습을 보았다. 우건은 돌아서며 청성검을 적이 찌른 검신 옆에 붙여갔다.

초로의 사내가 흠칫해 소리쳤다.

"놈의 검이 달라붙지 못하게 해라!"

그러나 초로의 사내가 한 경고는 늦은 감이 있었다.

우건은 천지검법의 절초 조옹조락으로 적의 검을 끌어당겼다.

창!

검신과 검신이 부딪치며 맑은 쇳소리가 울렸다.

적은 전력을 다해 검을 떼어 내려 했지만 한 번 붙어 버린 검은 강력한 접착제를 발라둔 것처럼 떨어질 기미가 없었다.

우건은 청성검을 끌어당기다가 그대로 선인지광으로 이어 갔다. 선인지광은 상대를 밀어내는 초식이었다. 적이 검이 청섬검에서 떨어지며 뒤로 홱 젖혀졌다. 적은 급히 왼손으로 요처를 방어했지만 우건의 생역광음이 조금 더 빨랐다.

검광이 심장을 관통하는 순간, 적은 허물어지듯 주저앉았다.

"현(現)이야!"

절규한 초로의 사내가 방어를 포기한 사람처럼 달려들었다.

방금 죽은 적이 제자나, 자식인 모양이었다.

그러나 부동심을 완성한 우건은 마음이 흔들리는 법이 없었다.

지금 역시 마찬가지였다.

이형환위로 피한 다음, 초식이 어지러워진 초로의 사내를 향해 일검단해와 선도선무, 유성추월 세 초식을 연달아 펼쳤다.

검광이 번쩍이는 순간, 초로 사내의 오른다리에서 피가 쏟아졌다. 검광이 혈관을 잘라낸 듯 피가 분수처럼 흘러나왔다.

"아버지!"

뒤에 있던 세 번째 적이 울부짖으며 우건에게 미친 사람

처럼 달려들었다. 우건은 비응보로 솟구친 다음, 왼손으로
는 태을진천뢰를, 오른손의 청성검으로는 유성추월을 펼쳐
갔다.

펑!

태을진천뢰에 맞은 세 번째 적이 피를 토하며 날아갔다.
그리고 유성이 작렬하듯 쏟아진 검광은 초로의 사내를 짓
이겼다.

우건은 두 사람의 죽음을 확인하지 않았다.

그대로 날아올라 담장 위에 서 있는 적들에게 쏘아져가
며 검광을 흩뿌렸다. 엄청난 숫자의 검광이 빗발치듯 쏟아
졌다.

콰콰콰쾅!

폭음과 함께 2미터 높이의 벽돌담이 허물어져 내렸다.

우건은 돌조각과 먼지가 가라앉기를 기다리며 뒤로 물러
섰다.

벽돌담이 있던 자리가 어느새 폐허로 변해 버렸다.

폐허 주위에는 일곱 명이 서 있었다. 우건의 전력을 다한
공격에 한 명이 죽고 두 명이 부상당해 일곱으로 줄어든 것
이다.

그리고 그 살아남은 일곱 명은 최강의 고수들이었다.

그들은 나이와 생김새가 제각각이었다.

머리가 하얗게 센 백발노인이 있는가 하면, 이제 막 출도

한 듯한 청년도 있었다. 그리고 근육질의 장년 사내가 있는
가 하면 바람이 불면 쓰러질 것처럼 호리호리한 중년 사내
도 있었다. 심지어 그들 중 두 명은 살집이 두둑한 중년 여
인이었다.

그러나 복장은 대동소이했다.

대부분 검은색 바지와 검은색 상의를 입었는데 상의에
달린 주머니에 구름에 반쯤 가린 초승달 문양이 수놓아져
있었다.

부당주 혈심선생 손욱과 유령음마 장혁진을 일본에 보내
최아영을 납치했던 제천회 음월당 소속 고수들이 분명했
다.

그들의 면면을 확인한 우건은 속으로 한숨을 내쉬었다.
칠성좌 외에 삼당이란 조식이 더 있다는 것을 이번에 처음
알았다.

한데 삼당 중 하나에 불과한 음월당에 이런 고수들이 포
진해있다는 말은 제천회 전력이 생각보다 더 강하단 의미
였다.

우건은 그들 중 가장 강해 보이는 백발노인을 향해 몸을
날렸다.

백발노인 역시 자기 차례를 기다렸다는 듯 주저 없이 몸을
날렸다. 곧 우건과 백발노인은 치열한 접전을 펼치기 시작했
다. 우건은 검과 장법을, 백발노인은 조공(爪功)을 썼다.

캉캉캉!

세 차례의 격돌이 그야말로 순식간에 이루어졌다.

백발노인은 청회색(靑灰色)의 빛을 뿌리는 긴 손톱으로 매가 토끼를 낚아채듯, 호랑이가 사슴의 목을 물어뜯듯, 곰이 거목을 할퀴듯 공격해왔다. 우건은 대해인강과 일검단해로 막은 다음, 생역광음으로 빈틈을 예리하게 찔러 들어갔다.

그러나 생역광음은 백발노인의 노련한 방어에 막혀 실패했다.

백발노인은 반쯤 부러진 새끼손톱을 보며 물었다.

"손욱부당주를 죽였다는 녀석이 네놈인가?"

"당신은 음월당의 부당주요?"

"부당주? 하하하!"

대소를 터트린 백발노인이 부러진 새끼손톱을 이로 뜯어냈다.

"날 손욱과 같은 수준으로 취급하면 재미가 별로 없을 게다."

"당주는 아닌 듯한데……. 당신은 어떤 지위에 있소?"

"나는 음월당 장로인 백발귀조(白髮鬼爪) 이정완(李定完)이다."

이정완은 확실히 손욱보다 한 단계 위의 고수가 분명했다. 방금 전의 격돌에서 우건은 내력이 밀리는 느낌을 받았다.

물론, 내력이 밀리는 경험이 이번은 처음은 아니었다.

그리고 예상컨대 이번이 마지막도 아닐 것이다.

내력 연성에는 오랜 시간이 필요했다. 마교나, 사파의 일부 고수들은 내력을 속성으로 연성하는 방법을 쓰곤 하지만 부작용이 심해 진정한 내력 고수에게는 상대가 되지 못했다.

우건은 불과 1년여 전까지 내력은 물론이거니와 인간이 살아가는데 꼭 필요한 기운인 선천지기마저 잃은 폐인이었다. 아니, 폐인 수준을 넘어 거의 살아 있는 시체와 다름없었다.

한데 이곳에 넘어와 병원에서 처음 눈을 떴을 때, 알 수 없는 이유로 조광을 죽이는데 소진한 선천지기가 회복되어 있었다.

그러나 선천지기를 회복했다고 해서 내력을 연성할 수 있는 것은 아니었다. 조광이 죽기 전에 날린 태을음양수에 단전이 파괴되어 내력은커녕, 무공조차 익힐 수 없는 몸이 되었다.

그러나 태을문의 영령들이 보우하신 덕분인지 태을문 비고에서 태을조사가 남긴 천지조화인심공을 찾아내는 기적이 일어났다. 더욱이 천지조화인심공은 우건의 상황에 딱 맞는 심법이었다. 다른 심법은 토납(吐納)이라 불리는 호흡법을 통해 자연의 순수한 기운을 흡수한 다음, 단전에 축기하는 방식으로 내력을 연성했다. 우건이 대성한 태을혼원심공 역시 마찬가지였다. 그러나 단전이 파괴된 우건은 평범한 심법으로 내력을 익힐 수 없는 몸이 되었던 것이다.

한데 천지조화인심공은 단전을 통할 필요가 없었다. 천지조화인심공은 정수리 백회혈에 위치한 상단전으로 순수한 기운을 직접 흡수하는 심법이었던 것이다. 우건은 천지조화인심공으로 단전을 치료해 무공을 다시 익힐 수가 있었다.

그리고 그 후에는 수연의 도움을 받아 그동안 내력을 연성하는데 쓰는 순수한 기운이라 생각했던 것이 실제로는 순도 99퍼센트의 산소라는 이름의 기체라는 것을 알게 되었다.

우건은 또 독수괴의 한세동 저택에서 보았던 산소탱크를 수연의원 옥상에 설치해 내력을 연성하는 속도를 기하급수적으로 높였다. 또, 비고의 영단인 금룡등천단을 복용해 천지검법을 펼치기 위한 최소한의 내력을 얻는데 성공했다.

그야말로 1년여 동안, 우건은 기적과 우연, 그리고 처절한 노력을 통해 반 갑자를 상회하는 내력을 얻을 수가 있었다.

그러나 반 갑자로는 위험했다.

특히 백발귀조 이정완과 같은 고수를 상대할 땐 더 위험했다.

엄청난 위력만큼이나, 엄청난 내력이 필요한 천지검법과 태을진천뢰 사용을 적절히 조절하지 않을 경우에는 적에게 죽는 게 아니라, 내력이 먼저 고갈되어 죽음에 이르게 될 것이다.

그러나 지금 상황에서는 내력을 획기적으로 늘릴 방법이 없었다. 그렇다면 속담처럼 이가 안 되면 잇몸으로 싸우는 수밖에 없었다. 다행히 우건의 잇몸은 생각보다 튼튼했다.

우건은 허초와 실초를 절묘하게 섞어 이정완을 상대했다. 이정완의 나이가 그보다 훨씬 많긴 하지만 단언하건데 실전 경험은 이정완이 우건을 따라올 수 없었다. 우건은 중원에 있을 때부터 수백 명의 고수와 실전을 치렀다. 그리고 이곳에 넘어온 후에도 사투를 거듭해온 실전의 강자였다.

이정완과 같은 고수를 쓰러트리려면 상대가 예상치 못한 허를 찔러야했다. 정도에서는 기책(奇策)을 하수나 쓰는 것으로 생각해 경원하지만 잘만 쓰면 그보다 좋은 것이 없었다.

우건은 생역광음을 찔러갔다. 이정완이 생역광음을 막기 위해 조공을 펼치는 순간, 생역광음이 만든 검광이 사라졌다. 그리고 그 자리에 태을진천뢰의 묵직한 장력이 튀어나왔다.

"제길!"

태을진천뢰의 위력에 놀란 이정완이 장력을 피하기 위해

황급히 몸을 옆으로 날렸다. 우건은 그 틈에 옆으로 이동했다. 그리곤 오른손의 검으로는 조옹조락을, 무기를 들지 않은 왼팔로는 태을십사수의 철마제군을 펼쳤다. 조옹조락과 철마제군은 서로 상반되는 힘을 가진 초식이었다. 조옹조락은 당기는 힘을, 철마제군은 밀어내는 힘을 갖고 있어 서로 충돌할 경우, 그 일대가 순간적으로 진공상태로 변해 안에 갇힌 것이 무어든 공중으로 띄어 올릴 수가 있었다.

이정완 역시 마찬가지였다.

이정완은 갑자기 숨을 쉬기 어렵다는 생각이 들기 무섭게 몸이 둥실 떠오르는 느낌을 받았다. 이정완은 천근추로 몸을 다시 밑으로 내려 보내려했지만 발밑과 지상사이에 보이지 않는 장애물이 있는 것처럼 몸이 말을 제대로 듣지 않았다.

그때였다.

푸른색 화염 하나가 진공상태로 변한 공간으로 파고들어왔다.

퍼어엉!

마치 풍선을 손톱으로 찢은 것처럼 엄청난 폭발음이 울렸다. 그리고는 진공상태였던 공간 안으로 공기가 밀려들어왔다.

풍선을 찢었던 푸른색 화염이 공기와 맞닿는 순간, 손톱보다 작던 불꽃이 갑자기 화염방사기로 뿜어낸 화염처럼 커졌다.

이정완은 자신을 향해 덮쳐오는 엄청난 크기의 화염을 향해 미친 듯이 양팔을 휘둘렀다. 그 즉시, 청회색 강기(罡氣) 수십 가닥이 튀어나와 이정완을 덮쳐오는 화염을 갈라 갔다.

이정완이 전광석화가 만든 화염을 간신히 해소했을 무렵, 황금색 광채가 미간을 찔러 왔다. 이정완은 급히 고개를 틀어 피했다. 그러나 완벽히 피하지는 못한 듯 왼쪽 눈가와 관자놀이, 왼쪽 귀 위쪽에 살이 타는 듯한 통증이 느껴졌다.

전열을 수습하기 위해 물러서던 이정완은 다시 한 번 청회색 강기 수십 가닥을 사방에 쏟아 부어 방어막을 형성했다.

그때였다.

슈아앙!

새파란 광채를 매단 검이 가슴으로 쏘아져왔다.

엄청난 속도였기에 피하는 것이 불가능했다.

기합을 지른 이정완이 양손에 힘을 주는 순간, 두 팔이 팔뚝부터 청회색 광채로 물들기 시작했다. 이정완은 청회색 광채로 물든 팔을 합장하는 듯한 자세로 앞으로 쭉 뻗어 갔다.

콰콰콰콰쾅!

새파란 광채를 매단 검이 이정완의 합장한 손과 충돌하는 순간, 폭음이 울리며 이정완의 몸이 바닥에 30센티미터가 넘는 깊이의 골을 만들며 밀려났다. 검을 감싼 새파란 광채와 이정완의 합장한 손에 맺힌 청회색 광채는 점점 짙어지다가 거의 동시에 모습을 감췄다. 그리고 그와 동시에 청성검의 검봉이 가슴에 박힌 이정완의 낭패한 모습이 드러났다.

그러나 우건이 비검만리로 던진 청성검은 이정완의 가슴을 완벽히 관통하지 못했다. 이정완은 가슴에 박힌 청성검을 뽑아내며 주변을 둘러보았다. 한데 우건이 보이지 않았다.

"설마?"

이정완이 깜짝 놀라 고개를 들 때였다. 공중에 떠 있던 우건이 이정완의 머리를 선풍무류각의 풍우각으로 냅다 걸어찼다.

이정완은 급히 내력을 끌어올린 팔을 들어 올려 막았다.

콰콰콰쾅!

풍우각이 막힐 때마다 이정완의 몸이 파도처럼 출렁거렸다.

그러나 어쨌든 이정완의 방어가 철벽처럼 단단해 머리를 걸어차는 데는 실패했다. 비바람이 쏟아지는 것과 같았던 풍우각의 공세가 끝나는 순간, 붉은색 강기와 푸른색 강기가 꽈배기처럼 엉키더니 그대로 곧장 이정완의 가슴을 쳐갔다.

"어림없다!"

이정완은 다시 한 번 전력을 끌어올린 수공으로 강기 세례를 막으려들었다. 그러나 이번 강기는 보통 강기가 아니었다.

바로 태을문이 자랑하는 태을음양수였다. 태을음양수는 태을문이 자랑하는 33종의 절예 중에 능히 다섯 손가락 안에 드는 수공으로 기사멸조의 중죄를 저지른 태을문 반도이며 제천회의 전 회주였던 조광이 중원을 제압한 무공이었다.

꽈직!

태을음양수가 쏟아낸 붉은색, 푸른색 두 강기는 이정완의 두 팔을 먼저 부러트렸다. 그리곤 곧장 이정완의 가슴으로 쏟아져가 사람 머리만한 구멍을 뚫었다. 가슴의 장기가 모두 빠져나간 이정완은 유언조차 제대로 남기지 못한 상태에서 반은 타고 반은 얼어붙은 기묘한 모습으로 즉사했다.

우건은 바닥에 떨어진 청성검을 격공섭물로 끌어당기며 뒤로 물러섰다. 이번 연속공격으로 가장 강해 보이는 이정완을 쓰러트리는 데 성공했지만 우건 역시 피해가 전혀 없진 않았다. 그 사이 가진 내력의 7할을 소진한 것이다. 적과 다시 싸우기 위해서는 내력을 회복할 시간이 반드시 필요했다.

한데 적은 아직 여섯이나 남아 있었다.

그리고 그 중 두 명이 우건에게 쉴 틈을 주지 않기 위해 곧장 짓쳐들어왔다. 검은 든 장발 청년과 살집이 두둑한 중년 여인이었다. 한숨을 내쉰 우건은 청성검에 내력을 밀어넣었다.

청년의 검이 우건의 견정혈(肩井穴)을 찔러 왔다. 그리고 중년 여인이 휘두르는 곤봉(棍棒)은 우건의 허벅지를 쓸어왔다.

우건은 잉어가 폭포를 거슬러 오르는 듯한 금리도천파(金鯉倒穿波)의 수법으로 두 남녀의 협공을 피해 냈다. 그리고 공중에서 자세를 잡음과 동시에 청년의 허리를 찔러 갔다.

아니, 찌르려하였다.

막 청성검을 찔러가려는 순간, 날렵한 인영 하나가 갑자기 튀어나와 우건 대신에 청년과 중년 여인의 합공을 받아 냈다.

우건은 검을 거두며 물러섰다.

"문주?"

날렵한 인영의 정체는 바로 쾌영문주 쾌수 원공후였다.

뒤이어 나타난 김은은 사부를 협공하는 남녀 중 중년 여인을 기습했다. 원래 제자가 사부의 싸움에 뛰어드는 것은 기사(欺師), 즉 스승을 기만하는 행위였으나 싸움에 뛰어들기 전에 입을 맞춘 듯 뛰어드는 제자나, 그걸 지켜보는 사부나 별 말 없었다. 적이 스스럼없이 합공해온다면 이쪽 역시 정도니, 뭐니 따질 거 없이 그대로 돌려주겠단 뜻 같았다.

우건이 물러서며 물었다.

"뒤쪽은?"

원공후는 묵애도법으로 청년을 물러서게 하며 대답했다.

"개미새끼 하나 보이지 않습니다."

원래 우건 일행은 강적이 올 거라 예상되는 정문을 우건이 맡기로 했다. 그리고 뒷마당은 원공후와 김은 두 명이 맡고 최민섭가족의 경호는 김동과 김철 두 명이 맡기로 했었다.

한데 뒷마당에는 개미새끼 하나 얼씬거리지 않는 통에 할 일이 없어진 원공후와 김은이 우건을 도우려온 모양이었다.

우건은 급히 물었다.

"그럼 뒷마당은 비어 있는 것이오?"

"걱정하지 마십시오. 뒷마당으로 올 놈은 없을 겁니다."

원공후가 대답하는 순간, 그를 공격하던 청년, 김은이 상대하던 중년 여인, 그리고 아직 싸움에 참가하지 않은 적 네 명의 눈빛이 갑자기 바뀌었다. 마치 원공후의 대답이 그들이 원하는 대답이었다는 양, 싸움에 참가하지 않던 적 네 명이 곧장 몸을 날려 전권(戰圈)에 합류했다. 적 네 명 중 세 명은 원공후를, 그리고 남은 한 명은 김은을 협공했다.

우건이 원공후를 돕기 위해 나서려할 때였다.

-주공께선 좀 더 쉬십시오.

원공후의 전음에 우건은 걸음을 멈추며 물었다.

-혼자 감당할 수 있겠소?

-없애는 건 어렵지만 시간을 끌 순 있습니다. 그동안 주공께선 내력을 회복하십시오. 앞으론 쉴 시간이 없을 겁니다.

원공후의 말대로였다. 지금 내력을 회복해 두지 않으면 상대의 차륜전에 우건이 먼저 지쳐 나가떨어질 게 틀림없었다.

우건은 내력을 회복하는 틈틈이 분심공으로 원공후와 김은을 지켜보았다. 원공후는 확실히 한 단계 성장한 감이 있었다.

전에는 신공으로 쳐주기 어려운 쾌영산화수와 금계탁오권, 백사보, 분영은둔이 그가 펼칠 수 있는 무공의 한계였다면 지금은 신공 중에서도 상위에 꼽히는 묵애도법과 일목구엽심법을 연성한 상태였다. 묵애도법은 비록 배운지 얼마 되지 않아 그 위력을 제대로 끌어내지 못하는 감이 있었지만 천하십대병기의 하나로 꼽히는 묵애도가 있어 단점을 상쇄하는 게 가능했다. 방금 역시 적 두 명이 검과 도로 협공해왔지만 묵애도에 닿는 순간, 적의 무기가 먼저 잘렸다.

그 모습을 본 적들은 묵애도를 상대로 감히 정면승부를 걸 생각을 하지 못했다. 그리고 정면승부를 못한단 말은 전력을 다하지 못한단 뜻과 같아 원공후에게 시간을 벌어 주었다.

거기다 원공후의 최대 단점이던 내력 역시 이제는 다른 고수들에 비해 크게 떨어지지 않았다. 우건의 도움과 본인의 깨달음을 통해 실전되었던 구결을 일부 복원한 일목구엽심법은 아직 완벽하지 않았지만 완벽하지 않은 상태로도 전에 비해 거의 두 배에 가까운 내력을 끌어올릴 수가 있었다.

더욱이 전에 익힌 내력은 잡스러운 기운이 섞여 있어 내력의 순도가 크게 떨어졌지만 지금의 일목구엽심법은 불문신공답게 오히려 시간이 지날수록 더 정순해지는 면이 있었다.

원공후는 묵애도에 일목구엽심법으로 연성한 내력을 실어 추한산장을 한때 천하오대산장(天下五大山莊)의 하나로 만들어 주었던 묵애도법을 펼쳤다. 그리고 간간히 쾌영산화수와 금계탁오권, 그리고 분영은둔을 섞어 적을 당황케 만들었다.

적은 눈앞을 어지럽히는 묵애도에만 신경 쓰다가 생각지 못한 방향에서 튀어나오는 수공과 권법에 깜짝 놀라 물러섰다.

사부가 분전하는 동안, 제자인 김은은 살집이 두둑한 중년 여인과 콧수염을 기른 장한을 상대로 곡예에 가까운 사투를 벌이는 중이었다. 사실, 김은은 그들의 상대가 되지 못했다.

아니, 그 중 한명조차 제대로 상대하기 어렵다는 말이 맞았다. 일대일로 정면대결을 벌였다면 적 두 명 중 실력이 떨어지는 중년 여인조차 그를 10초 안에 죽일 능력이 있었다.

그 만큼 음월당이 이번에 동원한 고수들은 모두 강자였다. 그러나 김은은 그들을 이기기 위해 싸우는 것이 아니었다. 그는 우건이 내력을 회복할 시간을 벌기 위해 싸우는 것이었다. 굳이 먼저 상대를 도발하거나, 아님 상대의 공격에 반격을 가해 스스로 위험을 자초할 필요가 없었던 것이다.

김은은 분영은둔을 최대한 이용해 피해 다녔다. 적이 쫓아오면 분영은둔으로 숨었다. 그리고 적이 그를 찾기 위해 걸음을 멈추면 모습을 드러내 그들을 다시 자신 쪽으로 유인했다.

우건이 내력의 9할을 회복했을 때였다.

이 정도면 충분히 쉰 것 같아 움직이려는 순간.

지진이 난 것처럼 발밑이 흔들리기 시작했다.

아니, 지진이 난 거 같은 게 아니라, 진짜 지진이었다.

쿠르르릉!

흔들리던 대지는 급기야 가뭄에 금이 간 논처럼 쩍쩍 갈라졌다.

지진은 주변에 있는 모든 것을 집어삼켰다. 가장 먼저 부서진 감나무가 지진이 만든 균열 속으로 빨려 들어갔다. 뒤이어 잘 관리된 조경수와 잔디가 시커먼 구멍 속으로 사라졌다.

앞마당을 가른 거대한 균열은 마치 쐐기처럼 최민섭의 자택 중앙에 파고들었다. 마치 완고한 노인네처럼 꿋꿋이 버티던 자택은 두 번째 쐐기와 세 번째 쐐기를 연이어 얻어맞고는 더 이상 버틸 수 없다는 듯 중앙부터 허물어져 내렸다.

우르르쾅쾅!

몇 십 톤에 이르는 집이 사라지는데 걸린 시간은 5초에 불과했다. 우건과 원공후, 김은은 앞마당에 균열이 처음 갔을 때 이미 몸을 날려 피한 상태였다. 뒤이어 원공후, 김은과 대결하던 적들 역시 반대편방향으로 분분히 몸을 날려 피했다.

그때였다.

"우아아아아아!"

엄청난 기합성이 천지를 진동시키는 가운데 집터 중앙에서 거대한 동체 하나가 비조(飛鳥)처럼 공중으로 날아올랐다.

그리고 그 뒤를 이어 처음에 튀어나온 동체보단 작지만 사람이 확실한 세 명이 잔해 속에서 엉금엉금 기어나왔다.

비조의 정체는 키가 2미터에 이르는 거구의 장한이었다. 오른손에는 강철로 만든 거대한 쇠몽둥이를 들었는데 장한의 체구가 워낙 큰 관계로 거대한 쇠몽둥이가 평범한 몽둥이처럼 작아보였다. 장한은 거대한 신형에서 나왔다곤 믿기지 않을 만큼 날렵한 신법을 자랑하며 공중을 그대로 갈랐다.

그러나 장한과 함께 잔해 속에서 올라온 다른 세 명은 집이 무너질 때 적지 않은 부상을 입은 듯 힘겹게 발을 떼었다.

머리를 산발한 장한이 쇠몽둥이로 우건을 겨누었다.

"네놈이 집을 무너트렸느냐?"

거대한 체구만큼이나 우렁찬 목소리였다.

우건은 말없이 고개를 끄덕였다.

장한의 눈빛이 대번에 험악해졌다.

"최민섭은 어디로 빼돌렸느냐?"

우건은 어깨를 으쓱거렸다.

"지금쯤이면 당신들이 절대 찾지 못하는 장소에 있을 것이오."

이를 부드득 간 장한은 화를 주체하지 못해 고함을 질렀다.

"최민섭 대신 네놈을 찢어발겨야 이 화딱지가 풀릴 것 같구나!"

소리친 장한은 곧장 우건에게 철곤(鐵棍)을 내리찍었다. 장한이 바로 음월당 당주 거령신곤(巨靈神棍) 진태(晉太)였다.

6장. 지원(支援)

우건은 섬영보로 진태의 철곤을 피하며 표풍장으로 반격
했다.

파파파파팟!

수영(手影) 수십 개가 진태의 등과 옆구리를 두들겼다.
그러나 진태는 피할 생각을 하지 않았다. 그가 익힌 외공
(外功)을 믿었던 것이다. 실제로 표풍장은 진태를 어쩌지
못했다.

진태는 마치 마사지 잘 받았다는 듯 개운한 표정으로 돌
아서며 우건을 향해 히죽 웃어 보였다. 우건은 다시 한 번
왼손을 흔들어 표풍장을 날렸다. 진태는 그런 우건 앞에서

두 팔을 벌려보였다. 어디 한번 마음껏 때려보라는 듯한 자세였다. 표풍장이 만든 수십 개의 수영이 시야를 어지럽히며 날아들어 진태의 상체를 전체를 미친 듯이 두들겼다.

그러나 진태의 표정을 바꾸게 하는 데는 실패했다. 날렵한 만큼, 가볍기 짝이 없는 표풍장은 진태에게 통하지 않았다.

우건은 방법을 바꿔 천지검법으로 진태를 공격했다. 생역광음으로 심장을 찔러가는 순간, 진태의 얼굴에 떠오른 미소가 짙어졌다. 진태는 막거나, 피하지 않았다. 오히려 앞으로 달려오며 육중한 철곤을 마치 창처럼 우건에게 찔러갔다.

파팟!

생역광음이 만든 날카로운 검광이 진태의 가슴에 명중했다. 그러나 진태가 입은 검은색 상의에 구멍을 뚫는데 그쳤을 뿐, 진태의 본신에는 상처를 입히지 못했다. 표풍장은 가벼워 그럴 수 있다지만 경력이 실린 생역광음에조차 상처를 입지 않는단 뜻은 진태가 외공을 대성했다는 의미였다.

그것도 신공 수준의 외공을 대성한 듯했다.

생역광음이 실패하는 순간, 진태가 창처럼 찌른 철곤이 우건의 가슴을 짓쳐왔다. 우건은 대해인강으로 막으며 물러섰다.

카앙!

우건의 청성검과 진태의 철곤은 무게에서부터 차이가 현격했다. 그리고 검과 철곤에 실린 힘 역시 진태가 더 우세했다.

우건은 검을 쥔 손이 얼얼해 잠시 뒤로 물러섰다.

일반적인 공격으로는 진태에게 타격을 주기가 어려웠다. 그리고 검으로 철곤을 막는 대처 역시 좋은 방법이 아님이 막 드러났다. 즉, 우건에게 웃어 주는 점이 전혀 없는 상황이었다.

우건은 다른 방법이 없어 진태의 공격을 피하며 허점을 찾았다.

진태는 성난 황소처럼 달려들고 우건은 스페인의 투우사처럼 그런 진태를 피하는 사이에 30여 합이 순식간에 지나갔다.

한편, 양 진영의 수장이라 할 수 있는 우건과 진태가 격돌하는 사이, 원공후, 김은 역시 그들을 덮쳐온 적과 맞서야 했다.

그러나 상황은 방금 전과 딴판이었다. 원공후는 방금 전의 싸움에서 적 네 명과 대등한 대결을 펼쳤지만 지금은 여섯 명으로 늘어난 적에게 둘러싸여 위험한 지경에 처해 있었다. 팔과 다리에 피를 흘리는 모습이 영 좋지 않아보였다.

원공후가 싸우는 위치에서 왼쪽으로 10여 미터 떨어진 지점에서는 김은이 부상당한 적 세 명을 상대하며 간신히 평수를 유지하는 중이었다. 부상당한 적 세 명은 진태와 함께 무너진 잔해 밑에서 살아나온 자들이었는데 팔이 부러지거나, 한쪽 다리를 완전히 쓰지 못하는 등 부상이 심각했지만 김은이 사부 원공후를 막지 못하게 하는 데는 충분했다.

김은은 어떻게든 부상당한 적 세 명을 공격하여 뒤로 물러서게 한 다음, 사부 원공후를 돕기 위해 달려가려 노력했다.

그러나 김은이 그런 시도를 할 때마다 부상당한 적들이 자기 목숨을 돌보지 않은 채 달려드는 통에 뜻을 이루지 못했다.

초반 결과는 우건 쪽이 압도적으로 불리하게 나왔다.

진태의 외공을 뚫지 못한 우건은 피하는데 급급했다. 그리고 원공후는 적들의 협공에 지금 당장이라도 쓰러질 것처럼 위태로워 보이는 상황이었다. 가장 상황이 낫다는 김은조차 부상당한 적 세 명에게 발목이 잡혀 운신의 폭이 좁았다.

무게추가 균형을 이룰 때는 좌우로 움직이게 하는데 많은 노력이 필요했다. 그러나 균형추가 어느 한쪽으로 기운 상태에서 바닥까지 끌어내리는 데는 많은 힘이 필요 없었다.

힘을 많이 쓰지 않아도 시간이 알아서 그렇게 만들어 주었다.

원공후의 상황이 딱 그러했다.

무게추가 적의 승리로 기우는 순간, 원공후는 손 쓸 틈 없이 무너져 내렸다. 등허리에 적이 날린 장력이 적중되는 순간, 한차례 비틀거린 원공후가 돌아서며 묵애도를 휘둘렀다.

장력을 날린 적이 허리를 뒤로 젖혀 피했다.

그러나 적은 원공후의 긴 팔을 염두에 두지 않은 모양이었다.

적이 생각한 거리보다 더 많이 뻗어온 묵애도가 그의 가슴을 훑으며 지나갔다. 그러나 묵애도가 적의 가슴뼈를 자르기 직전, 뒤에 있던 적 두 명이 검과 수공으로 기습해왔다.

이를 악문 원공후는 쾌영산화수의 절초로 검과 수공을 막았다.

그러나 그 순간, 옆에 위치한 적이 단도를 던졌다. 원공후는 묵애도로 단도를 후려치려했지만 이미 부상을 입어 지칠 대로 지친 원공후의 묵애도는 처음처럼 날카롭지 못했다.

푹!

단도가 옆구리에 박힌 원공후가 한쪽 무릎을 꿇었다.

그때였다.

"잘 가라!"

공중으로 뛰어오른 적이 원공후의 백회혈에 수도를 내리쳤다.

원공후는 급히 쾌영산화수로 막으려했다.

그러나 적이 내려친 수도가 한발 더 빨랐다.

적의 수도가 원공후의 천령개(天靈蓋)를 박살내려는 그 순간.

쉬익!

은빛 광채를 매단 섬광 하나가 적의 수도에 틀어박혔다.

"크윽."

신음을 토한 적이 거의 반 가까이 잘려나간 자신의 오른손을 보며 표정이 잔뜩 일그러질 때였다. 적의 손에 박힌 은빛 섬광의 정체가 달빛 속에서 찬연한 빛을 뿌리며 드러났다. 섬광의 정체는 바로 은사가 달린 고풍스런 비도였다.

적이 손등에 박힌 비도를 뽑아내려는 순간, 비도는 마치 살아 있는 생물처럼 먼저 뽑혀 나와 어둠 속으로 쏜살같이 사라졌다. 원공후를 협공하던 적들은 새로운 적의 출현에 당황해 잠시 물러섰다. 그때, 비도를 던진 적이 정체를 드러냈다.

얼굴에 복면을 쓴 여인 두 명이었다. 두 여인 중 조금 앞에서 걸어오는 여인이 방금 전에 원공후를 구한 듯했다.

그녀의 손에 자루가 없어 위태로워 보이는 비도가 들려 있었다.

여인이 복면을 착용한 탓에 나이를 정확히 가늠하긴 어려웠지만 차가운 눈빛 사이로 나이든 사람만이 지닐 수 있는 현숙(賢淑)함이 깃들어 있어 나이가 적지 않음을 알 수 있었다.

반면, 조금 뒤에서 걸어오는 여인은 앞선 여인보다 젊은 듯 몸에 달라붙는 무복(武服)을 착용했는데 170센티미터가 넘는 큰 신장에 몸매까지 아주 뛰어나 요염한 분위기를 풍겼다.

그때였다.

탁!

공중으로 솟구친 나이든 여인이 원공후를 협공하던 적에게 곧장 짓쳐갔다. 손에는 한 자루이던 비도가 어느새 세 자루로 늘어나 있었다. 나이든 여인이 팔을 흔드는 순간, 비도 세 자루가 각기 다른 방향으로 빗살처럼 쏟아져갔다.

원공후를 협공하던 적들 역시 각자 가진 무기를 이용해 비도에 맞섰다. 곧 비도와 적의 무기가 부딪치며 불꽃이 튀었다.

젊은 여인은 적 세 명과 치열한 사투를 벌이던 김은 쪽으로 달려가 그를 지원했다. 젊은 여인 역시 은사가 달린 비도를 주 무기로 사용했지만 첫 번째 여인과 다른 점이 있었다.

일단, 비도를 두 개만 사용했는데 칼자루가 달려 있어 회수하는 와중에 생길지 모르는 위험을 줄인 형태의 비도였다. 즉, 비도를 다루는 솜씨가 나이든 여인에 비해 능숙하지 못해 아직은 칼자루가 없는 비도를 쓰지 못한다는 뜻이었다.

비도는 가벼워야했다. 그래야 속도와 사거리가 늘어났다. 두 여인 사이엔 칼자루 무게만큼의 실력 차가 존재하는 것이다.

두 여인이 전장에 새로 가세한 덕분에 적에게 기울어져 있던 추가 다시 균형을 맞춰가기 시작했다. 덕분에 잠시 몸을 뺄 기회를 얻은 원공후는 상처를 대충 치료한 다음, 나이든 여인과 손발을 맞춰 적 여섯 명을 맹렬히 몰아붙여갔다.

나이든 여인의 비도 던지는 솜씨는 타의 추종을 불허했다. 10여 합을 채 넘기 전에 가장 실력이 떨어지는 청년이 불귀의 객이 되었다. 여인의 엄호를 받은 원공후 역시 자신감을 되찾은 듯 칼을 쓰는 적의 심장에 묵애도를 찔러 넣었다.

여섯이던 적이 눈 깜짝할 사이에 넷으로 줄었다.

결국, 남은 적들은 원공후와 나이든 여인의 강력한 협공을 견디다 못해 방어로 돌아섰다. 원공후가 얼마 전에 우건이 휴식을 취할 시간을 벌기 위해 방어에 치중한 것처럼 그들 역시 원공후와 나이든 여인을 상대로 시간을 끌려는 것이다.

비도 세 자루를 정교하게 운영해 적을 한계까지 몰아붙인 여인은 이내 실소를 금치 못했다. 그녀 역시 적이 시간을 끄는 이유를 간파한 것이다. 적은 진태가 조만간에 우건을 해치운 다음, 그들을 도와줄 거라 생각하는 것이 분명했다.

"네놈들은 헛된 희망을 품고 있구나."

여유가 생긴 여인은 고개를 돌려 같이 온 젊은 여인을 살폈다.

젊은 여인은 김은과 힘을 합쳐 부상당한 적 세 명을 요리하는 중이었다. 김은은 그 전 싸움에서 내력을 다 소모한 듯 오히려 짐으로 작용했지만 젊은 여인의 실력이 원체 뛰어나 거의 혼자 적을 상대했다. 더욱이 적은 부상당한 몸으로 싸운 탓에 젊은 여인이 날리는 비도를 피하기에 급급했다.

춤을 추며 날아간 비도는 적이 찌른 검을 피한 다음, 그대로 곧장 솟구쳐 올랐다. 적이 비도를 피하기 위해 뒤로 보법을 밟으려는 순간, 비도에 달린 은사가 적의 목을 휘감았다.

"젠, 젠장."

적은 맨손으로 은사를 끊어내려 했지만 한 번 감긴 은사를 맨손으로 끊어내는 것은 불가능에 가까운 일이었다.

곧 은사가 휙 조여들더니 사내의 머리를 몸통에서 떼어
내 버렸다.

머리와 몸통이 분리된 시체에서 피가 분수처럼 쏟아져
나와 여인의 옷자락을 적셨지만 젊은 여인은 실전경험이
많은 듯 개의치 않았다. 곧장 두 번째 적에게 다른 비수를
쏘아 보냈다. 젊은 여인을 방해 않기 위해 잠시 피해 있던
김은은 넋이 나간 사람처럼 그녀가 펼치는 비도술을 지켜
보았다.

젊은 여인은 죽음의 춤을 추는 무희(舞姬)와 다름없었다.
비도가 허공을 가를 때마다 살점이 뜯겨나갔다. 그리고 비
도에 달린 은사가 너풀거릴 때마다 피가 분수처럼 치솟았
다.

10여 합이 채 지나기 전에 김은을 무지막지하게 괴롭히
던 적 세 명은 온전한 시신조차 남기지 못한 상태로 숨을
거뒀다.

젊은 여인은 별것 아니라는 듯 비도와 은사에 묻은 피를
닦은 다음, 김은을 보았다. 온몸이 땀에 젖은 모습으로 숨
을 몰아쉬던 김은은 자괴감이 들어 그녀의 시선을 슬쩍 피
했다.

"좀 쉬고 있어요. 난 다른 사람들을 살펴보고 올게요."

말을 마친 젊은 여인은 곧장 우건과 진태가 벌이는 대결
쪽으로 향했다. 원공후가 있는 쪽은 이미 아군이 승기를

단단히 잡은 터라, 그녀의 지원이 필요하지 않았다. 김은은 멀어지는 그녀의 뒷모습을 멍하니 바라보다가 한숨을 깊이 내쉰 다음, 사투 탓에 엉망이 된 기식(氣息)을 다스렸다.

젊은 여인이 우건과 진태가 대결을 벌이던 현장 근처에 막 도착했을 때였다. 대결의 양상이 갑자기 돌변하기 시작했다.

그전까지는 진태의 외공을 뚫지 못한 우건이 몸을 피하면 진태가 쫓아와 철곤으로 무지막지한 공격을 가하는 식으로 대결이 이루어졌다. 진태는 우건의 속도를 따라잡지 못했다. 그리고 우건은 진태의 외공을 뚫지 못해 서로 헛심만 쓰는 상황이었다. 진태가 체형에 비해 빠른 몸놀림을 가졌긴 하지만 삼미보를 사용하는 우건에겐 비할 바 아니었다.

한데 두 여인이 도착하는 순간, 그런 양상이 변하기 시작했다.

우건은 진태를 상대로 두 번이나 사용한 적이 있는 표풍장을 다시 전개했다. 표풍장은 빠른 게 장점이지만 그 만큼 가벼운 탓에 외공을 익힌 진태와 상극에 해당하는 장법이었다.

진태는 그 즉시 의문을 가졌다.

이번에 상대하는 적은 몸놀림이 예사롭지 않았다. 그가

상대한 다른 적들은 그가 휘두른 철곤에 맞아 곤죽이 되기 십상인데 이번 적은 마치 정교한 기계처럼 그의 공격을 피해 냈다.

그런 적이 자신에게 절대 통할 리 없는 표풍장을 또 사용한다는 사실에 의심을 품기 시작했다. 진태는 우건과 대결을 시작한 이후 처음으로 잔뜩 경계하며 뒤로 보법을 밟았다.

우건이 펼친 표풍장은 허공을 스치며 진태 옆으로 빗나갔다. 이번 표풍장 역시 앞선 두 번의 표풍장과 다를 바 없었다.

우건은 물러서는 진태를 따라붙으며 다시 한 번 표풍장을 펼쳤다. 진태는 잠시 고민하다가 이번 기회를 역이용할 생각으로 전처럼 돌진하며 철곤을 맹렬하게 휘두르기 시작했다.

우건이 먼저 공격해와 주는 지금이 아니면 앞으로 기회가 없을 것 같았던 것이다. 우건이 펼친 표풍장은 진태가 휘두른 철곤에 가로막히는 순간, 먼지처럼 화해 사라져 버렸다.

그때였다.

부웅!

갑자기 맹렬한 장력 하나가 표풍장이 사라진 공간에서 번개처럼 튀어나와 진태의 어깨를 짓쳐갔다. 표풍장이 새로운 장력으로 대체되는 과정이 물이 흐르듯 자연스러 웠던 탓에 피하거나, 철곤으로 해소할 시간이 부족했다. 그러나 진태는 장력을 피하지 않았다. 본인의 외공을 신 뢰하던 진태는 오히려 수중의 철곤으로 우건의 옆구리를 같이 후려쳤다.

동귀어진처럼 보였지만 완벽한 동귀어진은 아니었다.

만약 우건이 먼저 장력을 거두며 피하지 않으면 진태의 철곤이 우건의 옆구리를 강타하는 상황이었다. 그래도 우 건이 끝까지 장력을 거두지 않을 경우엔 외공으로 장력을 막아 낼 수 있는 진태가 훨씬 유리한 상황을 선점할 수가 있었다.

한데 놀랍게도 우건은 장력을 끝까지 거두지 않았다.

그 모습을 본 진태의 입가에 미소가 번졌다.

퍼엉!

우건의 장력이 진태의 어깨를 때리는 순간.

콰직!

진태의 철곤이 우건의 옆구리에 파고들었다.

우건과 진태는 충격을 받은 듯 동시에 휘청거리며 물러 섰다.

그러나 표정에는 차이가 있었다.

우건은 여전히 담담한 표정인 반면에 어깨에 장력을 맞 은 진태는 고리눈을 부릅뜬 상태에서 믿지 못하겠단 표정을 지었다. 우건의 장력이 어깨를 때리는 순간, 날카로운 대못 같은 장력이 그가 익힌 외공에 구멍을 뚫어 버렸던 것이다.

진태는 그의 외공을 부술만한 절세신공이 현대무림에는 존재하지 않을 거라 확신했다. 그에게 무공을 가르쳐 준 사부가 외공을 부술 수 있는 몇 가지 신공에 대해 열거했지만 신경 쓰지 않았다. 그 신공들이 다 절전되었기 때문이었다.

한데 현대무림에서 만난 고수가 그의 외공을 부숴 버린 것이다.

아직 완벽히 부서진 건 아니지만 구멍이 뚫렸다는 사실이 중요했다. 구멍이 뚫렸다는 말은 깨질 수도 있다는 뜻이었다.

진태는 우건의 장력을 피하며 사부의 경고를 떠올리려 애썼다.

─……내가 너에게 가르친 금신나한신공(金身羅漢神功)은 완벽한 외공이라, 대성할 경우에는 외공의 약점이라 불리는 조문(?門)조차 사라진다. 그러나 뛰는 놈 위에 나는 놈 있다는 말처럼 이 세상에 완벽한 신공이란 존재하지 않는다. 완벽한 신공이 존재한다면 이 사부는 이미 천하제일인이었겠지. 지금부터 내가 하는 경고를 잘 새겨들어라. 내가 조사해 본 바에 따르면 이 금신나한공을 깨트릴 수 있는 무공은 총 세 가지다. 첫 번째는 같은 불문을 원류로 하는 천수여래신장(千手如來神掌)이다. 그러나 내가 알기

로 천수여래신장은 오래전에 절전되었으니까 그리 걱정할
필요 없을 것이다. 그리고 두 번째 무공은 북해도(北海島)
의 철심한빙공(鐵心寒氷功)이다. 북해도에서 흘러들어온
고수들은 이마에 파란색 점이 있으니까 구별하기 쉬울 것
이다. 만약, 이마에 파란색 점이 있는 고수가 보이거든 전
력을 다해 도망쳐야 할 것이다. 그러나 현대무림에는 북해
도 고수가 존재하지 않으니까 이 역시 크게 걱정할 필요
없을 것이다. 그러나 마지막 세 번째 무공은 반드시 경계
해야한다. 이름은 정확히 모르지만 태을문에는 외공을 전
문적으로 파훼하는 장법이 존재한다. 한데 돌아가는 사정
을 보니까 이 사부처럼 태을문의 문도 역시 이곳으로 넘어
왔을 공산이 아주 크구나. 만약, 전장에서 태을문의 문도
를 만나면 무조건 도망치거라. 그렇지 않으면 네 평생의
공력이 한낱 물거품으로 변해 사라질 것이니라. 부디 내
경고를 한귀로 흘려듣지 말거라. 내 말을 명심하면 천수와
부귀를 누릴 것이다.

　사부의 경고를 떠올린 진태의 눈이 화등잔 만하게 커졌
다. 그리고 그 순간, 우건의 두 번째 파금장이 진태의 가슴
에 적중했다. 진태는 금신나한공이 깨지며 생긴 극심한 고
통에 얼굴이 일그러졌다. 마치 고문 기술자가 몸에 있는 살
점과 근육, 뼈를 손톱만한 크기로 조각조각 발라내는 듯했
다.

진태는 금신나한공이 깨진 상태에서는 우건을 상대할 수 없다는 점을 누구보다 잘 알았다. 그렇다면 그가 선택할 수 있는 선택지는 사실 하나밖에 없었다. 그동안 제천회 행사를 방해한 자의 정체가 태을문의 문도라는 정보를 제천회 수뇌부에 전하는 것이었다. 그게 고아인 자신을 먹여 주고 키워 주고 무공까지 가르쳐 준 제천회에 바치는 마지막 충성이라 생각했다. 진태는 고개를 돌려 뒤를 돌아보았다.

그가 데려온 20여 명의 부하가 이제 두 명으로 줄어 있었다.

물론, 대결 중에 고개를 돌린 대가는 참혹했다.

우건이 찌른 생역광음이 진태의 배에 동전만한 구멍을 뚫었다. 그러나 진태는 오히려 우건이 고마웠다. 금신나한공이 깨지는 고통을 우건의 공격이 잠시나마 잊게 해 준 것이다.

진태는 살아남은 부하에게 전음을 보냈다. 그리고는 단전에 있는 선천지기를 끌어올렸다. 곧 진태의 몸을 감싼 옷이 찢어지며 근육이 부풀어 오르기 시작했다. 그리고 산발한 머리카락은 하늘로 뻗쳤으며 두 눈에서는 시커먼 안광이 번쩍였다. 또, 두 다리는 바닥을 10센티미터 이상 파고들었으며 몸 주위에선 엄청난 기파가 회오리처럼 뻗어 나왔다.

우건이 아차 싶어 물러설 때였다.

"으아아앗!"

진태가 손에 쥔 철곤을 머리 위로 들어 올린 다음, 그대로 내리찍었다. 우건은 섬영보를 이용해 간신히 공격을 피했다.

그때였다.

우건 앞을 스치듯이 지나간 철곤이 그대로 지면에 작렬했다.

쿠우웅!

마치 운석(隕石)이 땅이 떨어진 것처럼 바닥이 움푹 파이며 흙과 돌멩이가 사방으로 비산했다. 우건은 대해인강으로 자신에게 날아드는 흙과 먼지, 그리고 돌조각을 막아 냈다.

급한 불을 끈 우건은 선령안을 펼쳐 진태를 찾았다.

한데 진태가 보이지 않았다.

방금 전까지 눈앞에 있던 진태가 감쪽같이 사라져 버린 것이다.

그 대신, 진태가 쓰던 무지막지한 철곤이 분화구처럼 생긴 구덩이 가운데에 묘비처럼 박혀 있는 모습이 눈에 들어왔다.

"이런."

그제야 진태의 의도를 알아챈 우건은 원공후와 여인이 적과 싸우던 전장으로 급히 몸을 날렸다. 전장에 막 도착했을 때, 진태가 솥뚜껑만한 손으로 원공후를 치는 모습이 보였다.

원공후는 눈치가 빨랐다.

진태가 선천지기까지 끌어올렸다는 사실을 대번에 눈치 챈 원공후는 막는 대신, 백사보로 최대한 물러섰다. 그러나 진태의 공격은 그리 간단하지 않았다. 피했다고 느낀 순간, 엄청난 경력이 폭발하듯 쏟아져 나와 원공후를 멀리 날려 보냈다.

원공후가 날아가는 모습을 본 나이든 여인은 바로 돌아서서 비도를 날렸다. 비도 세 자루가 빨랫줄처럼 날아가 진태의 가슴과 배, 허벅지에 박혔다. 금신나한공이 깨진 진태에게는 상대의 무기를 튕겨 낼 힘이 더 이상 남아 있지 않았다.

그러나 놀라운 일은 그 다음에 벌어졌다.

진태가 중상을 입은 상태에서 계속 달려든 것이다. 진태의 무시무시한 기세에 압도당한 여인은 뒤로 물러서며 비도 두 자루를 더 꺼냈다. 그때, 진태가 속도를 두 배로 높였다.

속도를 폭발적으로 끌어올린 진태가 왼손을 뻗어 나이든 여인의 가슴께를 잡아갔다. 사내가 가슴 쪽으로 손을 갑자기 뻗어오면 여인들은 나이에 상관이 불쾌해하거나, 당황하기 마련이었다. 깜짝 놀란 여인은 뒤로 허리를 젖혀 피했다.

그때였다.

왼손을 홱 끌어당긴 진태가 어깨를 세워 여인을 들이받았다.

여인은 허리를 젖힌 자세에서 팽이가 돌 듯 몸을 핑그르르 돌려 빠져나갔다. 우아하기 짝이 없는 경신법이었다. 이곳이 대련장이었다면 관중석에서 환호성이 터졌을 테지만 이곳은 전장이 아니었다. 그러나 진태 역시 보통이 아니었다.

제천회 삼당의 하나인 음월당 당주를 노름해 딴 게 아니라는 듯 금신나한공이 깨진 상태에서 엄청난 신위를 선보였다.

진태는 마치 여인이 어느 방향으로 피할지 처음부터 예상했다는 듯 여인이 내려서는 방향으로 몸을 날린 다음, 아름드리나무처럼 두꺼운 팔로 여인의 허리를 냅다 끌어안았다.

물론, 진태가 여인을 좋아해 끌어안은 것은 아니었다.

진태는 여인의 허리를 감은 양팔에 힘을 주었다.

으드드득!

근육으로 터질 듯한 진태의 팔에 힘줄이 도드라지는 순간, 여인의 작은 체구가 당장이라도 부서질 것처럼 찌그러들었다.

진태가 피 냄새가 진동하는 입을 벌려 소리쳤다.

"복면을 썼다고 누군지 모를 거라 생각했다면 큰 오산일 것이다!"

고통스러워하던 여인의 눈에 당황한 기색이 어렸다.

그녀의 정체가 제천회에 흘러 들어가면 제천회는 남한산성조약을 근거로 특무대에 항의할 것이 뻔했다. 그리고 내심 제천회가 미는 한정당의 후보 이정백이 대통령에 당선되기를 원하는 특무대 수뇌부는 그녀를 바로 숙청할 터였다.

그녀는 이미 살만큼 살아 아쉬운 게 없었지만 그녀를 따르는 수하들과 그녀가 애지중지 키운 제자들이 그 소동에 휘말릴 것을 생각하니 절로 아찔해졌다. 그러나 그녀 역시 만만한 여인이 아니었다. 바로 양손에 쥔 비도를 진태의 양 어깨에 박았다. 비도가 진태의 어깨를 거의 잘라 버렸다.

비도가 뼈를 가른 듯 진태의 몸이 고통으로 인해 크게 흔들렸다. 그러나 진태는 여인의 허리에 감은 팔을 풀지 않았다.

이대로 계속 힘을 주어 여인의 허리를 부러트리려는 듯했다.

여인의 눈에 다급함이 어리는 순간.

쉬익!

뒤에서 날아온 새파란 섬광이 진태의 수급을 잘라냈다.

진태의 거대한 머리가 바닥에 떨어지며 피가 사방으로

비산했다. 그러나 머리를 잃은 몸뚱이는 여전히 여인의 허리를 압박하고 있었다. 마치 원념(怨念)이 남아 그녀를 끝까지 죽이려는 듯했다. 그때, 현장에 도착한 우건이 일검단해를 두 번 연속 펼쳤다. 그 순간, 진태의 기둥 같은 두 팔이 바닥으로 떨어지며 여인을 압박하던 힘이 마침내 사라졌다.

우건은 바닥에 쓰러진 여인을 부축하며 물었다.

"괜찮소?"

한숨을 내쉰 여인이 자기 발로 일어서며 대답했다.

"다행히 뼈는 부러지지 않은 것 같군요."

여인은 일어서기 무섭게 다급한 목소리로 우건에게 말했다.

"진태가 내 정체를 알고 있어요."

"걱정 마시오. 여협의 총명한 제자가 일을 마무리 지었으니까."

대답한 우건이 옆으로 비켜섰다.

여인은 그제야 마음을 놓을 수 있었다.

원공후와 그녀의 제자가 도망친 적을 쫓아가 제거한 것이다.

방금 전, 선천지기까지 끌어올린 괴력으로 우건을 물러서게 만든 진태는 곧장 몸을 돌려 부하 두 명을 몰아붙이던 원공후와 여인을 덮쳐갔다. 그리고 방해가 되는 원공후를 일수(一手)에 날려 버린 다음, 여인을 집중공격하기 시작했다.

진태가 원공후와 여인을 막아준 덕분에 여유가 생긴 적두 명은 서로 다른 방향으로 도망치기 시작했다. 그들이 도망친 이유는 진태가 전음으로 한 지시를 이행하기 위해서였다.

방금 전, 진태는 전음으로 자신이 적을 막아줄 테니까 그틈에 도망쳐 태을문 문도와 특무대 장로가 이번 일에 개입했다는 사실을 제천회 수뇌부에 전달하라는 지시를 내렸다.

그들은 진태의 희생을 발판삼아 서로 다른 방향으로 필사적으로 도망쳤지만 젊은 여인의 총명함은 이를 그냥두지 않았다.

젊은 여인은 바로 원공후와 김은에게 전음을 보내 서쪽으로 도망치는 적을 쫓게 한 후, 그녀 자신은 동쪽으로 도망치는 적을 쫓았다. 다행히 그들이 멀리 가기 전에 따라붙는데 성공한 그녀는 전력을 다한 비도술로 적의 숨통을 끊었다.

원공후와 김은 역시 적을 잡는데 성공해 진태가 선천지기까지 끌어올려 만든 비장의 한 수를 물거품으로 만들어버렸다.

다시 한데 모인 일행은 전장부터 정리했다.

시신은 화골산을 뿌리거나, 삼매진화로 태워 없었다. 그리고 싸울 때 생긴 흔적을 지우고 부러진 무기를 회수한 다음, 진태 등이 가지고 있던 소지품을 챙겨 북쪽으로 이동했다.

우건 일행이 떠난 후에야 경찰서와 소방서에서 나온 사람들이 도착해 현장을 조사했다. 최민섭의 자택은 민가 밀집 지역에서 조금 떨어져 있었지만 그렇다고 집이 무너지는 굉음과 대포를 쏘는 듯한 폭음이 들리지 않을 정도로 멀진 않았다.

깜짝 놀란 이웃주민들은 바로 경찰서와 소방서에 신고했다. 그리고 무슨 일인지 알아보기 위해 최민섭의 집으로 삼삼오오 모여 몰려갔다. 그러나 신고하기 훨씬 전에 도착해 있던 경찰이 주변을 통제한 탓에 주민들이 볼 수 있는 건 많지 않았다. 주민들은 휴대전화와 카메라로 먼발치에서 완전히 무너져 내린 최민섭의 자택을 촬영해 SNS에 올렸다.

반향은 엄청났다.

아니, 충격을 받았단 표현이 더 적절해 보였다.

민중당 유력 후보의 집이 무너진 채로 발견되었고 자택에 머물고 있을 거라 예상되는 후보는 생사가 불분명한 상황이었다. 공황에 빠진 지지자들은 백방으로 최민섭의 행방을 수소문했다. 기자들은 관할 경찰서와 소방서에 몰려가 사고결과를 문의했지만 아직 조사 중이라 대답할 수 없다는 말만 들었다. 사람들은 곧 최민섭의 행방을 두고 억측을 만들어 퍼트렸다. 한정당이 사람을 보내 살해했다는 둥, 앙심을 품은 전 대통령 한승권이 보복을 가했다는 둥, 근거 없는 소문이 오프라인과 온라인을 가리지 않고 들끓었다.

다행히 그 날 새벽, 최민섭이 멀쩡한 모습으로 민중당 당사에 나타나 기자회견을 함으로서 걱정했던 사람들은 안심한 상태에서 일찍 출근하거나, 아니면 미룬 잠을 잘 수 있었다.

우건은 민중당이 마련한 안가 거실 소파에 복면을 벗은 당혜란, 진이연과 마주 보는 자세로 앉아 있었다. 원공후와 김은은 사투 중에 부상을 입어 아직 치료 중이었고 최민섭의 가족은 안가 2층에서 놀란 마음을 달래며 쉬는 중이었다. 그리고 최민섭의 경호는 현재 김동, 김철 두 명이 맡고 있었다.

진태의 저돌적인 공세에 잠시 곤혹을 치렀던 당혜란은 다행히 별다른 부상을 입지 않아 제자와 함께 나란히 앉아 있었다.

진이연이 물었다.

"대체 어떻게 된 거에요?"

우건은 두 여인에게 간밤의 일을 차분히 설명했다.

이 이야기는 며칠 전으로 거슬러 올라갔다. 우건은 제천회가 경선 전에 최민섭을 한 번 더 공격할 거라 예상했다. 대선 때는 지켜보는 눈들이 많아 어려웠기에 경선 전에 어떻게든 최민섭을 낙마시킨 다음, 역풍을 최소화하려들 터였다.

우건은 제천회의 전력을 다한 공세를 어떻게 받아 낼지 고심했다. 이쪽은 질과 양 양쪽에서 제천회에 떨어지는 감이 있었다. 우건은 이런 차이를 극복하기 위해 몇 가지 대책을 세웠다. 그 중 하나가 바로 최민섭의 자택에 비밀통로를 뚫어두는 것이었다. 그리고 당혜란과 진이연에게 연락해 두 사람을 끌어들이는 것이었다. 애초에 이번 일은 당혜란과 진이연이 쾌영문으로 우건을 찾아오며 벌어진 일이었다.

피 한 방울 흘리지 않은 채 열매만 따먹겠다는 심보가 마음에 들지 않기도 했을 뿐 아니라, 두 여인이 가세하면 전력에 큰 보탬이 되기에 두 여인을 끌어들이는 일이 중요했다.

두 여인은 확실한 답을 주지 않은 상태에서 전화를 끊었지만 우건은 반드시 나타날 거란 확신을 갖고 싸움에 임했다.

모든 준비를 마쳤을 때, 음월당이 대거 쳐들어왔다.

우건은 그들 중에 당주급 인사가 있나 먼저 살펴보았다. 그러나 장린, 성만식에 비견할 만한 고수는 없었다. 음월당

장로 백발귀조 이정완정도가 눈에 띄었지만 당주급은 아니었다.

이런 중요한 임무에 당주가 부하들만 보냈을 것 같진 않았다. 우건은 최민섭의 가족을 경호하던 김동, 김철에게 신호를 보냈다. 김동은 최민섭의 가족을 미리 마련한 안가로 옮겼다. 그리고 김철은 통로에 남아 다음 지시를 기다렸다.

예상대로 음월당 당주 진태는 이정완 등 실력이 뛰어난 부하들을 자택 정문으로 보내 우건 등을 붙잡고 있게 만들었다. 그리고 진태 본인은 부하 여섯 명과 함께 최민섭을 죽이기 위해 자택 안으로 몰래 숨어들었다. 그러나 최민섭과 최민섭의 가족들은 미리 뚫어 둔 지하통로로 도망친 후였다.

진태는 얼마 후 최민섭의 흔적을 쫓아 지하통로에 들어섰다. 그때, 통로에 대기하던 김철은 김동이 화약을 구해 제작한 폭탄으로 통로를 무너트려 집 전체가 무너지게 만들었다.

진태를 부상 입히는 데는 실패했지만, 그가 데려간 부하 여섯 명 중에 세 명은 죽고 세 명은 부상을 입히는 데 성공했다. 칼 한 번 쓰지 않고 적의 전력 상당 부분을 제거한 것이다.

한편, 잔해 속에서 튀어나온 진태를 상대하게 된 우건은 며칠 전 진이연과의 통화에서 얻은 정보를 십분 활용했다.

진이연은 거령신곤 진태가 외공을 익혀 도검불침(刀劍不侵)에 가깝다는 정보를 주었다. 그리고 진태를 상대하지 않는 게 좋다는 조언을 하였다. 그러나 진이연은 우건에게 파금장이 있다는 사실을 알지 못했다. 우건은 진태를 확실히 끝내기 위해 외공에 통하지 않는 표풍장으로 그를 기만했다.

진태는 통하지 않는 표풍장을 반복해 사용하는 우건에게 의심을 품었지만 우건은 그 작전을 우직하게 밀고 나갔다. 그리고 마침내 진태가 속임수에 걸려드는 순간, 숨겨 뒀던 파금장을 발출해 단숨에 그가 익힌 금신나한공을 깨트렸다.

그 다음은 당혜란과 진이연이 아는 대로였다.

우건에게 도와 달란 부탁을 받은 당혜란과 진이연은 이틀 전부터 최민섭의 집 주위를 감시하며 혹시 있을지 모르는 변고에 대비했다. 그러나 두 여인은 제천회 고수 앞에 몸을 드러내는 일을 꺼렸던 탓에 최악의 상황이 아니면 싸움에 직접 끼어들 생각이 없었다. 한데 원공후가 절체절명의 상황에 처하는 순간, 다른 방도가 없어 복면을 쓰고 등장했다.

이번에는 우건이 당혜란에게 물었다.

"특무대 수뇌부가 두 분을 의심할 것 같소?"

당혜란이 잠시 뜸을 들인 후에 대답했다.

"의심이야 하겠지만 증거가 없으니까 뭐라 하지는 못할 거예요."

"특무대에 두 분과 같은 생각을 가진 사람들이 얼마나 있소?"

당혜란은 질문의 의도를 파악하려는 듯 우건의 눈을 잠시 응시했다. 그러나 부동심을 익힌 우건에게서 무언가를 알아낸다는 건 쉽지 않은 일이었다. 당혜란 역시 마찬가지였다.

당혜란이 한숨을 내쉬었다.

"많지 않을 거예요. 특무대가 100이라면 30정도에 불과해요."

그때였다.

안가 문이 열리며 피곤한 표정의 최민섭이 들어왔다.

당혜란과 진이연이 일어섰지만 최민섭이 넥타이를 풀며 말했다.

"힘들 게 일어날 필요 없소. 앉아계시오."

당혜란과 진이연이 다시 자리에 앉았을 때, 최민섭이 푼 넥타이와 벗은 재킷을 거실 옷걸이에 건 다음, 소파에 앉았다.

최민섭이 먼저 당혜란에게 고마움을 드러냈다.

"두 분이 아니었으면 난 이미 이 세상 사람이 아니었을 것이오."

당혜란은 정중히 답례했다.

"과찬이십니다."

최민섭은 사실 당혜란과 별 연관이 없었다. 오히려 연관이 있는 것은 최민섭의 부인 윤미향(尹微香) 쪽이었다. 당혜란은 무공만큼이나 시서화(詩書畵)에 대한 조예가 뛰어났다. 그리고 그 조예를 다른 사람들에게 가르쳐 주는 일을 아주 좋아했다. 당혜란은 가끔 시민단체가 운영하는 기관을 찾아 나이 지긋한 수강생을 상대로 시서화를 가르쳤는데 그때 만난 제자 중 하나가 바로 최민섭의 부인 윤미향이었다.

곧 자매처럼 친해진 두 여인은 자기 집에 상대를 초대하고는 했는데 그때 윤미향이 정 여사란 가명을 쓰던 당혜란을 최민섭에게 소개해 두 사람이 인연을 맺게 되었던 것이다.

최민섭은 당혜란의 고아(古雅)한 인품과 사물의 본질을 꿰뚫어 보는 통찰력에 감탄해 가끔 그녀에게 조언을 듣곤 하였다.

물론, 최민섭은 얼마 전까지 특무대란 존재를 까맣게 몰랐다. 그리고 당혜란이 특무대에 속한 여중고수(女中高手)란 사실 역시 몰랐다. 당혜란과 진이연이 최민섭을 만나 복면을 벗고 정체를 드러내는 순간, 최민섭은 정말 깜짝 놀랐다. 오히려 정 여사는 가명이고 진짜 본명은 당혜란이란 사실을 고백했을 땐 앞서의 충격 때문인지 별로 놀라지 않았다.

어쨌든 아내가 당혜란이 가르치던 반에 수강생으로 들어가지 않았다면, 그리고 당혜란이 최민섭의 경호원으로 우건을 추천해 주지 않았다면 최민섭은 물론이거니와 딸 최아영, 아내 윤미향 역시 제천회 마수를 피하지 못했을 것이다.

최민섭으로서는 아찔하지 않을 수가 없었다.

최민섭이 당혜란에게 진지한 어조로 제안했다.

"방금 전에 여기 있는 장 경호원과도 얘기를 나눴지만 만약 내가 대통령이 된다면 제천회가 내 목숨을 노릴 가능성이 높을 거요. 그래서 하는 말인데 내가 정말 대통령으로 선출된다면 경호실에 들어와 나와 내 가족을 지켜 줄 수 없겠소?"

당혜란은 생각지 못한 제안이라 잠시 아무 말도 할 수 없었다.

7장. 출범(出帆)

당혜란이 우건을 슬쩍 보며 대답했다.

"저보다는 여기 있는 장 경호원이 더 나을 겁니다."

최민섭이 한숨을 내쉬었다.

"장 경호원은 이미 거절 의사를 밝혔소. 그래서 지푸라기라도 잡는 심정으로 특무대에 있는 두 분에게 부탁드리는 것이오."

당혜란이 우건에게 전음을 보냈다.

-정말인가요?

-뭐가 말이오?

-후보의 제안을 거절했다는 얘기 말이에요.

-그렇소.

당혜란이 호기심 가득한 얼굴로 물었다.

-이유가 뭐지요?

-짐작했겠지만 나에게는 제천회를 없애야 할 사명이 있소. 내가 청와대에 들어간다면 그 일을 할 시간이 없을 것이오.

당혜란이 얼음처럼 차가운 눈으로 우건의 눈을 잠깐 응시했다.

-제천회가 이곳에 생긴 일에, 아니 이곳에 현대무림이 생긴 일을 자책하는 거라면 그럴 필요 없다는 말을 전해 주고 싶군요. 당신이 그 진법을 깨트려서 이런 일이 벌어진 게 아니라, 제천회주 조광이 함정을 팠기 때문에 이런 일이 벌어진 거니까요. 그리고 조광의 지시에 따라 당신을 협공한 우리 중원의 고수들에게도 책임이 없다고는 할 수 없어요.

-다른 사람은 몰라도 나에게는 그 말이 위로가 될 수 없소. 함정을 판 조광 역시 한때는 나와 한솥밥을 먹던 태을문 문도였으니까. 그리고 문호를 정리하라는 명을 받은 내가 반도를 제대로 처리하지 못한 탓에 이런 일이 벌어진 것이오.

이해한다는 듯 고개를 끄덕인 당혜란이 최민섭에게 말했다.

"우선 결정하기 전에 말씀드려야 할 것이 있어요."

최민섭이 경청하겠다는 자세로 물었다.

"무엇이오?"

"특무대에는 예전에 정치권과 맺은 남한산성조약으로 인해 정치에 절대 관여할 수 없다는 규정이 있어요. 다시 말해 제가 경호실에 들어가면 특무대에서 나와야한다는 뜻이에요."

"이해하오."

"그리고 제가 특무대에서 나온다면 저를 따르는 직원들도 나올 수밖에 없어요. 저 혼자만 나온다면 남은 직원들은 특무대 수뇌부에 의해 숙청을 당할 확률이 아주 높으니까요."

"그들 역시 경호실에 받아들이겠소."

당혜란은 최민섭의 눈을 직시하며 말을 이어 갔다.

"어쩌면 이 세 번째 질문이 가장 중요할 것 같군요. 후보님께서 대통령에 정말 당선되신다면 제천회나, 특무대의 비호를 받는 기존 기득권 세력을 타파하고 절대다수에 해당하는 평범한 국민들을 위한 정치를 하실 수 있는지 묻고 싶군요."

최민섭은 자신 있다는 듯 또렷한 음성으로 대답했다.

"물론이오. 내가 목숨까지 걸며 하려는 게 그런 정치요. 만약, 내가 방금 전에 말한 것을 어긴다면 떠나도 좋소. 아니,

실망한 그대가 나를 죽인다 해도 나는 기꺼이 받아들이겠소."

당혜란은 한참 후에 고개를 천천히 끄덕였다.

"후보님의 제안을 받아들이겠어요."

큰 짐을 덜었다는 듯 안도의 숨을 쉰 최민섭이 손을 내밀었다.

"우리 함께 노력해서 좋은 세상을 만들어봅시다."

당혜란이 손을 잡으며 대답했다.

"예, 그래야지요."

최민섭은 대선부터 가동할 경호조직에 관해 당혜란과 면밀히 논의한 다음, 새벽 늦게야 2층에 올라가 휴식을 취했다.

우건은 김철이 만든 커피를 당혜란과 진이연에게 주며 물었다.

"특무대의 사정이 그렇게 좋지 않소?"

당혜란이 커피를 받으며 한숨을 짧게 내쉬었다.

"좋지 않아요."

"얼마나 좋지 않은 거요?"

"내분이 일어나기 직전이에요."

당혜란의 설명에 따르면 특무대는 현재 두 파벌로 나뉘어 있었다. 첫 번째 파벌은 특무대 대장과 제로팀 팀장이 이끄는 파벌로 특무대 안에선 이곽연합(李郭聯合)이라 불렸다.

제로팀은 처음 듣는 이름이었기에 우건이 급히 물었다.

"제로팀은 무엇이오?"

"특무대에서 가장 뛰어난 자들을 뽑아 만든 특무대 내의 특무대에요. 총 숫자는 열 명인데 한 명, 한 명이 모두 강자에요."

우건이 진이연을 힐끔 보며 물었다.

"진팀장과 비교하면 어떻소?"

진이연이 눈썹을 찡그리며 대답했다.

"제가 대신 말씀드리죠. 제로팀에는 저보다 약한 사람이 없어요."

고개를 끄덕인 우건은 당혜란의 설명을 계속 들었다.

특무대에서 두 번째로 큰 파벌은 당혜란 등 원로 고수 몇 명이 이끄는 반정회(反正會)로 특무대의 30퍼센트에 해당했다.

특무대는 원래 두 가지 임무를 수행하는 조직이었다.

첫 번째는 제천회, 홍귀방, 혈림과 같은 조직이 민간인에게 피해를 주지 못하도록 그들을 추적해 제거하는 임무였다.

그러나 특무대가 정치권과 맺은 남한산성조약으로 인해 정치에 깊숙이 관여해있던 제천회는 특무대의 수사망을 유유히 빠져나갔다. 특무대의 가장 큰 적이라 할 수 있는 제천회가 빠져나간 자리에는 홍귀방, 혈림, 한세동과 같은 피

라미들만 남았고 특무대는 그들을 사냥하며 명맥을 유지했다. 요즘은 그마저도 제대로 못해 우건의 도움을 빌렸지만 말이다.

특무대의 두 번째 임무는 개인에 대한 감시였다. 무공을 익힌 무인은 당연히 근력, 순발력, 민첩성, 근지구력 등 각종 신체능력지수에서 일반인에 비해 압도적으로 뛰어나기 마련이었다. 한데 이런 점을 악용해 돈을 벌려는 자들이 있었다.

대표적인 사건이 바로 1970년대에 있었던 육상 100미터 달리기였다. 결승전에서 1등으로 들어온 선수의 기록이 10.05초였는데 이 기록은 당시 세계기록과 별 차이 없는 기록이었다. 의심이 든 주최 측은 바로 경찰에 수사를 요청했다.

경찰은 그 선수를 조사하기 위해 수사기관 두 곳을 급파했는데 바로 도핑을 검사할 국과수와 신체능력을 조사할 특무대였다. 조사 결과, 그 선수는 심법을 익힌 무림인으로 밝혀졌다. 특무대는 그 선수를 그들의 시설로 옮겨 취조에 들어갔고 그 선수가 달성한 기록은 당연히 무효처리가 되었다.

취조 후에 놀라운 사실이 밝혀졌다. 그 선수는 원래 강원도 시골에 살던 약초꾼이었다. 그는 어느 날 산에서 나물을 캐다가 발가벗은 동양인을 한 명 발견했는데 처음에는 북한이 보낸 간첩인줄 알고 가까운 군부대에 신고하려 하였다.

그러나 그 동양인은 몸놀림이 얼마나 재빠른지 약초꾼을 단숨에 제압한 다음, 목숨을 위협해 약초꾼의 움막으로 향했다.

동양인은 그 움막에서 거의 6개월 동안을 약초꾼과 함께 살았는데 서로 어느 정도 말이 통한 후에야 간첩이라 짐작했던 동양인이 사실은 중국 사람이라는 것을 알게 되었다.

중국인은 움막을 떠나기 전에 그동안 먹여주고 재워 주고 말을 가르쳐 준 대가로 심법 하나와 권각법 하나를 가르쳐 주었다. 약초꾼은 산속에서 중국인이 가르쳐 준 무공을 연마한 후에 돈을 벌기 위해 도시로 떠났다. 그렇게 나온 도시에서 육상대회에서 1등하면 상금을 준다는 광고를 발견했다.

달리기라면 자신 있던 약초꾼은 바로 시험에 응시해 결승전에서 당시 한국기록을 크게 앞서는 기록을 내며 우승했다.

이런 일은 사회 전반에서 일어났다. 무공을 배운 야구선수와 축구선수가 사람이 할 수 없는 묘기를 부리다가 특무대에 잡힌 전례가 있었다. 심지어는 무공을 익힌 무인이 올림픽에 출전해 우승까지 했는데 이를 뒤늦게 안 정부가 도핑한 것으로 발표한 다음, 특무대를 보내 체포한 적도 있었다.

처음에는 이러한 시스템이 잘 돌아가는 듯 보였지만 고인 물은 썩기 마련이라는 속담처럼 부패가 자행되기 시작했다.

물론, 명분은 있었다.

정권과 정치인이 특무대를 써먹은 다음, 토사구팽(兎死狗烹)할 수 있다는 염려로 인해 그들을 방어할 수단이 필요하다는 주장이 특무대 수뇌부를 중심으로 대두되었던 것이다.

제천회가 정치권에 줄을 댔다면 특무대는 행정부에 줄을 댔다. 정확히 말하면 정부를 실질적으로 이끄는 관료에게 줄을 댔다. 정권은 바뀔 수 있지만 관료는 바뀌지 않았다. 관료에게 줄을 한번 대놓으면 안전을 보장받을 수 있었다.

줄을 대는 대상은 다양했다.

행정부, 사법부, 검찰, 경찰, 군대, 국정원, 국영기업 등에 줄을 대어 특무대가 가진 기득권을 보장받으려 노력했다. 그들에게서 기득권을 보장받는 대가로 특무대는 그들이 나서서 하기 껄끄러운 일들, 이를 테면 폭력이 필요한 일을 대신 처리해 주었다. 그런 식의 거래가 수년간 이어지다 보니 마치 이를 당연한 듯 여기는 풍조가 생겨나기 시작했다.

당혜란 등이 주축을 이룬 반정회는 특무대 내에 만연한

이런 풍조에 대항해 특무대의 독립성을 강화하자는 주장을
펼쳤다.

우건은 특무대 반정회를 중심으로 경호실을 재편하는 문
제에 대해 당혜란, 진이연과 회의한 다음, 잠시 휴식을 취
했다.

다음 날, 민중당 수도권 경선은 예상대로 최민섭의 압도
적인 승리로 끝났다. 또, 최민섭은 경선장에서 감동적인 출
마선언을 통해 지지 세력의 결집을 꾀하는데 대성공을 거
두었다.

그로부터 며칠 후에는 대선이 본격적으로 시작되었다.
대선은 민중당이 내세운 후보 최민섭과 한정당이 내세운
후보 이정백의 양자대결에 가까웠는데 시간이 지날수록 최
민섭이 이정백을 10포인트 차이로 앞서며 전망을 밝게 만
들었다.

우건의 예상대로 대선에서는 최민섭을 공격하기 어려웠
다. 흑색선전을 통해 최민섭을 공격할 수는 있었지만 제천
회 무인들을 동원해 협박하거나, 암살할 수는 없었다. 그랬
다가는 역풍이 불어 오히려 한정당 자체가 붕괴할 위험이
있었다.

겨울로 접어들기 직전, 최민섭은 마침내 대통령으로 선
출되었다. 최민섭은 약속한 대로 가장 먼저 경호실을 재편
했다.

전 대통령 한승권이 파면당한 상태였기 때문에 최민섭의 대선 캠프는 인수위원회 없이 바로 청와대에 입성해 업무를 봐야 하는 상황이었다. 최민섭이 청와대에 입성해 업무를 봐야한다면 경호실 역시 바로 최민섭의 경호에 들어가야 한다는 말이었다. 당혜란은 제자 진이연 등 특무대 반정회에 속한 직원들을 경호실에 불러들여 경호체계를 구축했다.

물론, 경호실장은 경호실 출신 인사가 맡았지만 실질적인 운용은 최민섭의 전폭적인 지지를 받는 당혜란이 전담했다.

한편, 임무를 성공리에 마친 우건과 쾌영문 문도들은 오랜만에 집에 돌아가 휴식을 취했다. 우건은 그동안 도청당할 가능성이 있다는 생각에 수연과의 연락을 일체 끊어 버렸다.

거의 한 달 반 만에 만나는 수연은 눈빛이 한층 깊어져있었다.

"태을혼원심공을 몇 성까지 익힌 거야?"

"이제 2성이에요."

"진도가 빠르군."

"그런가요?"

"사매의 나이를 생각하면 엄청나게 빠른 편이라고 할 수 있지."

수연이 눈을 슬쩍 흘겼다.

"내 나이가 많다는 뜻인가요?"

우건이 손사래를 치며 대답했다.

"내 말은 무공을 익히기에 그렇단 말이야."

수연이 피식 웃었다.

"농담이니까 그렇게 강하게 부정할 필요 없어요."

저녁식사를 함께 한 두 사람은 옥상 연공실을 찾아 무공을 수련했다. 우건은 태을혼원심공을 운기행공하는 수연의 모습을 지켜보다가 이제 슬슬 때가 되었다는 생각이 들었다.

우건은 운기행공을 마친 수연을 자리에 앉혔다.

"기초는 얼추 잡힌 것 같으니까 이제 무공을 익히는 게 좋겠어."

수연이 박수까지 치며 좋아했다.

"어떤 무공을 가르쳐 줄 건데요?"

"사매는 어떤 무공을 배우고 싶어?"

수연은 평소에 생각해놓은 게 있다는 듯 지체 없이 대답했다.

"사형처럼 검법을 배우고 싶어요."

"검법을?"

"어려울까요?"

"어렵진 않은데 검법에도 종류가 많아서 하는 말이야."

수연이 잔뜩 기대에 찬 눈으로 물었다.

"태을문에는 어떤 검법이 있어요?"

"우선 내가 익힌 천지검법이 있겠지. 천지검법은 태을문을 만드신 태을조사께서 말년의 심득을 담아 창안하신 검법인데 그야말로 무의 조종(祖宗)이라 할 수 있을 거야. 물론, 사매는 아직 내력이 부족해 기수식을 펼치기도 어려우니까 천지검법은 심법을 좀 더 연성한 후에야 배울 수가 있어."

우건이 익힌 천지검법을 배울 수 없다는 말에 잠시 풀이 죽은 수연은 언제 그랬냐는 듯 다시 밝은 목소리로 물었다.

"배울 수 없다면 어쩔 수 없죠. 다른 검법으론 뭐가 있어요?"

"일로추운검법(一路追雲劍法)과 월하선녀무무검법(月下仙女武舞劍法)이 있어. 일로추운검법은 특이하게도 초식이 없는 검법이라 무초검법(無招劍法)이라 불리는데 살기가 아주 짙기 때문에 적을 죽이지 못하면 자기가 다칠 확률이 높아."

수연이 몸을 부르르 떨었다.

"듣기만 해도 무섭네요."

수연의 과장스런 연기에 피식 웃은 우건이 설명을 이어갔다.

"월하선녀무무검법은 줄여서 무무검법(武舞劍法)이라

불리는데 선녀라는 이름에서 알 수 있듯 여제자가 주로 익히는 검법이야. 겉모습은 춤을 추는 것처럼 아름답지만 각초식마다 오묘한 검리(劍理)가 녹아 있어 상대하기 아주 까다롭지."

우건의 설명을 들은 수연은 잠시 고민하다가 어깨를 으쓱했다.

"방금 결정했어요."

"어떤 검법을 익히고 싶은데?"

"무초검법이요."

우건은 미간을 찌푸리며 물었다.

"내가 한 설명을 제대로 들은 거야? 무초검법은 초식이 없기 때문에 더 익히기 힘든 검법이야. 그리고 상대에게 막히는 순간, 죽거나, 다칠 확률이 아주 높은 위험한 검법이야."

"약점이 크다면 장점 역시 크지 않을까요?"

우건은 한숨을 내쉬었다.

"맞아. 장점 역시 크긴 하지."

"어떤 장점이 있어요?"

"검을 뽑는 순간, 반드시 피를 보는 검법이야. 아주 실전적이기 때문에 통하기만 하면 적을 반드시 쓰러트릴 수가 있지."

수연은 고집을 피웠다.

"전 무초검법으로 결정했어요."

"정말 후회안할 거지?"

수연이 단호한 얼굴로 대답했다.

"절대 후회 안 해요."

우건은 수연이 황소고집임을 진작부터 눈치 챈 터였다.

그녀는 한 번 하기로 결정하면 번복하는 일이 거의 없었다.

우건은 잠시 고민하다가 고개를 끄덕였다.

"좋아. 그럼 보법과 신법을 먼저 가르쳐 줄 게."

수연이 실망한 목소리로 물었다.

"검법부터 배우는 게 아니었어요?"

"보법과 신법을 배워야 검법을 배울 수가 있어."

"왜요?"

"적은 나무처럼 가만히 서 있지 않으니까. 적이 도망가면 따라가고 적이 다가오면 물러서는 방법을 배워야 싸울 수 있어."

"아."

수연이 이해했다는 듯 고개를 끄덕였다.

우건은 수연에게 일보능천과 삼미보를 가르쳤다.

일보능천은 경신법이었고 삼미보는 보법이었다. 이 두 가지 무공을 익혀두면 태을문의 모든 무공에 적용할 수 있었다.

신법과 보법을 가르친 후에는 본격적으로 무초검법을 가르쳤다. 무초검법은 말이 좋아 무초지, 실상은 익혀야 할게 엄청나게 많은 검법이었다. 강호를 행도하다 보면 다양한 무공을 익힌 적을 만날 수밖에 없었다. 무기로 보면 검도창곤(劍刀槍棍)이 있을 테고 맨손무공으로는 권장지각(拳掌指脚)이 있었다. 그 외에 우건조차 이름을 들어 본 적이 없는 수백, 수천종류의 무공이 존재했다. 무초검법은 천하에 존재하는 모든 무공의 특징을 알아야만 통할 수가 있었다.

수연이 눈이 휘둥그레져 물었다.

"정말 무초검법을 쓰려면 그걸 다 알아야 하는 거예요?"

"맞아. 해서 무초검법으로 무명을 날린 본문 고수들은 다 나이가 많았지. 젊었을 때 많은 대적경험을 가진 후에야 무초검법이 가진 진정한 위력을 제대로 끌어낼 수가 있으니까."

수연이 한숨을 푹 내쉬었다. 본인 입으로 선택을 후회하는 일이 없을 거라 말했기에 이제와 바꿀 수가 없었던 것이다.

우건은 피식 웃었다.

"하지만 쉽게 익힐 수 있는 방법이 전혀 없진 않아."

수연이 놀라 물었다.

"그게 정말이에요?"

"선령안을 연성하면 처음 본 무공도 바로 파악할 수가 있어."

"그럼 지금 당장 선령안을 배울래요."

"서두르지 마. 선령안을 연성하려면 끈기와 집념이 필요하니까."

우건의 말대로 선령안은 끈기와 집념이 필요했다. 구결은 모두 합쳐 3백자를 넘지 않지만 과정은 고난하기 짝이 없었다.

우건은 그날부터 수연에게 선령안을 가르치기 시작했다. 선령안을 익히는데 필요한 가장 중요한 재능은 기감(氣感)이었다.

즉, 형체가 없는 기를 느끼는 감각이 얼마나 예민한지에 따라 선령안의 성취가 좌우되었다. 기감을 타고난 사람은 몇 달이면 입문에 성공할 수 있었다. 그리고 기감을 타고나지 못한 사람은 몇 년을 해도 그 언저리조차 밟아보지 못했다.

선골(仙骨)을 타고난 수연은 당연히 기감이 뛰어났다. 새로운 정부가 100일을 맞이했을 무렵, 수연은 선령안 연성에 성공해 본격적으로 무초검법을 익히기 시작했다. 수연이 연성한 선령안은 아직 입문수준에 불과해 우건의 수준에 오르려면 많은 노력과 시간이 필요했지만 어쨌든 연성했다는 게 중요했다. 수연의 실력은 날이 갈수록 일취월장했다.

날씨가 쌀쌀해졌다고 느낀 순간, 고3 수험생들이 수학능력이란 중요한 시험을 보았다. 그리고 어머니들은 김장을 했으며 텔레비전에서는 다사다난했던 올해를 정리하기 시작했다.

첫 서리가 얼고 첫 눈이 오고 다시 2주쯤 지났을 때, 밤 늦게까지 수련한 우건과 수연은 옥상 난간에 기대 땀을 식혔다.

우건이 외투를 가져와 수연의 어깨에 덮어 주었다.

"감기 걸려."

수연이 돌아서며 물었다.

"무림인도 감기에 걸려요?"

"그럼, 당연히 걸리지. 심법이 만능은 아니니까."

"무림인도 감기에 걸린다면서 사형은 왜 외투를 입지 않아요?"

"난 거의 설악산에서 자랐으니까. 거긴 도시보다 겨울이 길거든. 아마 그때의 경험 때문에 추위를 잘 못 느끼는 것 같아."

우건의 말은 사실이 아니었다.

시베리아 같은 극지방에서 성장한 사람도 당연히 추위를 느낀다. 평범한 사람보다 더 오래 버틸 순 있지만 추위를 느끼지 못하는 것은 아니었다. 우건은 오랜 수련을 통해 한서불침(寒暑不侵)에 가까운 육체를 얻었기에 한겨울 찬바람이 부는 옥상에서 가벼운 상의 하나로 버틸 수 있는 것이다.

다시 난간 앞으로 몸을 돌린 수연이 도시의 불빛을 응시했다.

"그거 알아요?"

우건은 수연과 함께 나란히 서서 도시의 야경에 시선을 주었다.

"뭐를?"

"일주일 뒤면 우리가 맞는 두 번째 크리스마스이브에요."

"벌써 그렇게 되었나?"

"시간 참 빠르죠."

"사매말대로 정말 빠르군."

수연이 고개를 돌리며 물었다.

"올해 크리스마스이브에 약속 있어요?"

우건은 잠시 생각해 보다가 피식 웃으며 고개를 저었다.

극도로 제한적인 인간관계를 맺고 있는 우건에게 크리스마스라고 해서 딱히 약속이 있을 이유가 없었던 것이다. 더구나 우건이나, 원공후처럼 몇 백 년 전에 태어나 성장한 무인에게 크리스마스는 이해가 가지 않는 명절 중의 하나였다.

"없는데."

"그럼 분위기 있는 식당을 예약해서 같이 식사하는 건 어때요?"

우건은 잠시 작년 크리스마스를 떠올려보았다.

작년 크리스마스에는 여러 가지 일이 있었다.

작년 역시 올해처럼 수연과 크리스마스에 만나 좋은 레스토랑에서 밥을 먹기로 약속했었다. 그러나 우건은 약속을 지키지 못했다. 자리가 부담스러웠거나, 수연이 싫어 그런 건 아니었다. 약속을 지키지 못하는 필연적인 이유가 있었다.

수연은 선친이 남긴 유산인 수연의원을 열기 전에 강남에 위치한 대형병원인 영제병원의 흉부외과 레지던트로 근무했다.

그때, 수연에게 흑심을 품은 의사가 한 명 있었는데 바로 영제병원 후계자 김진성이었다. 김진성은 서울 교외에 위치한 별장에 살인공장을 차려놓고 여자를 납치해 고문한 다음, 살해하는 연쇄살인범이었다. 우건은 수연에게 마수를 뻗치려던 김진성을 처단하기 위해 약속을 어길 수밖에 없었다.

우건은 고개를 끄덕였다.

"대신 이번에는 내가 레스토랑을 예약할 게. 작년에는 사매가 다 준비했으니까 올해는 내가 준비하는 게 맞는 것 같아."

수연이 걱정스러운 얼굴로 물었다.

"할 수 있겠어요?"

"나도 이제 이곳에 제법 적응했으니까."

"알았어요. 그럼 사형한테 맡길게요."

대답한 수연이 씽긋 웃으며 먼저 2층으로 내려갔다.

한편, 옥상에 혼자 남은 우건은 잠시 고민하다가 한숨을 푹 쉬었다. 수연에게 말로는 이곳에 적응했다했지만 사실 아는 게 많지 않았다. 더욱이 그게 유명 레스토랑을 예약하는 일처럼 실생활에 도움이 되지 않는 분야라면 더 그러했다.

우건은 잠시 고민하다가 2층으로 내려갔다.

다음 날 아침, 우건은 수연이 의원에 출근하길 기다렸다가 쾌영문을 찾았다. 막 쾌영문 현관문을 열려는 순간, 전에는 맡지 못한 여인의 향수가 후각을 자극했다. 원래 문도들이 수련장소로 쓰는 1층에는 땀 냄새가 진동하는 편이었다.

우건은 쾌영문에 들어가 향수의 주인을 찾았다.

생각지 못한 여인이 의자에서 벌떡 일어나는 모습이 보였다.

여인은 바로 최민섭의 딸, 최아영이었다.

대통령의 무남독녀가 쾌영문 대청에 있는 모습은 놀라는 일이 별로 없는 우건조차 당황하게 만들 정도의 사건이었다.

최아영 역시 우건을 보며 흠칫했다.

"얼굴이 달라지셨네요."

우건은 대답 대신, 기파를 퍼트려보았다.

다행히 경호원까지 대동하고 행차한 것은 아닌 듯했다.

우건은 원공후를 보며 물었다.

"어떻게 된 거요?"

"험험."

헛기침한 원공후가 고개를 돌리며 김동에게 눈치를 주었다. 마치 네가 친 사고니까 네가 알아서 수습하라는 듯했다.

사부에게 지목당한 김동이 머리를 긁적이며 대답했다.

"영, 영애께서 대통령님을 조른 모양입니다……."

그때였다.

최아영이 그들 사이에 끼어들어 김동을 변호했다.

"제가 다 설명할 테니까 그를 탓하지 말아 주세요. 그는 제 고집을 꺾지 못해 저를 이곳에 데려와 준 죄밖에 없으니까요."

우건은 빈 의자를 하나 꺼내 최아영 앞에 놓았다.

"우선 앉으시오."

최아영은 시키는 대로 의자에 앉았다.

우건은 팔짱을 낀 자세로 서서 최아영을 한참 내려다보았다. 최아영은 우건의 시선이 부담스러운 듯 시선을 살짝 돌렸다.

최아영과는 잊기 힘든 추억이 있었다.

제천회 음월당 고수들이 일본지사에 출장 간 그녀를 오사카에서 납치했을 때, 그녀를 구하기 위해 파견된 사람이 우건과 김동이었다. 그때, 두 사람은 인피면구를 쓴 상태에서 최민섭을 경호하는 경호원 장건우와 임재동으로 위장해 있었다.

최아영이 인피면구를 쓰지 않은 우건을 보는 게 이번이 처음이었다. 물론, 지금이 인피면구를 썼을 때보다 더 나았지만.

우건이 다른 의자를 가져와 최아영 앞에 앉았다.

"부모님은 소저가 지금 어디에서 뭘 하는지 아시오?"

"두 분 다 아세요."

"경호실은?"

"진이연 씨에게 말해 뒀어요."

"한데 그들이 소저 혼자 가도록 허락했다는 거요?"

최아영이 이번에는 고개를 저었다.

"혼자 온 건 아니에요."

"그럼?"

최아영이 김동을 힐끔 보았다.

"임 경호원, 아니 김동 씨에게 저를 데리러 와 달라 부탁했어요."

우건은 한 달 전에 김동으로부터 그녀가 부모님의 강력

한 권유 겸 명령에 의해 다니던 회사를 그만두었다는 소식을 들었다. 제천회가 그녀를 또 납치하려들 수 있었던 것이다.

회사를 그만둔 최아영은 좀 더 안전한 청와대 관저에 머물며 일본어소설을 우리말로 번역하는 일을 준비한단 말을 들었다. 부모님은 처음에 반대했지만 다 큰 처녀가 하는 일도 없이 청와대에 갇혀 지내는 게 딱했던지 결국 허락했다.

물론, 사람들이 관심을 가질 수 있어 가명을 쓴단 조건이었다.

언론이 모르는 일을 김동이 어떻게 알아냈을 지에 대해선 관심이 없었다. 김동이 해킹으로 알아냈을 거라 짐작한 것이다. 한데 두 사람이 그동안 연락을 끊지 않았던 모양이었다.

우건이 고개를 돌려 김동을 보았다.

"두 사람은 계속 연락해온 건가?"

김동이 고개를 푹 숙였다.

"예……."

우건이 최아영에게 다시 물었다.

"부모님과 경호실에서는 김동을 믿고 혼자 가게 해 준 것이오?"

"김동 씨가 경호원을 이곳에 데려오면 절대 안 된다고 해서요."

우건은 처음으로 고개를 끄덕였다.

쾌영문과 수연의원의 존재는 아는 사람이 적을수록 좋았다.

그녀가 경호원을 데려왔다면 쾌영문의 위치를 아는 사람이 적어도 수십 명은 더 늘어났을 것이다. 경호원이 청와대에 돌아가 상관과 동료들에게 말할 공산이 높았던 것이다.

그리고 쾌영문의 위치를 아는 사람이 지금보다 수십 명더 늘어날 경우, 그 중에 한 명이 입을 잘못 놀리는 바람에 쾌영문 위치가 제천회와 같은 적의 귀에 들어가는 것은 억측이 아니라, 가능성이 아주 높은 예측에 더 가까울 것이다.

우건은 가장 궁금했던 것을 물었다.

"이렇게 무리까지 해가며 쾌영문을 찾아온 이유가 무엇이오?"

고개를 든 최아영은 우건을 보며 무슨 말인가를 하려다가 입을 다물었다. 그리곤 한참이 지난 후에야 다시 입을 열었다.

"아버지가 대통령으로 계시는 동안, 전 납치위협에 시달릴 수밖에 없어요. 물론, 무공을 아는 분이 경호해 주긴 하지만 그것만으로는 안심이 되지 않았어요. 좀 더 근본적인, 그러니까 저 스스로를 보호할 수 있는 수단이 필요했어요. 그래서 오랜 고민 끝에 김동 씨를 졸라 쾌영문을 찾아온 거예요. 적에게서 저 자신을 지킬 수 있는 방법을 배우기 위해서요."

그때, 멀찍이서 대화를 듣던 원공후가 불쑥 끼어들었다.

"어허, 아무리 그래도 말은 바로 해야지. 처음엔 주공 문하에 들어가게 해달라고 조르다가 허락하지 않을 거라니까 꿩 대신 닭이라는 심정으로 본문에 들어오겠다는 거 아니었소?"

최아영이 고개를 푹 숙였다.

"맞아요. 솔직히 말할게요. 처음엔 장 경호원님, 아니 우 경호원님 밑에서 무공을 배우고 싶었어요. 하지만 우 경호원님은 인연이 닿지 않은 사람에게는 무공을 가르치지 않는다더군요. 제가 인연이 닿는 사람이라면 좋겠지만 그럴 가능성이 거의 없을 것 같아 쾌영문 문주님에게 부탁드린 거예요."

솔직히 시인한 최아영이 고개를 돌려 원공후를 보았다.

"그러나 꿩 대신 닭이라는 생각에 쾌영문을 택한 것은 아니에요. 믿어 주세요. 전 지금 사문을 가릴 만큼 여유롭지 못해요."

최아영의 간절한 부탁에 원공후가 곤란한 표정을 지었다. 원래 원공후는 여자에게 약했다. 그리고 미녀에게는 더 약했다. 최아영이 눈이 번쩍 뜨일 만큼 미녀는 아니지만 모델 같은 늘씬한 몸매에 보조개가 아주 매력적인 여인이었다.

우건은 최아영을 보며 말했다.

"무공을 배운 다는 건 아주 힘든 일이오. 소저처럼 좋은 집에서 고생 한 번 안해 보고 산 사람에겐 특히 힘들 거요. 돌아가서 좀 더 심사숙고해 본 다음에 다시 얘기하는 게 좋겠소."

최아영은 고개를 세차게 저었다.

"제가 한 시간 만에 이런 엄청난 결정을 내렸을 것 같아요? 절대 아니에요. 아버지가 당선되신 후부터 지금까지 계속 고민해왔던 일이에요. 결심이 단단히 서지 않았으면 김동 씨에게 부탁해 이런 소동을 벌이지 않았을 거란 뜻이에요."

말을 마친 최아영의 두 눈에서 닭똥 같은 눈물이 흘러내렸다.

한숨을 쉰 우건이 원공후를 보며 고개를 저었다.

"이건 쾌영문의 일이니까 난 더 이상 관여하지 않겠소."

원공후가 벌떡 일어나 최아영에게 물었다.

"정말 무공을 배우고 싶소?"

"정말 배우고 싶어요."

"죽을 만큼 힘들 텐데 견뎌낼 수 있겠소?"

"견뎌낼 수 있어요."

잠시 고민한 원공후가 고개를 돌려 제자들을 보았다.

"너희들 생각은 어떠냐?"

김은과 김동, 김철, 임재민 모두 고개를 끄덕였다.

좋다는 의미였다.

그렇게 최아영의 쾌영문 입문이 결정되었다.

최아영은 김은, 김동의 경호를 받으며 청와대에 돌아갔다가 부모님에게 정식으로 허락받은 다음, 다시 오기로 하였다.

원공후는 김철과 임재민에게 최아영이 머무를 방에 도배를 다시 하고 여자들이 좋아할 만한 가구를 사오란 지시를 내렸다. 최아영의 신분이 평범하지 않았던지라, 침대와 화장대, 책상, 옷장 모두 최고급으로 준비하는 세심함을 보였다.

우건은 원래 쾌영문을 찾은 목적이 따로 있었지만 상황이 이렇다 보니 쓸데없는 문제로 시간을 뺏기 뭣해 그냥 돌아갔다.

다음 날, 부모님의 허락을 받은 최아영은 도청이 안 되는 전화와 간단한 짐 몇 가지를 챙겨 쾌영문에 정식 입문했다.

김동을 졸라 쾌영문을 처음 찾았을 때부터 부모님 허락을 받아놓은 모양이었다. 최민섭 부부는 별다른 말없이 눈에 넣어도 아프지 않을 무남독녀를 사내가 득실한 소굴에 보냈다.

최민섭 부부는 최아영을 데려가기 위해 청와대에 잠시 들른 김은과 김동에게 눈물까지 쏟아가며 딸을 잘 부탁한다는 말을 하였다. 대통령 부부에게서 간절한 부탁을 받은 김은과 김동은 목숨을 바쳐서라도 영애를 지키겠노라 맹세했다.

원공후 등은 처음에 대통령 부부의 결정을 이해하지 못했다.

아무리 딸의 부탁이라지만 다 큰 처녀를 사내가 득실거리는 쾌영문에 보내 무공을 익히게 한다는 것은 대통령 부부가 아니라, 일반적인 부모라 할지라도 내리기 쉬운 결정이 아니었다. 나중에 안 일이지만 대통령 부부는 청와대야말로 가장 위험한 공간이라 생각한 듯했다. 그래서 딸이 청와대와 멀리 떨어진 곳에 있게 하기 위해 허락해 준 것이다.

쾌영문에 입문한 제자들은 입문식이 있기 전에 사부 원공후와 함께 수연의원에 들러 의원 사람들에게 인사하는 전통이 있었다. 최아영 역시 마찬가지였다. 사전에 수연의원과 쾌영문의 관계, 그리고 우건과 원공후의 관계에 대해 설명을 들었기 때문에 최아영 역시 흔쾌히 사부의 지시를 따랐다.

최아영은 쾌영문의 제자이며 수연의원 간호사로 일하는 이진호와 수연의원 수간호사인 정미경, 그리고 수연과 차례차례 대면했다. 최아영은 당연히 수연에게 가장 큰 관심을 보였다. 수연을 보는 순간, 그녀의 미모에 압도당해 잠시 할 말을 잊어버리기는 했지만 어쨌든 대면은 무사히 끝났다.

그 다음 날, 우건은 쾌영문을 찾았다.

갓 입문한 최아영은 사부 원공후에게 타좌법(打坐法)과 토납법(吐納法)을 배우는 중이었다. 타좌와 토납은 무인이라면 반드시 익혀야 할 기초상식과 같은 것으로 어쩌면 무공 수련에 있어 가장 중요한 단계라 할 수 있었다. 원공후는 처음 받은 여제자를 가르치느라 애를 먹는 듯 보였지만 욕심이 많은 최아영은 그런 사부를 다그쳐가며 열심히 수련했다.

우건은 최아영을 가르치느라 바쁜 사부를 위해서 사제들에게 일투삼낙을 가르치던 김은을 은밀히 불러내어 질문했다.

"레스토랑을 예약하려면 어떻게 해야 하는가?"

김은이 눈을 끔뻑이며 물었다.

"레스토랑은 갑자기 왜 찾으십니까?"

"크리스마스이브에 레스토랑에서 급히 식사해야 할 일이 생겼네."

김은이 다 안다는 듯 씩 웃었다.

"크리스마스이브에 주모님과 데이트하시려는 거군요."

"데이트가 뭘 말하는 건진 모르겠지만 이곳에서 유명한 명절이라기에 올 한해 수고했단 의미로 밥이나 먹으려는 걸세."

김은이 휴대전화를 꺼내며 물었다.

"그런데 어떤 종류의 레스토랑을 원하십니까? 제가 프랑스와 이탈리아요리를 잘 하는 레스토랑을 몇 군데 알고 있습니다."

우건은 잠시 고민하다가 대답했다.

"이탈리아로 하지."

그때였다.

수련을 마친 최아영이 두 사람 사이에 슬쩍 끼어들었다.

"이탈리아식당을 찾으시는 거예요? 제가 잘 아는 식당이 한 군데 있어요. 토스카나의 태양이란 덴데 이탈리아인 요리사가 직접 요리하는 데에요. 원하시면 바로 예약해 드릴게요."

한숨을 쉰 우건이 고개를 끄덕였다.

"그럼 부탁하겠소."

최아영은 자기만 믿으라는 듯 김은에게 전화를 빌려 통화했다.

잠시 후, 최아영이 통화 결과를 말해 주었다.

"크리스마스이브 저녁 6시에 특별실로 예약해뒀어요."

최아영이 끼어든 덕분에 조용히 준비하려던 크리스마스 계획은 쾌영문 문도 전체가 아는 이야기가 되어 버렸다. 그리고 그 다음 날에는 정미경과 이진호까지 알게 되어 수연의원과 쾌영문에서 수연만이 이 사실을 모르는 상태가 되었다.

8장. 본산(本山)

다행히 이번 크리스마스이브에는 별다른 일이 일어나지 않았다. 점심을 대충 먹은 두 사람은 외출준비를 서둘렀다. 이브에는 항상 차가 막히기 때문에 미리 준비해둬야 했다.

먼저 씻고 나온 우건은 거실 테이블 위에 작은 목곽 두 개를 꺼내놓고 잠시 고민했다. 수연이 목곽 안에 들어 있는 것을 싫어할 게 분명했던 것이다. 그러나 고민이 길지는 않았다.

안전을 위해서는 불편함을 감수해야했다.

샤워를 마친 수연이 수건으로 머리를 말리며 욕실에서 나왔다.

"그 목곽은 뭐에요?"

"사매 잠깐 이리 와봐."

우건은 수연을 소파에 앉힌 다음, 목곽 두 개를 차례대로 열었다. 목곽에는 사람의 얼굴을 얇게 떠놓은 것은 가면이 들어 있었다. 바로 원공후가 솜씨를 부려 만든 인피면구였다.

수연은 금세 울상을 지었다.

"설마 이걸 얼굴에 쓰고 화장하라는 건 아니죠?"

"사매의 안전을 위해서야."

"꼭 그래야 하는 거예요?"

"제천회는 무슨 짓을 할지 모르는 놈들이야. 놈들은 저번 대통령과 관련한 문제로 나를 계속 추적하고 있을 거야. 그런 상황에서 맨 얼굴로 돌아다니는 건 별로 좋은 생각이 아냐."

한숨을 푹 쉰 수연은 결국 인피면구를 받아들였다.

우건은 비비크림조차 바르지 않은 수연의 맨 얼굴에 인피면구를 씌운 다음, 위장하는데 사용하는 도구로 마무리했다.

거울로 자기 얼굴을 살펴본 수연이 깜짝 놀란 표정을 지었다.

거울 안에는 수연 대신에 광대가 튀어나온, 그리고 눈꼬리가 샐쭉해 조금 사나운 인상을 주는 젊은 여인의 얼굴이 있었다.

무엇보다 인피면구를 썼다는 사실을 전혀 알아볼 수 없었다.

"이, 이게 정말 저예요?"

"감쪽같지?"

수연이 신기하다는 듯 얼굴 여기저기를 만져보았다.

"촉감도 정말 살과 똑같아요."

"쾌영문주가 이곳 분장기술을 접목해 만든 거라더군."

"얼른 화장하고 옷 입고 나올 게요.

우건은 수연이 준비하는 동안, 그녀가 생일선물로 사준 수제양복을 입었다. 우건은 워낙 몸이 탄탄해 기성복을 입어도 수제양복을 입은 것처럼 잘 어울렸지만 역시 장인이 만든 수제양복은 뭔가 다른 점이 있었다. 마치 무복(武服)을 입은 것처럼 우건의 탄탄한 체구를 더 돋보이게 만들어주었다.

화장을 마친 수연은 검은색과 붉은색을 섞은 듯한 색의 롱 원피스에 검은색 재킷을 걸친 모습으로 나타났다. 긴 목에는 작은 보석이 달린 목걸이를 했고 손목에는 은으로 만든 얇은 팔찌를 착용했다. 손에는 가죽 클러치가 들려 있었다.

한껏 차려입은 수연의 모습은 자주 볼 수 있는 게 아니었다. 우건은 감탄이 섞인 눈빛으로 그녀를 한동안 바라보았다.

우건의 시선을 느낀 수연이 어색하게 웃으며 물었다.

"어울려요?"

"그건 무슨 원피스야?"

"버건디 쉬폰 롱 원피스에요. 이번에 할인해서 5만 원에 샀어요."

"난 엄청나게 비싼 명품인 줄 알았어."

수연이 입을 빼죽 내밀었다.

"그거 칭찬이죠?"

"그럼 당연히 칭찬이지."

"농담 그만하고 어서 가요."

의원 문을 연 수연은 다시 한 번 깜짝 놀랐다.

의원 앞 진입로에 처음 보는 세단 한 대가 서 있었던 것이다.

"설마 저 차를 타라는 건 아니겠죠?"

"그 설마가 맞아."

수연은 작고 아담한 차를 좋아했다.

진입로에 세워놓은 세단은 그녀의 취향과 정반대에 가까웠다.

세단 주위를 한 바퀴 돈 수연이 물었다.

"대포차에요?"

"응, 쾌영문이 외부 활동에 쓰는 대포차 중 하나야."

"이렇게까지 해야 해요? 얼굴에 인피면구까지 썼는데."

"조심해서 나쁠 건 없잖아."

"알았어요."

수연은 한숨을 쉬며 세단 운전석에 올랐다.

우건과 수연은 차를 타고 크리스마스이브의 교통지옥 속으로 들어갔다. 다른 때였으면 밀리는 차들을 보며 답답함을 느꼈겠지만 오늘은 날이 그래 그런지 전혀 답답하지 않았다.

최아영 덕분인지, 아니면 최아영의 아버지 덕분인지는 모르겠지만 사람들에게 주목받는 상황을 싫어하는 우건과 수연은 레스토랑 뒷문을 이용해 특별실 안으로 바로 들어갈 수 있었다. 특별실은 룸처럼 되어 있어 음식을 가져다주는 종업원 외에는 다른 사람의 시선을 신경 쓸 일이 거의 없었다.

토스카나의 태양이라는 거창한 이름을 가진 레스토랑의 특별실에 도착한 두 사람은 이탈리아인 요리사가 만든 코스대로 요리를 음미했다. 와인 역시 최아영이 미리 주문해둔 것을 마셨는데 마른 풀냄새와 과일향기가 풍기는 명품이었다.

수연이 와인을 비우며 웃었다.

"아영이 덕분에 이런 호사를 다 부리네요."

"아영이? 벌써 친해진 거야?"

"성격이 아주 싹싹하더라고요. 병원에 몇 번 놀러오더니 글쎄 자기가 먼저 저를 언니로 부르겠다는 거예요. 그래서 저도 아영이를 동생으로 생각하겠다고 말했어요. 왜요? 이 상해요?"

"두 사람이 잘 맞는다니 다행이란 생각이 들어서."

대화 주제는 자연스레 출범 100일을 넘긴 새 정부와 새 대통령 얘기로 옮겨갔다. 멀리 보면 대한민국 현 대통령에 대한 얘기고 가까이 보면 최아영의 아버지와 관련한 얘기 였다.

수연은 원래 정치에 관심이 아주 많은 편은 아니었다. 그러나 전임 대통령의 파면과 새로운 대통령 출범에 우건이 적극 개입하는 바람에 그녀 역시 관심을 가질 수밖에 없었 다.

수연이 한숨을 쉬었다.

"역시 쉽지 않은 모양이에요."

"그래?"

수연이 고개를 끄덕이며 대답했다.

"야당이 발목을 잡을 거란 점은 다들 예상한 터라 별로 놀라지 않았지만 정부 관료까지 발목을 잡을 줄은 몰랐을 거예요."

수연의 설명에 따르면 최민섭이 이끄는 행정부는 최악의 상황에 놓여 있었다. 전임 대통령이 임명한 검찰, 경찰, 국 정원, 감사원 등의 주요 기관장이 대놓고 최민섭의 정권을 무시하는 중이었다. 아니, 무시를 넘어 방해하는 수준이었다.

원래 정권이 바뀌면 대대적인 물갈이가 있기 마련이었다. 그러나 전 정권이 임명한 기관장과 고위 관료들은 정해진 임기를 내세워 사퇴를 거부한 다음, 최민섭을 계속 옥줬다.

그야말로 강력한 누군가가 나서서 물꼬를 터주지 않으면 해결될 기미가 전혀 보이지 않는 그런 암담한 상황인 것이다.

똑똑!

대화는 문을 노크하는 소리에 잠시 중단되었다.

수연이 흐트러진 자세를 바로 잡으며 말했다.

"들어와요."

문을 열고 들어온 종업원이 정중한 어조로 물었다.

"음식은 어떠십니까? 입에 맞으십니까?"

"아주 맛있었다고 요리사 분에게 전해 주세요."

"꼭 전해 드리겠습니다."

종업원은 빈 와인 잔에 와인을 따른 다음, 디저트를 가져다주었다. 디저트는 꿀과 치즈를 넣어 만든 수제 케이크였는데 우건에게는 너무 달아 별로였지만 수연은 아주 좋아했다.

어차피 이번 크리스마스이브 만찬은 수연을 위해 준비한

자리였다. 그녀가 마음에 든다면 우건은 아무 불만이 없었다.

와인을 마시던 수연이 화들짝 놀라 잔을 내려놓았다.

"아차 운전해야한다는 걸 깜빡했어요."

"괜찮아. 더 마셔. 운전은 내가 하면 되니까."

수연이 별빛처럼 영롱한 빛을 뿌리는 눈을 깜박거리며 물었다.

"운전할 줄 알아요?"

"알아."

술이 조금 취한 수연이 귀엽게 자기 머리를 톡 쳤다.

"아차, 사형이 엄청난 고수란 사실을 또 까먹었네요. 사형과 같은 고수에겐 운전을 배우는 일이 식은 죽 먹기일 텐데."

"그렇게 쉽지 않았지만 일본에 갔을 때 통했으니까 여기서도 통하지 않겠어? 면허증이야 김동이 만들어 준 게 있으니까."

수연이 우건의 비어 있는 잔을 보며 걱정스런 표정을 지었다.

"사형도 와인을 많이 마셨잖아요? 음주단속에 걸리면 어떡해요?"

"이렇게 하면 되지."

우건은 내력으로 주독(酒毒)을 몰아냈다.

수연이 호기심이 가득한 눈으로 물었다.

"설마 지금 내력으로 몸 안에 있는 술기운을 몰아낸 거예요?"

"맞아."

"신기해요. 전 언제쯤 그런 경지에 도달할 수 있을까요?"

"사매는 선골을 타고 났으니까 금방 될 거야."

수연이 두 팔을 테이블 위에 괸 다음, 그 위에 얼굴을 올렸다.

"선골은 선인(仙人)의 골격을 타고났다는 말이죠?"

우건은 취기로 인해 발갛게 달아오른 수연의 얼굴을 보며 잠시 넋을 잃는 바람에 바로 대답하지 못했다. 약간 어두운 조명 속에서 살짝 취한 수연의 모습은 너무나 유혹적이었다.

우건은 부동심을 끌어올린 후에야 간신히 대답할 수 있었다.

"사매의 말이 맞아. 선골을 타고나면 다른 사람들이 하나를 배워 하나를 간신히 익힐 동안에 열 개를 익힐 수가 있지."

"좋은 유전자란 거군요."

"유전자?"

수연은 의사답게 유전자에 대해 해박한 지식을 갖고 있

었다. 들어 보니 유전자의 개념과 선골의 의미가 일치하는 듯했다.

운명론에 치우친 접근일지는 모르지만 사람의 재능을 좌우하는 것은 결국 유전자의 좋고 나쁨에 달려 있었다. 달리기를 배우지 않은 사람 두 명이 같이 뛰었을 때, 한명이 다른 한명에 비해 월등한 기록을 낸다면 그건 좋은 유전자덕분이었다. 무공 역시 마찬가지였다. 무공을 익히기에 좋은 유전자를 갖고 태어난 사람이 다른 사람보다 월등히 앞설 수 있었다. 물론, 노력여하에 따라 차이가 좁힐 수는 있겠지만 시작하는 지점이 다르다면 차이를 좁히기가 쉽지 않았다.

그런 면에서 수연은 축복받은 사람이었다.

수연이 불쑥 물었다.

"사형은 예전 생각 많이 해요?"

"예전?"

"이곳에 오기 전에 있었던 일들이요."

우건은 고개를 살짝 저었다.

"가끔. 처음엔 많이 했지만 지금은 그때처럼 많이 하진 않아."

"그 시절이 그리워요?"

"그립지. 그곳에도 내 삶이 있었으니까."

우건은 대답하며 천장에 달린 작은 샹들리에를 바라보았다.

샹들리에가 만든 조명 속에서 그리운 얼굴들이 지나갔다.

우수에 찬 우건을 지켜보던 수연이 벌떡 일어났다.

"우리 당장 가요."

"집에 가게?"

수연이 고개를 저었다.

"우리 설악산에 있는 태을문 본산에 가요. 나도 명색이 태을문 제자인데 본산에 가본 경험이 없다는 게 말이 되겠어요?"

우건은 시계를 보았다.

저녁 아홉시였다.

"오늘은 너무 늦었어. 내일 아침에 가자."

수연이 다시 고개를 저었다.

"생각난 김에 가야겠어요. 어서 일어나요."

우건은 한숨을 쉬었다.

"태을문은 예전 태을문이 아니야. 가봤자 실망만 할 걸."

"그건 제가 판단할게요. 어서 가요."

우건은 수연에게 잡혀 토스카나의 태양을 강제로 나와야 했다.

우건이 운전대를 잡으며 마지막으로 물었다.

"정말 갈 거야?"

"내 결정엔 변함없어요."

대답한 수연이 원피스 치맛자락을 불만어린 시선으로 보았다.

"이 옷으론 산에 못 올라가겠죠?"

"신발도 사야 할 거야."

우건은 차를 근처에 있는 쇼핑몰 주차장에 세웠다.

두 사람은 30여 분 동안, 추위를 막아줄 옷과 신발 등을 쇼핑한 다음, 다시 차에 돌아와 동쪽으로 출발했다. 서울을 나올 때는 차가 막히는 통에 거북이걸음을 해야 했지만 강원도로 가는 고속도로는 사정이 나아 금세 도착할 수가 있었다.

우건은 설악산 근처 주차장에 차를 세웠다. 수연은 곧장 뒷좌석에 옮겨가 옷을 갈아입었다. 오히려 여자인 수연이 더 거침없었다. 수연은 롱 원피스를 벗은 다음, 쇼핑몰에서 산 새 옷으로 갈아입었다. 우건은 얼른 시선을 돌렸지만 공교롭게도 시선을 돌린 위치에 뒷좌석을 비치는 룸미러가 있었다.

우건은 얼른 눈을 감았지만 수연의 아찔한 속살이 남긴 잔상을 떨쳐 내지 못했다. 수연은 무공을 익히며 몸매가 더 좋아진 듯했다. 탄력 넘치는 허벅지와 선명한 복근이 눈에 밟혔다.

우건 역시 사내였다.

여인의 아름다운 외모와 몸매에 끌릴 수밖에 없었다.

그러나 우건은 수연에게 그런 마음을 품으면 안 된다는 것을 잘 알기에 급히 부동심을 끌어올려 달아오른 몸을 식혔다.

그 사이, 수연은 청바지와 두툼한 후드 티, 오리털로 만든 점퍼로 옷을 갈아입었다. 세련된 하이힐 역시 검은색 운동화로 바꿨다. 옷을 다 갈아입은 수연이 앞좌석으로 넘어왔다.

수연이 벗은 옷을 가방에 넣으며 물었다.

"본산이 여기서 멀어요?"

"사매가 경신법을 얼마나 익혔는지에 따라 다르겠지."

차에서 내린 두 사람은 한겨울 찬바람을 맞으며 어둠에 잠긴 거대한 산맥의 위용을 감상하다가 북서쪽으로 몸을 날렸다.

우건은 익숙한 발걸음으로 태을문 본산을 향해 이동했다. 수연은 그런 우건을 놓치지 않기 위해 전력으로 일보능천을 펼쳤다. 그녀의 신법은 이제 제법 경지에 오른 상태였다.

두 사람은 길이 없는 곳으로만 움직였다. 거친 칼바람에 맞서며 눈이 무릎까지 쌓인 눈밭과 나무가 빽빽하게 자란 숲을 지났다. 처음 30분은 그런대로 오를만했지만 30분이 지난 다음에는 빙벽(氷壁)으로 변한 절벽과 꽁꽁 얼어붙은 계곡을 지나야했다. 그야말로 발을 잘못 한번 삐끗하는 순간,

중상을 입거나, 목숨까지 잃을 수 있는 위험한 상황이었다.

우건은 가끔 멈춰 서서 수연의 상태를 면밀히 살폈다.

"춥지 않아?"

수연이 파랗게 질린 얼굴로 대답했다.

"아직 견딜만해요."

우건은 수연의 팔을 잡아 맥문에 내력을 밀어 넣었다. 곧 수연이 연성한 태을혼원심공의 내력이 마중 나와 우건의 내력과 어우러지기 시작했다. 태을혼원심공은 양강한 내력과 음유한 내력을 동시에 연성할 수 있는 신공이었다. 지금은 그 중 양강한 내력으로 내려간 체온을 올리는데 집중했다.

수연의 파랗게 질려있던 얼굴에 다시 혈색이 돌아왔다.

우건은 수연의 손을 잡고 거친 산길을 거슬러 올라갔다. 달빛이 들어오지 않아 칠흑처럼 어두웠지만 선령안을 익힌 우건에게는 문제가 되지 못했다. 설악산의 이름 모를 어느 산봉우리 정상에 도착한 두 사람은 숨을 고르며 휴식을 취했다.

우건은 가방에 넣어둔 보온병을 꺼냈다. 그새 식은 듯 보온병이 미지근했다. 우건은 내력을 끌어올려 보온병을 덥혔다.

곧 보온병에서 뜨거운 김이 올라왔다. 우건은 보온병 마개에 커피를 따라 수연에게 건넨 다음, 가야 할 방향을 살폈다.

수연이 뜨거운 커피를 호호 불어가며 맛있게 마셨다.

"커피를 가져오길 잘한 것 같아요."

"맞아. 이렇게 추운 겨울밤에 하는 산행에는 따뜻한 게 필요해."

수연이 일어나서 발아래 펼쳐진 산맥의 능선을 내려다보았다.

"사형은 그동안 이렇게 혹독한 산에서 살았던 거예요?"

"겨울에는 사람이 살기 힘든 곳이지만 여름과 가을에는 인세에 다시없을 절경이 펼쳐지는 곳이지. 그리고 험한 만큼, 기운이 좋은 땅이라 수도하는 사람에게는 안성맞춤인 곳이야."

휴식을 취한 두 사람은 설악산 가장 깊숙한 곳으로 들어갔다.

시간이 꽤 흐른 듯했다. 우건의 동부가 있는 비신암에 도착했을 때는 동쪽 하늘에 여명이 어슴푸레한 빛을 뿌려댔다.

비신암에 도착한 우건은 주위를 둘러보았다. 1년 반 전에 와봤을 때와 크게 달라진 점은 없는 듯했다. 그때는 풀과 칡덩굴이 동부 입구를 막은 상태였지만 지금은 눈덩이가 입구를 막고 있었다. 우건은 장력으로 눈을 치운 다음, 동부 안으로 들어갔다. 수연은 신기하다는 듯 주변을 둘러보느라 정신없었다. 1년 반 전에 왔을 때, 쓸 만 한 물건을 거의 다

챙겨가는 바람에 침상과 의자, 그리고 단로가 전부였다.

수연은 우건이 쓴 침상과 의자에 앉아보며 물었다.

"이건 다 사형이 만든 거예요?"

"그럴걸. 처음 독립했을 때 새로 만드느라 고생 꽤나 했으니까."

수연이 침대 밑으로 손을 뻗어 무언가를 꺼냈다.

"어, 이건 뭐지?"

돌아서서 수연 손에 들린 물건을 보는 순간, 우건은 심장이 덜컥 내려앉았다. 수연은 커다란 비취(翡翠)를 통째로 조각해 만든 여인상(女人像)을 들고 있었다. 여인상은 오른손에 검을 쥔 모습이었는데 바람에 나풀대는 치맛자락에 검으로 하늘을 찌르는 듯한 자세가 더해져 아주 아름다웠다.

다만, 얼굴은 아직 조각을 마치지 않아 누구를 연상하며 조각한 여인상인지는 알 수 없었다. 물론, 우건은 누구를 연상하며 조각한 여인상인지 알았지만 겉으로 내색하지 않았다.

수연이 여인상에 묻은 먼지를 손수건으로 닦아내며 물었다.

"누구를 조각한 거예요?"

"동문(同門)이야."

수연이 고개를 들었다.

"사형이 좋아한 분이에요?"

"그렇다고 할 수 있겠지."

고개를 끄덕인 수연이 여인상의 얼굴부분을 한동안 응시했다.

"제가 가지고 있어도 될까요?"

"왜?"

"사형이 저를 속상하게 할 때마다 이 분에게 일러바치려고요."

"그렇게 해."

"고마워요."

우건은 여인상이 대화의 주제가 되는 상황을 피하고 싶었다.

"동이 곧 틀 모양인데 비신암에서 수련해 보는 게 어때?"

"사형이 태을혼원심공을 완성했다는 그곳이요?"

"그래, 거기."

"좋아요."

손수건으로 여인상을 조심스레 싸서 가방에 넣은 수연은 우건과 함께 천장절벽 위에 튀어나와있는 바위로 걸어갔다.

수연은 야구모자 챙처럼 튀어나와있는 비신암 위에 서서 하계(下界)를 내려다보았다. 눈에 덮인 아름드리나무가 비신암 위에서는 하얀 성냥개비처럼 보였다. 수연은 시선을 들었다. 그 순간, 첩첩산중(疊疊山中)이라는 표현이 딱 어울리는 능선의 향연이 펼쳐졌다. 눈에 쌓인 흰 봉우리들이 시선 끝까지 펼쳐져 있었는데 안개인지, 구름인지 모를 회색 연기들이 신화속의 용처럼 봉우리사이를 헤엄치고 있었다.

"아!"

탄성을 지른 수연은 말없이 겨울 설악이 지닌 절경을 감상했다. 그때, 동쪽 하늘 너머에서 해가 막 떠오르기 시작했다.

우건은 얼른 수연을 비신암 끝에 앉혔다.

비신암은 절벽 끝에 야구모자 챙처럼 튀어나와있는 곳이었다. 절벽이 무너지면 그대로 천장절벽 밑으로 떨어지는 상황이었다. 수연은 겁을 먹지 않기 위해 눈을 질끈 감았다.

그때, 명문혈에서 우건의 따뜻한 내력이 밀려들어왔다.

따뜻한 내력이 수연의 혈맥을 돌며 긴장을 풀어 주었다. 그리고 떨림을 멈춰 주었다. 표정을 푼 수연이 타좌에 집중했다.

우건의 전음이 속삭이는 것처럼 들려왔다.

-엉덩이가 차갑지?

수연은 고개를 살짝 끄덕였다.

사실은 차가운 정도가 아니었다. 눈이 얼어붙은 바위 위에 엉덩이를 걸치는 순간, 온몸이 사시나무처럼 덜덜 떨려왔다.

이는 마치 산에 존재하는 모든 냉기가 그녀의 몸으로 밀려들어오는 듯한 고통에 가까웠다. 수연은 이해가 가지 않았다.

비신암이 응달이라면 모르겠지만 이곳은 비교적 해가 잘 드는 곳이라, 이렇게 차가울 리 없었다. 이는 정상적인 냉기가 아니었다. 마치 어떤 장비로 온도를 떨어트려놓은 듯했다.

우건의 전음이 이어졌다.

-지금부터 내가 하는 말을 잘 들어. 내가 설악산에 존재하는 수많은 선경(仙境) 중에서 비신암을 동부로 고른 이유는 사매가 지금 앉아 있는 이 자리에 있어. 이 바위는 천하에 몇 개 존재하지 않는 음양석(陰陽石)이란 바위인데 특정 시간대, 이를 테면 동이 막 트는 지금 시간대에 밑에서는 살을 에는 듯한 음기가 올라오고 위에서는 정수리를 태울 듯한 양기가 내려와 태을혼원심공을 수련하는 무인에게 더없이 좋은 수련장소야. 내가 어린 나이에 태을혼원심공을 대성할 수 있었던 이유가 여기있다해도 과언이 아니지.

수연은 우건의 유도에 따라 밑에서 올라오는 냉기는 회음혈로, 위에서 내려오는 양기는 백회혈로 흡수해 태을혼원심공을 연성했다. 해가 완전히 뜰 때까지 연공한 수연은 밑에서 올라오던 냉기의 강도가 약해짐에 따라 수련을 종료했다.

우건의 전음이 다시 들렸다.

-이제 운기행공을 해봐.

수연은 시키는 대로 태을혼원심공 구결에 따라 운기행공에 들어갔다. 확실히 어제보다 많은 양의 내력이 모여 있었다.

수연이 앉아 있던 음양석을 손으로 쓰다듬었다.

"정말 좋은 바위네요. 집에 가져가고 싶을 정도에요."

"이 위치에 있지 않으면 음양석은 그냥 무거운 돌일 뿐이야."

"위치를 옮기면 효능을 잃는단 말이군요."

"그렇지."

수연이 아쉽다는 눈길로 음양석을 내려다보았다.

그때, 우건이 잠시 생각한 후에 말했다.

"난 처음에 기운이란 게 천지간에 존재하는 무언가라 생각했어. 경험해봐서 무엇인지 알 순 있지만 존재하는 이유를 설명하라면 할 수 없는 그런 신기한 무언가라고 말이야. 한데 이곳에 온 후에 내가 알던 기운이 산소라는 걸 깨닫게 되었지. 이를 테면 내력은 고농도로 압축한 순수한 산소를 단전에 모아두는 방법과 같아. 내력을 운기하면 고농도로 압축한 산소가 혈관을 돌며 인간이 낼 수 없는 힘을 내게 해 주는 거지. 음양석 역시 마찬가지일 거야. 신기해 보이는 현상이긴 하지만 지금 과학으로 충분히 설명할 수 있을 거야. 그리고 지금까지 내가 한 추측이 맞다면 음양석과 비슷한 효과를 내는 장비를 김동이 만들어 줄 수 있을 거야."

수연은 그제야 아쉬움의 눈길을 떨쳐버리며 환하게 웃었다.

"고마워요. 돌아가는 대로 김동 씨에게 부탁해볼게요."

"등산객이 올라오기 전에 사부님의 동부로 넘어가자. 여기까지 왔는데 사부님께 인사를 드리지 않고 갈 수는 없으니까."

"알았어요."

대답하며 일어서려던 수연이 다리가 풀린 듯 살짝 비틀거렸다.

가부좌야 수련할 때마다 몇 시간동안 하던 것이라 이젠 인이 박혀 다리가 저리거나, 풀릴 리가 없었다. 그러나 겨울밤에 설악산과 같은 험한 산을 오르다 보니 다리가 풀린 듯했다.

비신암 밖은 천장절벽이었다. 그리고 절벽 바닥에는 날카로운 바위들이 솟아있어 떨어지면 시체조차 건지기 어려웠다.

"조심해."

우건은 얼른 수연의 팔을 잡아 자신 쪽으로 당겼다.

그때, 수연이 쓰러지듯 우건의 품으로 뛰어들었다.

우건은 수연의 어깨를 잡으며 물었다.

"괜찮아?"

수연은 우건의 품속으로 파고들었다.

"우리……, 조금만 이대로 있어요. 괜찮죠?"

"그래……."

우건은 수연을 안은 채 하늘을 보았다.

완전한 모습을 갖춘 해가 서서히 중천으로 비상을 시작
했다.

예전에는 수연과 이런 식으로 얽힐 때마다 죄책감이 들
었다. 그리고 매번 사매 설린의 얼굴이 떠올라 그를 괴롭혔
다.

한데 지금은 설린이 떠오르지 않았다.

정말 몸이 멀어지면 마음까지 멀어지는 것일까?

더욱이 설린과의 거리는 물리적인 거리가 아니었다.

두 사람 사이엔 4백여 년이라는 시공간의 거리가 존재했
다.

다행히 수연은 곧 우건의 품에서 빠져나왔다.

"미안해요. 사형에게 갑자기 어리광을 피우고 싶어졌나
봐요."

"괜찮아."

두 사람은 등산객이 올라오기 전에 사부 천선자의 동부
가 있는 무화곡을 찾았다. 다행히 등산객의 모습은 보이지
않았다.

　우건은 수연과 함께 무화곡으로 향하다가 걸음을 멈추었
다.

　"잠시만."

　수연이 걱정스레 물었다.

　"왜 그래요?"

　"다른 사람이 동부에 다녀간 것 같아."

　우건이 머물던 비신암은 떠날 때의 모습과 달라진 점이
없었지만 무화곡은 아니었다. 무화곡 동부에는 사람의 흔
적이 있었다. 우건은 기파를 퍼트려 주변을 살폈다. 감시하
는 이는 없었다. 우건은 함정이 있을지 몰라 혼자 들어가
보았다.

　다행히 함정은 설치되어 있지 않았다. 그러나 우건이 들
른 후에 다른 사람이 찾아온 것은 분명했다. 우건의 기억과
지금 보고 있는 동부의 모습에는 약간씩이지만 차이가 있
었다.

　특히, 동부의 비고로 들어가는 문 주위에 흔적이 많이 남
아 있었다. 동부에 들른 이가 비고로 들어가기 위해 여기저기
찔러봤다는 의미였다. 다행히 문을 찾지 못해 그냥 돌아간 듯
했지만 그가 모르는 다른 이가 들어왔다는 게 중요했다.

등산객은 아니었다.

이곳은 등산로와 가깝지만 등산객이 실수로 올라올 수 있는 곳은 아니었다. 그리고 등산객이 동부에 비고가 있다는 사실을 알 리 없었다. 태을문에 대해 잘 아는, 그리고 무화곡 동부에 비고가 있단 사실을 잘 아는 무림인의 짓이었다.

우건은 순간 부산에서 범천단을 상대할 때 만난 무정도 고월의 얼굴이 떠올랐다. 무정도 고월은 범천단의 모체인 혈사방의 부방주 중에 하나였다. 우건이 혈사방 방주 성대혁을 추격했을 때 그 앞을 막아선 이가 바로 무정도 고월이었다.

고월이 남아 있는 방도들 중에 가장 강했기에 우건이 그를 직접 상대했는데 상대하면 할수록 이상한 점이 눈에 띄었다.

고월이 태을문의 절예 중 하나로 꼽히는 십자도법으로 우건을 상대한 것이다. 물론, 고월의 도법은 완벽한 십자도법이 아니었다. 우선 초식이 완벽하지 않았다. 그리고 내력운용 역시 서툴러 가진 위력은 진짜 십자도법에 미치지 못했다.

이 점을 눈치 챈 우건은 진짜 십자도법으로 그를 상대했다.

고월 역시 그리 아둔한 사람은 아니었다. 우건이 진짜 십자도법으로 본인의 가짜 십자도법을 상대하는 중임을 깨달았다.

고월은 태을문을 아는 듯했다. 전음을 통해 바로 우건에게 태을문 후예가 맞느냐 물었다. 우건은 본인이 태을문 후예란 사실을 솔직하게 인정했다. 깜짝 놀란 고월 역시 서둘러 본인의 정체를 밝혔는데 그는 제천회 소속이 아니었다.

고월은 구룡문이 혈사방에 잠입시켜놓은 첩자였다. 우건의 연락처를 알아낸 고월은 다시 연락하겠다는 말을 남긴다음, 우건에게 패해 도망치는 상황처럼 위장해 모습을 감추었다. 한데 고월은 그 후에 연락하겠단 약속을 지키지 않았다.

그 상황을 빠져나가기 위해 고월이 거짓말한 것일 수 있다는 의심이 잠깐 들었다. 그러나 태을문 십자도법을 아는 것을 봐서는 그의 말 전부가 다 거짓말처럼 보이지는 않았다.

어쨌든 고월은 태을문에 대해 잘 아는 것이 틀림없었다. 그리고 고월이 안다는 말은 다른 사람들 역시 알고 있을 가능성이 높다는 말과 같았다. 어쨌든 고월에게 십자도법을 가르친 사람이 있었을 테니까 그리 틀린 가정은 아닐 것이다.

우건은 그들 중 한 명이 무화곡에 다녀간 게 아닐까하는 의심이 들었다. 그러나 지금 당장은 그저 의심일 뿐이었다.

안전을 확인한 우건은 수연을 데려와 동부를 구경시켜
주었다.

수연은 벽에 난 칼자국을 만져보며 물었다.

"무슨 일이 있었던 거죠?"

우건은 씁쓸한 얼굴로 고개를 저었다.

"나도 잘 모르겠어. 내가 떠난 후에 싸움이 있었다는 것
은 확실하지만 무슨 이유로, 그리고 누가 싸웠는지는 아직
몰라."

수연이 동부 안에 놓여 있는 빛바랜 돌 의자를 가리켰다.

"사부님이 앉던 의자인가요?"

우건이 아련한 표정으로 대답했다.

"맞아. 평소에 저 의자에 앉아서 생각하는 걸 무척 좋아
하셨지."

우건의 대답을 들은 수연은 메고 온 가방을 열어 무언가
를 주섬주섬 꺼냈다. 우건은 가까이 가서 살펴보았다. 청주
와 과일, 북어포 등, 제사를 지낼 때 사용하는 제수용품이
었다.

우건이 놀라 물었다.

"언제 준비했어?"

"옷 살 때 잠깐 시간을 내서 샀어요. 급히 오느라고 제대
로 준비 못한 게 아쉬워요. 그래도 사부님을 처음 뵙는 자
린데."

수연은 의자 앞에 가져온 제수용품을 정갈하게 차린 다음, 정성스레 구배(九拜)를 올렸다. 우건은 그녀가 절을 올리는 모습을 말없이 지켜보다가 술 한 잔을 의자 위에 뿌렸다.

절을 마친 수연이 제수용품을 보며 물었다.

"이건 어쩌죠? 여기다 놔두고 가요?"

우건은 고개를 저었다.

"다시 챙기도록 해. 우리 말고 여기를 아는 사람이 또 있는 것 같으니까 그들에게 추적할 실마리를 주어선 안 될 거야."

"알았어요."

수연이 제수용품을 다시 챙길 때, 우건은 비고의 비밀장치를 조작했다. 잠시 후, 비고의 문이 드르륵 소리를 내며 열렸다.

가방을 다시 멘 수연이 믿지 못하겠다는 얼굴로 말했다.

"이렇게 가까운 곳에 비고의 문이 있을 줄은 까맣게 몰랐어요."

"쉽게 찾을 수 있으면 그건 비고가 아니겠지."

우건은 수연과 함께 비고에 들어가 문을 다시 닫았다.

수연은 선령안을 아직 제대로 익히지 못해 미리 준비한 플래시로 조명을 대신했다. 다행히 떠날 때의 모습 그대로였다.

수연은 비고의 가장 큰 공간을 차지하는 서가(書架)에 관심을 보였지만 우건은 서가를 지나 곧장 더 안으로 들어갔다.

"같이 가요!"

서가에 혼자 남는 게 두려웠던 수연이 서둘러 쫓아왔다.

수연이 비고 끝에 도착했을 때, 우건은 단로 옆에 있는 목함을 꺼내 안을 들여다보는 중이었다. 우건이 비고를 처음 방문했을 때, 단약 대부분을 챙겨갔지만 전부 다는 아니었다.

우건은 목함 하나를 꺼내 뚜껑을 열었다.

목함에는 고약한 냄새가 풍기는 시커먼 단약이 들어 있었다.

"이게 있었군."

우건은 기뻐하며 단약을 자세히 살폈다.

다행히 약효가 전혀 떨어지지 않은 듯했다.

악취에 질겁한 수연이 코를 막으며 코맹맹이 소리로 물었다.

"그게 뭐에요?"

"응?"

"그게 뭐냐고요?"

"하하, 코맹맹이 소리가 재밌어서 못들은 척 해봤어."

수연이 눈을 흘기며 물었다.

"그래서 그게 뭐냐고요?"

"독왕신단(毒王神丹)이란 단약이야."

악취에 조금 적응된 듯 수연이 코를 막은 손을 내렸다.

"무, 무시무시한 이름이네요."

"약효도 무시무시하지."

"독왕신단이면 독약 아닌가요?"

"반은 맞고 반은 틀려."

수연이 고개를 갸웃거리며 물었다.

"그게 무슨 말이에요?"

"독도 독 나름이란 소리야. 잡풀에 섞여 있는 한해살이 독초는 몸에 좋을 게 없지만 100년 묵은 독물은 100년 동안 축적된 독으로 인해 쓰임새가 훨씬 많은 법이지. 이 독왕신단이 그 증거야. 냄새는 좀 별로지만 이 독왕신단이 해독하지 못하는 독은 없어. 이독제독(以毒制毒)이라할 수 있지."

수연이 걱정스레 물었다.

"갑자기 해독제는 왜요? 중독된 거예요?"

"독왕신단에는 또 다른 특징이 있어. 바로 독왕신단이 지닌 독을 제거할 수만 있으면 영단으로 탈바꿈한다는 특징이지."

대담한 우건이 독왕신단을 수연에게 내밀었다.

"사매가 복용하도록 해. 독은 내가 태워줄 테니까 염려

말고.”

수연은 독왕신단을 자세히 살펴보며 물었다.

“이걸 복용하면 어떻게 되는데요?”

“아마 2, 30년에 해당하는 공력을 거뜬히 얻을 수 있을 거야.”

수연이 독왕신단을 손으로 밀었다.

“2, 30년 공력이면 사형이 복용해요. 난 괜찮아요.”

우건은 그럴 수 없다는 듯 단호한 표정으로 고개를 저었다.

“내가 사매 대신 이 영단을 복용하면 효과가 거의 없을 거야.”

수연이 눈을 깜박거리며 물었다.

“그게 무슨 말이에요?”

“사매처럼 입문한지 얼마 안 된 무림인이 영단을 복용하면 영단의 기운을 다 흡수할 수 있지만 나처럼 오래 수련한 사람이 영단을 복용하면 제대로 된 효과를 끌어내지 못한 단 뜻이야. 사매는 의사니까 항생제를 자주 복용하면 나중에는 잘 듣지 않는다는 걸 잘 알 거야. 영단 역시 그와 비슷해.”

“무슨 의미인지 알겠어요.”

수연은 한참 고민한 끝에 결국 한숨을 푹 내쉬었다.

“결국은 제가 복용할 수밖에 없다는 뜻이군요.”

"맞아."

"알았어요. 복용할게요."

"고통은 좀 있을 테지만 내 지시만 따르면 별 문제없을 거야."

수연에게 가부좌를 지시한 우건은 그녀의 등 뒤에 앉아 태을혼원심공의 양강한 내력을 끌어올리기 시작했다. 그리고는 그녀의 명문에 손바닥을 붙여 끌어올린 내력을 밀어 넣었다.

─이제 복용해.

수연은 눈을 질끈 감으며 독왕신단을 입에 넣어 삼켰다.

9장. 히포크라테스 선서

독왕신단의 독성이 제법 지독했지만 우건은 태을혼원심
공의 양강한 내력으로 독이 보이는 족족 태워 버렸다. 수연
역시 태을혼원심공을 운기행공해 우건의 일을 수월하게 해
주었다.

그러나 독왕신단은 괜히 이름에 왕(王)과 신(神)이 같이
붙은 게 아니었다. 독을 없앤 신단의 기운을 흡수하는데 적
지 않은 시간이 걸려 그 날 저녁이 지나서야 모두 끝났다.

수연의 명문에서 손을 뗀 우건은 바로 운기행공에 들어
갔다. 내력의 소진이 워낙 큰 탓에 그 역시 운기행공이 필
요했다.

1시간가량 이어진 운기행공을 마쳤을 때, 수연이 급히 물었다.

"괜찮아요? 저 때문에 너무 많은 내력을 소비한 거 아니에요?"

"괜찮아. 방금 전에 한 운기행공으로 다 회복했어."

"다행이에요."

우건이 일어서며 물었다.

"기분은 좀 어때?"

수연은 자신의 변화가 믿기지 않는다는 듯이 말했다.

"몸이 날아갈 듯 가벼워요. 태어나서 이런 기분은 처음이에요."

"앞으로 새로 얻은 내력에 익숙해지는 법을 배워둬야 할 거야."

"명심할게요."

우건은 비고를 떠나기 전에 안을 한 번 더 살폈다.

무기를 만들던 화덕 옆에 먼지가 켜켜이 앉은 허리띠가 있었다.

우건은 격공섭물로 허리띠를 끌어당긴 다음, 먼지를 닦아냈다. 곧 쇠와 가죽, 보석으로 제작한 화려한 겉모습이 드러났다. 우건은 허리띠를 풀어 안을 보았다. 안에는 용과 봉황이 공중에서 함께 어울려 노니는 듯한 모습이 새겨져 있었다.

수연 역시 여자였다.

아름다운 물건에 관심이 없을 리 없었다.

"웬 허리띠가 이렇게 예뻐요?"

"정확히 말하면 여자용 허리띠지."

우건은 허리띠에 내력을 주입했다.

그 순간, 둘둘 말린 허리띠가 꼿꼿이 펴지며 검집 모양으로 변모했다. 우건은 손잡이 부분을 잡아 밖으로 끄집어냈다.

스르릉!

허리띠 안에서 얇은 연검(軟劍)이 빠져나왔다.

우건은 연검의 검신을 플래시에 비추어 보았다.

예전에 보았을 때처럼 흠 하나 없이 완벽한 형태였다.

우건은 연검을 다시 허리띠모양을 한 검집에 집어넣은 다음, 수연의 허리에 감아 주었다. 마치 수연의 허리 치수를 먼저 잰 다음에 연검을 만든 것처럼 그렇게 딱 맞을 수 없었다.

우건이 한 발 물러서며 말했다.

"검을 뽑아봐."

수연은 우건이 한대로 검자루를 잡아 연검을 천천히 뽑았다.

스르릉!

검집을 빠져나온 연검이 제멋대로 춤을 추기 시작했다.

탄성이 얼마나 좋은지 마치 살아 있는 뱀이 꿈틀대는 듯했다.

수연은 넋이 나간 얼굴로 연검을 살펴보았다.

"이 검은 이름이 뭐에요?"

"영사검(靈蛇劍)이야. 보다시피 허리띠로 위장해 둔 연검이지."

수연이 얼떨떨한 얼굴로 물었다.

"이 검을 정말 저에게 주는 거예요?"

"사부님이 사매에게 주는 입문 선물이라 생각해."

수연은 영사검의 매력에 빠져 한동안 정신을 차리지 못했다.

수연이 영사검에 넋이 나가 있는 사이, 우건은 화로 옆에 놓인 검을 하나 더 찾아냈다. 검집을 가죽으로 만든 아주 수수한 검이었다. 가죽은 특수처리를 한 듯 여전히 반질거렸다.

우건은 검에 이상이 있나 자세히 살핀 다음, 수연에게 건넸다.

"당분간은 연검 대신 이 검을 쓰도록 해."

수연이 이해가 가지 않는다는 얼굴로 물었다.

"제 검이 있는데 다른 검을 쓰라고요?"

"연검은 그 특성 때문에 아주 위험한 무기야. 초심자가 잘못 사용하면 적이 아니라, 자신을 먼저 해치기 쉬운 검이지."

우건은 수연에게 영사검을 돌려받아 살짝 휘둘러보았다.

내력을 집어넣으면 일반 검처럼 똑바로 서지만 내력을 빼면 갈대처럼 휘어졌다. 우건은 내력을 뺀 상태에서 앞으로 찔러갔다. 그 순간, 휘어져있던 검신이 부러질 듯 꺾이더니 우건의 가슴을 찔러 왔다. 검이 검의 주인을 찌르는 상황이었다. 우건은 재빨리 내력을 넣어 검신을 똑바로 세웠다.

촤라락!

아슬아슬한 차이로 가슴을 스쳐지나간 검신이 대나무처럼 일자로 펴졌다. 내력의 수발이 자유자재인 우건이 아니었으면 영사검 검극이 우건의 가슴에 구멍을 뚫었을 상황이었다.

"사매는 내력수발이 아직 경지에 이르지 못했기 때문에 지금은 연검보다 직검(直劍)을 사용하는 게 더 효과적일 거야."

수연이 불만어린 목소리로 물었다.

"그럼 연검은 왜 준 거예요?"

"연검은 직검과 달리 허리띠처럼 차고 다닐 수가 있으니까. 위험한 상황에 처하면 무기가 있고 없고의 차이가 클 거야."

수연이 이해했다는 듯 고개를 끄덕였다.

이 역시 우건이 그녀를 배려해 준 것이었다.

영사검을 돌려받은 수연이 허리띠처럼 생긴 검집에 다시 검을 집어넣었다. 다 집어넣은 다음에는 허리띠 버클처럼 생긴 부분을 지그시 눌렀다. 그 순간, 딱 하는 소리가 나며 검자루가 버클 안으로 쏙 들어가 진짜 허리띠처럼 변했다.

신기한 검이 아닐 수 없었다.

영사검을 갈무리한 수연은 우건이 건넨 낡은 검을 뽑아 보았다.

녹색 빛에 가까운 영롱한 빛이 눈을 찔러 왔다.

수연이 깜작 놀라 물었다.

"이 검은 이름이 또 뭐에요?"

"녹주검(綠舟劍)이야. 영사검처럼 태을문이 배출한 검도의 고수가 애용하던 보검이었지. 수련하는데 사용하기에는 과한 검이지만 문도가 둘뿐이니 선조들께서도 뭐 이해하시겠지."

수연은 녹주검이 마음에 든 듯했다. 지금은 눈을 감고서도 펼칠 수 있는 한라검법을 바로 연습해 보기 시작했다. 검을 뿌릴 때마다 녹색 광망(光芒)이 유성의 꼬리처럼 늘어졌다.

수연에게 녹주검까지 챙겨 준 우건은 반대편 벽으로 걸어갔다. 벽에는 태을문 선조들이 제작한 암기가 잔뜩 걸려 있었다.

우건은 암기를 싫어하지만 실력이 떨어지는 수연에게는

암기만큼 좋은 수단이 없었다. 우건은 두 가지를 골라 돌아왔다.

하나는 백봉침(白鳳針)이었다.

길이는 손가락보다 조금 길었다. 굵기는 연필과 비슷했다. 백봉침이라는 이름에서 알 수 있듯 흰색인데 침이 원래 그러하듯 앞은 뾰족한 반면에 뒤로 갈수록 점점 뭉툭해졌다.

침의 숫자는 모두 열 개로 가죽으로 만든 집에 들어 있었다. 가죽집은 허리띠 고리와 발목에 감을 수 있는 형태였다.

수연이 사기그릇처럼 표면이 반질거리는 백봉침을 보며 웃었다.

"이렇게 큰 게 침이라고요? 송곳이라 불러야 맞는 게 아니에요?"

"일반적인 침은 아니지만 위력은 엄청나지."

우건은 백봉침을 하나 빼서 바늘귀를 엄지와 검지로 단단히 잡은 다음, 내력을 주입했다. 잠시 후, 백봉침 표면에 마치 물고기 비늘이 일어나듯 날카로운 가시가 잔뜩 튀어나왔다.

깜짝 놀란 수연이 뒤로 물러섰다.

"어, 어떻게 한 거예요?"

"내력을 주입해 던지면 지금처럼 가시가 튀어나오는 구

조야. 이해가 안 된다면 이 백봉침을 적에게 던져 공격하는 광경을 상상해봐. 침이 살 속에 박히는 순간, 안에 있는 가시가 사방으로 튀어나와 살점과 근육을 단숨에 찢어버리는 거지. 물론, 가시 때문에 화살처럼 바로 뽑을 수가 없어. 강제로 뽑다간 더 큰 상처가 나서 과다출혈로 죽을 테니까."

소름이 돋은 듯 수연이 자기 팔을 몇 차례 문질렀다.

"정말 무서운 암기네요."

우건은 백봉침 던지는 수법을 가르친 다음, 수연의 발목에 침이 든 가죽집을 묶어 주었다. 물론, 경고 역시 잊지 않았다.

"백봉침은 살상력이 아주 뛰어나기 때문에 던질 때 아주 신중해야 해. 반드시 죽여야 하는 적에게만 쓰라는 뜻이야. 마구잡이로 쓰다가는 사람들에게 원한만 쌓게 하는 수가 있어."

우건이 가져온 두 번째 암기는 붉은색으로 칠한 폭죽이었다.

수연이 폭죽을 살펴보며 물었다.

"이건 불꽃놀이 할 때 쓰는 폭죽 아니에요?"

"폭죽처럼 생겼지만 폭죽은 아니야."

"그럼 뭔데요?"

"이름은 도화륜(道化輪)인데 심지를 당기면 터지긴 하지만 폭죽처럼 아름답진 않아. 아니, 오히려 끔찍한 결과가 생기지."

수연이 도화륜 끝에 달린 심지를 보며 물었다.

"어떤 결과가 생기는데요?"

"여기 시간으로 한 5초쯤 엄청난 섬광이 뿜어져 나와 주위 사람들의 눈을 멀게 만들지. 섬광이 사라진 후에는 독연(毒煙)이 올라오는데 만독불침이 아닌 자는 버틸 방법이 없어."

수연이 놀라 물었다.

"그럼 심지를 당긴 사람은 어떻게 되는데요?"

"그게 바로 이 도화륜의 신묘한 점이지. 도화륜의 사용법만 제대로 지키면 심지를 당긴 사람에게는 전혀 피해가 없어."

"신기한 물건이군요."

우건은 수연에게 도화륜 사용법을 가르쳤다. 도화륜은 그 위력만큼이나 만들기가 어려워 수연이 가진 도화륜이 마지막 도화륜이었다. 도화륜은 주로 무공이 떨어지는 제자들이 호신용으로 갖고 다녔는데 도저히 상대할 수 없는 강적을 만났을 때, 도화륜을 터트린 다음, 도망치는 용도로 썼다.

도화륜이 뿜어낸 독연은 붉은색인데 바람이 심하지 않을 때는 수백 미터 상공까지 치솟아 근처에 있는 동료에게 자신의 위치를 알려 주거나, 아니면 지원을 요청할 수가 있었다.

우건은 도화륜을 수연의 허리띠 뒤에 달린 고리에 걸어주었다.

"앞으로 강호를 행도하다가 상대할 수 없는 강적을 만났을 때, 이 영사검과 백봉침, 그리고 도화륜을 상황에 맞게 적절히 섞어 사용하면 한번은 위기에서 벗어날 수가 있을 거야."

수연이 우건의 팔을 잡았다.

"앞으로 더 위험해질 거라는 뜻인가요?"

우건이 고개를 돌리며 물었다.

"그게 무슨 말이야?"

"오늘 준 세 가지 무기 다 호신용이잖아요. 저를 걱정해주는 거라면 앞으로 상대할 적들이 그만큼 강하단 뜻이잖아요."

우건은 고개를 저었다.

"사매가 걱정할 만한 일은 없을 거야. 사매에게 호신용 무기를 준 건 비고에 들른 김에 준 거지 다른 뜻은 전혀 없어."

"정말이죠?"

"그럼, 정말이지."

수연을 안심시킨 우건은 비고를 나와 하늘을 보았다. 독왕신단을 복용하는 동안 시간이 꽤 흐른 듯 날이 어두워져 있었다.

우건은 수연과 함께 천선자에게 인사를 올린 다음, 산을 내려갔다. 독왕신단을 복용한 수연은 갑자기 늘어난 내력 덕분에 올라올 때보다 힘을 덜 들이고 산 밑에 도착할 수 있었다.

차는 세워두었던 그 자리에 있었다.

차에 오른 두 사람은 문명의 이기로 차가워진 몸을 덥혔다.

히터가 차 안을 따뜻하게 만들었을 무렵, 우건과 수연은 서울로 돌아가는 동서고속도로에 올랐다. 크리스마스가 지난 덕분인지 서울로 가는 고속도로 상행선은 한가한 편이었다.

수연은 피곤했던 모양인지 조수석에 앉기 무섭게 잠이 들었다. 우건은 수연의 고른 숨소리를 들으며 운전에 집중했다.

우건은 수연의 차 대신에 김은이 모는 대포차를 빌려온 게 다행이라는 생각이 들었다. 수연의 차는 당연히 수연의 이름으로 등록되어 있었다. 도중에 무슨 일이 생기면 곳곳에 설치된 수천 개의 감시카메라에 수연의 차번호가 찍힐 것이다. 그리고 우건의 적은 그 번호로 수연을 추적해올 것이다.

우건은 조심을 기하기 위해 수연과 함께 움직일 때는 쾌영문이 가진 대포차를 빌렸다. 도보로 움직일 때는 감시카메라를 피할 수 있지만 차를 타면 카메라를 피할 방법이 없었다.

더욱이 고속도로는 감시카메라의 천국과 같은 곳이었다. 길목마다 카메라가 달려 있어 도로를 오가는 모든 차를 촬영했다.

우건이 가장 싫어하는 상황이었다.

그리고 우건이 싫어하는 한 가지 상황이 더 있었는데 바로 지금과 같은 상황이었다. 우건은 룸미러를 조정해 뒤에 따라붙은 화물트럭을 관찰했다. 규정 속도를 지키는 우건과 달리, 화물트럭은 바쁜 일이 있는 듯 속력을 계속 높였다.

우건은 고개를 돌려 운전석 사이드미러를 보았다.

화물트럭이 우건의 차 뒤에 바짝 붙어 있었다.

우건은 차선을 지키며 눈에 띄는 행동을 하지 않으려 노력했다. 한데 그때였다. 사이드미러로 살펴보던 트럭 운전기사의 눈에서 섬광이 번쩍였다. 차에 달린 전조등이나, 미등(尾燈)의 빛이 유리에 반사되어 생긴 섬광은 절대 아니었다.

저건 무공을 익힌 무림인의 눈이었다.

우건이 사이드미러로 트럭 운전기사의 행동을 주시할 때였다.

기사는 규정 속도를 지키는 우건에게 짜증이 난 듯 차선을 획 바꾸더니 속력을 더 높여 추월하기 시작했다. 결국, 두 차량은 잠시나마 나란히 달릴 수밖에 없었다. 우건은 창문을 약간 내렸다. 화물트럭 역시 조수석 창문을 내렸다.

운전기사는 20대 후반으로 보이는 젊은 사내였는데 잔뜩 휘어진 매부리코에 입술이 아주 얇아 강팍한 인상을 주었다.

트럭 운전기사는 우건과 시선이 마주쳤지만 별다른 행동을 하지는 않았다. 그저 잡아먹을 듯한 눈빛으로 우건을 쏘아볼 따름이었다. 우건은 평범한 운전자처럼 행동했다. 상대의 의도를 모르는 상황에서 괜히 일을 만들 필요가 없었다.

우건을 혼내 주고 싶지만 시간이 없어 먼저 간다는 듯한 표정을 지은 화물트럭 운전기사는 그대로 우건의 차를 추월했다.

우건은 그제야 화물트럭의 목표가 자신과 수연이 아니었음을 알고 안도했다. 상대가 두려워서는 아니었다. 일을 벌이기에 고속도로는 좋은 장소가 아니었다. 작은 사고가 수십 명의 인명피해로 커질 수 있는 장소가 바로 고속도로였다.

또, 감시카메라 역시 마음에 걸렸다.

우건은 좀 전의 상황을 다시 떠올려보았다.

트럭 운전기사가 마지막에 드러낸 감정은 살기였다.

그게 우건을 향해 드러낸 살기였다면 우건이 먼저 공격했을 것이다.

그러나 그건 우건을 향한 살기가 아니었다.

운전기사는 우건이 아닌, 다른 누군가를 죽이러가는 길이었다.

잠시 고민한 우건은 잠이 든 수연을 흔들어 깨웠다.

입을 가리며 하품한 수연이 이내 기지개를 펴며 물었다.

"벌써 다 왔어요?"

"아니, 아직 강원도야."

수연이 영문을 모르겠다는 얼굴로 물었다.

"피곤해요? 다음 휴게소에서 교대해 줄까요?"

우건은 수연이 놀라지 않게 방금 목격한 광경을 얘기해 주었다.

수연은 우건보다 저돌적이었다.

"그럼 빨리 그 트럭을 쫓아가 봐요."

"귀찮은 일이 생길 수도 있어."

"조금 귀찮으면 뭐 어때요? 사람의 생명과 관련된 일이 잖아요."

"알았어."

대답한 우건은 속력을 높여 앞서간 화물트럭을 쫓았다.

그때, 차에 달아 놓은 내비게이터가 터널에 가까워졌음을 알려 주었다. 우건이 불길한 느낌을 받은 그 순간, 앞에서 폭발음이 들려왔다. 차가 들썩일 정도의 굉음이었다. 뒤이어 수백 미터 앞에 있는 터널 입구에서 시커먼 연기가 올라왔다.

끼이익!

급제동한 차들이 터널로 밀려들어가지 않기 위해 애를 썼다.

수연이 초조한 목소리로 소리쳤다.

"터널 안에서 사고가 났나 봐요! 어서 가 봐요!"

우건은 시키는 대로 멈춰선 차들 사이를 지나 터널 입구로 향했다. 터널 안은 시커먼 연기로 인해 앞이 제대로 보이지 않았다. 비명과 신음소리가 터널 안에서 간간히 들려왔다.

운 좋게 사고를 피한 차의 운전자들이 밖에 나와 발을 동동 구르거나, 서둘러 전화기를 꺼내 119에 신고했다. 그리고 용감한 시민 몇 명은 손으로 코를 막으며 터널로 달려갔다.

수연은 차가 서기 무섭게 바로 차문을 열고 밖으로 나갔다. 우건은 서둘러 그녀를 따라갔다. 차 밖으로 나오는 순간, 기름과 고무가 타는 매캐한 냄새가 코를 찔렀다. 그리고 사람의 살과 머리카락이 탈 때 나는 노린내 역시 진동했다.

손수건으로 입을 틀어막은 수연이 터널 안으로 뛰어 들어갔다. 우건은 그녀를 따라 터널로 들어가며 주위를 둘러보았다.

터널 안은 아수라장이었다.

그나마 터널 입구와 가까운 곳은 사정이 나았다.

대부분 차끼리 부딪쳐 생긴 경미한 사고가 대부분이었다. 벽에 충돌해 연기와 불꽃을 피워 올리는 차들이 가끔 있었지만 다행히 차에 탄 사람들은 무사한 듯했다. 피를 흘리며 바닥에 앉아 있는 사람 몇 외에는 다들 무사한 듯 보였다.

앞서 뛰어든 시민들이 부상당한 시민을 터널 밖으로 옮겼다.

우건은 그들이 대단하단 생각이 들었다.

이곳에 터널 상황을 제대로 아는 사람은 아무도 없었다.

사고가 심각하다면 터널이 무너져 같이 죽을 수 있는 상황이었다. 그러나 그들에게는 두려운 표정이 보이지 않았다. 한 사람이라도 더 구하려는 간절한 표정만 있을 뿐이었다.

"의사에요!"

소리친 수연이 달려가 부상자들을 돌봤다.

마땅한 의료기구가 없어 응급조치는 하지 못하지만 부상자의 상태를 파악해 옮겨도 되는 부상자와 들것이 필요한 부상자를 구분했다. 우건은 터널을 둘러보다가 더 안으로 들어갔다. 터널 가운데로 들어갈수록 상황이 더 나빠졌다. 사고지점과 가까워졌다는 뜻이었다. 우건은 피를 흘리는 젊은 남자 하나가 찌그러진 차문과 씨름하는 모습을 보았다.

우건은 그에게 다가갔다.

남자는 문이 종잇조각처럼 구겨지는 바람에 차에 갇혀 빠져나오지 못하는 부인의 이름을 부르며 거의 실성한 상태였다.

우건은 차 안을 슬쩍 보았다.

남자의 부인으로 보이는 젊은 여자가 에어백과 안전벨트, 찌그러진 차문사이에 끼어 전혀 움직이지 못하는 상황이었다.

우건의 시선이 여인의 아랫배로 향했다.

아기를 가진 듯 배가 많이 불러있었다.

"비켜보시오."

우건은 남자를 옆으로 밀친 다음, 차문을 홱 떼어 냈다. 그리고는 에어백과 안전벨트를 손으로 잘라 여인을 구속하던 장애물을 모두 제거했다. 여인은 곧 남자의 도움을 받아 차 밖으로 나올 수 있었다. 그때, 뒤에서 달려온 수연이 임산부부터 살폈다. 다행히 임산부와 뱃속 아기 모두 무사했다.

수연이 거의 실성한 듯한 남편에게 차분한 목소리로 설명했다.

"뱃속 아기와 임산부 모두 무사하니까 부축해서 터널 밖으로 빠져나가세요. 여기는 유독가스가 가득 차있어 위험해요."

정신을 차린 남편은 우건과 수연에게 연신 고맙다는 말을 하며 배가 남산만한 부인을 부축해 터널 밖으로 빠져나갔다.

우건과 수연은 터널 안으로 더 들어갔다. 곧 뒤집어진 버스와 그런 버스에 부딪쳐 연기가 피어오르는 차들이 보였다.

우건은 뒤집혀진 버스 안을 보았다.

동해안으로 여행을 갔던 단체 여행객인 듯 나이가 지긋한 노인들이 전복된 버스 안에서 어쩔 줄을 몰라 하는 중이었다.

우건은 전복된 버스 위로 올라가 차 하부를 뜯어내기 시작했다. 잡다한 부속품을 다 떼어 낸 다음, 두꺼운 철판을 바깥쪽으로 크게 벌려 노인들이 나올 수 있는 통로를 만들었다.

우건은 통로를 이용해 끌어올린 노인들을 수연에게 넘겼다. 수연은 노인들을 진찰해 중상자인지, 경상자인지 확인했다.

버스에 남은 마지막 노인을 끌어올리며 물었다.

"어르신이 마지막입니까?"

노인의 주름진 얼굴에 눈물자국이 선명했다.

"내 일일이 확인해 봤는데 기사와 정 씨 영감, 오 씨 할멈은……."

"알겠습니다. 우선 어르신부터 안전한 곳으로 대피하십시오."

우건은 노인을 안아 수연이 있는 곳에 데려다주었다.

다른 사람을 구하러 가려던 우건을 노인이 붙잡았다.

"이, 이름을 알려 주게."

"제 이름은 왜 궁금하십니까?"

"목숨을 구해 준 은인인데 이름 정도는 알아야 도리 아니겠는가."

우건은 고개를 저었다.

"그리 내세울 만한 이름은 아닙니다, 어르신."

고개를 숙여 보인 우건은 버스와 충돌해 거의 폭발직전이던 차들의 문을 떼어 내 안에 갇힌 사람을 구했다. 그러나 대부분 죽거나, 심한 부상을 입어 생명이 위독한 상태였다.

고개를 저은 우건은 더 안으로 들어갔다.

10미터를 더 들어간 순간, 마침내 사고지점이 눈에 들어왔다.

불길한 예감대로 사고를 낸 장본인은 바로 그 화물트럭이었다.

화물트럭 앞에는 거의 분쇄기로 압축한 것처럼 잔뜩 찌그러진 승용차 두 대가 불길에 휩싸여있었다. 화물트럭이 승용차를 강제로 벽에 밀어 버린 듯한 모습이었다. 우건은 차를 휘감은 불길 속에서 혹시 있을지 모르는 생존자를 찾았다.

그러나 두 차 모두 운전자와 동승자가 살아 있지 않았다.

우건은 고개를 돌려 화물트럭 운전석을 보았다. 우건은 원래 부동심을 익혀 흥분하거나, 살기를 드러내는 법이 없었다.

그러나 지금은 흘러나오는 살기를 그대로 표출했다.

운전석에 있는 운전기사는 수염을 지저분하게 기른 40대 사내였다. 우건이 몇 분 전에 보았던 운전기사와는 외모가 완전히 달랐다. 일단, 기사의 나이부터 전혀 맞지 않았다.

우건은 자신이 착각했을지 모른단 생각에 번호판을 확인했다. 그러나 번호판의 숫자는 좀 전에 본 트럭과 일치했다.

운전석에 앉아 있는 40대 사내는 트럭이라는 안전한 보호 장치 덕분에 이마가 조금 깨진 것 외에 다친 데가 없는 듯했다.

운전기사는 약에 취한 사람처럼 동공이 풀려있었다. 그리고 입가에는 거품이 묻어있었고 고개를 제대로 가누지 못했다.

우건이 보았던 강퍅한 인상의 젊은 사내가 약에 취한 것처럼 보이는 저 40대 사내로 기사를 바꿔치기한 게 분명했다.

우건은 음모의 냄새를 강하게 맡았다. 이번 터널사고는 우발적으로 일어난 사고가 아니라, 계획적인 살인이 틀림없었다.

주변의 모든 정황이 살인임을 말해 주었다. 우건은 기억할 수 있는 모든 정황을 머릿속에 집어넣은 다음, 입구로 돌아갔다. 수연은 버스와 부딪친 차에서 꺼낸 중상자 다섯 명을 돌보는 중이었다. 우건이 보기에 그 중 세 명은 아주 위독했다. 제때 병원에 도착해도 살아날 가능성이 거의 없었다.

물론, 일반적인 상황에서 그렇다는 말이었다. 지금 이곳에는 무공까지 익힌 뛰어난 외과의사와 한때 천하제일에 근접했던 절정고수가 있었다. 중상자의 가장 큰 위험요소는 출혈이었다. 우건과 수연은 혈도를 점혈해 출혈을 멈추었다. 그리고 진맥을 통해 생명을 위독하게 만든 원인을 제거하거나, 진행속도를 더디게 만들어 그들의 목숨을 구했다.

적절한 조치를 받는다면 어렵지 않게 회복할 수 있는 상태로 만들어둔 다음, 유독가스가 없는 터널 밖으로 이송했다.

급한 조치를 마무리한 우건은 일어나서 주위를 둘러보았다. 사고를 피한 시민들이 휴대전화를 꺼내 우건과 수연을 촬영하는 중이었다. 우건은 그들의 휴대전화를 모두 빼앗아 없애버릴 능력이 있었지만 그다지 좋은 선택 같지 않았다.

멀리서 구급차가 내는 사이렌 소리를 들은 우건은 수연을 차에 태워 멈춰있는 도로를 후진한 다음, 고속도로와 일반도로를 구분하는 가드레일을 돌파해 한적한 국도에 들어섰다.

손에 묻은 피를 닦던 수연이 걱정스레 물었다.

"사람들이 촬영하던데 영상을 인터넷에 올리면 어떻게 해요?"

"인피면구를 쓴데다 이 차 역시 대포차라 추적하지 못할 거야."

"이 차는 어떻게 할 거에요?"

"감시카메라로 추적할 수 있으니까 집에 가기 전에 없애야지."

우건은 국도 옆에 있는 샛길을 찾아 들어갔다.

"여기가 좋겠군."

우건이 차를 세운 곳은 한적한 저수지 근처였다.

우건은 먼저 수연의 지문이 묻었을 만한 곳을 깨끗이 지웠다. 우건이야 지문을 날인한 적이 없어 상관없지만 수연은 주민 등록할 때 지문을 날인해 지문으로 추적이 가능했다.

흔적을 없앤 다음엔 수연과 함께 차 밖으로 나와 삼매진 화로 시트에 불을 붙였다. 차는 곧 화염과 연기에 휩싸였다.

망을 보던 수연이 초조한 표정으로 물었다.

"차는 이대로 놔두고 갈 거예요?"

"아니, 좀 더 확실하게 없앨 생각이야."

우건은 수연을 좀 더 물러서게 한 다음, 파금장을 발출했다.

차 뒤쪽에서 쌍장으로 파금장을 발출하는 순간, 불이 붙은 트렁크가 10톤 트럭에 정통으로 받힌 것처럼 확 찌그러들었다.

우건은 원래 파금장을 사용할 일이 많지 않았다. 외공 고수를 사용할 때나 가끔 썼기에 입문자의 수준을 벗어나지 못했다. 그러나 이곳에 온 후에 파금장을 쓸 일이 많아 지금은 태을진천뢰와 함께 가장 자신 있는 장법 중에 하나였다.

펑펑펑!

우건의 파금장이 차체를 강타할 때마다 금속으로 만든 철판이 우그러지며 고물상 압축기로 압축한 것처럼 쪼그라 들었다.

우건은 부피를 최대한 줄인 차체를 저수지 가장 깊은 곳에 던져 버렸다. 저리 해놓으면 저수지 물을 빼기 전까지는 절대 찾지 못할 터였다. 차를 막 마무리했을 때, 저수지 입구에 진청색 RV차량 한 대가 모습을 드러냈다. 우건의 급한 연락을 받은 김은과 김동이 두 사람을 데리러 온 것이다.

김동이 열어 준 뒷문으로 차에 오른 수연이 고마움을 드러냈다.

"갑자기 이렇게 먼데까지 오게 해서 미안해요."

김은과 김동이 즉시 감격한 얼굴로 손사래를 쳤다.

"저희들이 어찌 감히 주모님께 인사를 받을 수 있겠습니까. 제발 그러지 마십시오. 저희들을 좀 더 편하게 대해 주십시오."

수연이 씽긋 웃었다.

"알았어요. 앞으론 좀 더 편하게 대하도록 할게요."

"감사합니다."

우건은 차에 오르기 전에 마지막으로 주위를 둘러보았다. 조용했다. 그나, 김은 등을 추격해온 자들은 보이지 않았다.

안심한 우건은 차에 올라 문을 닫았다.

"가지."

"예, 주공."

대답한 김은이 차를 운전해 저수지를 빠져나갔다.

차는 곧 서울로 가는 국도에 들어섰다.

긴장이 풀린 듯 수연은 다시 잠에 빠져들었다.

조수석를 차지한 김동이 고개를 돌리며 물었다.

"주모님과 함께 설악산에 있다는 태을문에 다녀오신 겁니까?"

"맞네. 사매는 본산에 참배한 적이 없어 겸사겸사 다녀왔네."

"오다가 서울로 오는 터널 안에서 사고가 발생해 사람들이 다쳤다는 뉴스를 라디오에서 들었습니다. 혹시 주공과 주모님이 관련된 게 아닌가 하여 오는 동안, 걱정이 많았습니다."

우건은 고개를 끄덕였다.

김동의 명석한 두뇌라면 서울로 가는 터널 안에서 일어난 다중충돌사고와 우건이 갑자기 대포차를 없앤 다음, 그들을 급하게 호출한 일을 어렵지 않게 연관 지을 수 있을 것이다.

우건은 터널 안에서 일어난 일을 김은과 김동에게 말해주었다.

김은이 룸미러에 시선을 주며 물었다.

"그럼 그 무공을 익혔다는 운전기사가 다른 사람이 트럭을 운전한 것처럼 조작한 다음, 본인은 현장에서 도망친 겁니까?"

"그럴 가능성이 아주 높네."

"그렇다면 다른 사람의 사주를 받은 청부살인 아니겠습니까?"

우건은 고개를 저었다.

"아직 밝혀진 건 없네. 청부살인일 가능성과 개인적인 원한에 의한 살인인 가능성이 다 있으니까. 하지만 사고는 아니야."

김동이 다시 고개를 돌리며 물었다.

"제가 조사해 보길 원하십니까?"

우건은 차창 밖으로 시선을 주며 대답했다.

"조사해 보게. 화물트럭 차량 번호와 트럭이 친 차량 두 대의 차량 번호를 기억해 두었으니까 거기서부터 시작하면 쉬울 것이네."

"알겠습니다."

김동은 바로 조사에 들어갔다.

차가 서울 강남에 막 접어들었을 때였다.

김동이 깜짝 놀란 얼굴로 모니터를 잠시 응시하다가 소리쳤다.

"큰일 났습니다!"

김동이 외치는 소리에 단잠에 빠져있던 수연까지 눈을 떴다.

"무슨 일이에요?"

"이번 터널 사고에서 사람들을 구한 남녀 두 명에 대한 소식으로 SNS가 지금 난립니다. 시민들이 촬영한 영상과 사진을 개인 계정에 업로드한 모양인데 조회수가 폭발적입니다."

김동이 SNS에 뜬 영상을 재생해 우건과 수연에게 보여주었다.

영상은 우건과 수연이 차에 갇힌 사람을 구하는 내용이 주를 이루었다. 우건이 문을 떼어 내는 모습이나, 전복된 버스에 올라가 차 하부를 뜯어내는 모습은 없어 그나마 다행이었다.

곧 현장에 도착한 기자들이 시민의 제보를 속보로 보도하기 시작했다. 우건과 수연이 슈퍼맨처럼 차를 들어 올려 안에 갇힌 사람들을 구했다거나, 동맥이 찢어진 중상자를 아무런 외과도구 없이 지혈하는데 성공했다는 등의 내용이었다.

수연의원에 도착한 우건과 수연은 2층에 올라가 인피면구를 벗고 몸에 묻은 먼지와 피를 닦았다. 그리고 다시 거실에 모여 TV뉴스를 시청했다. 신문사에 이어 방송사 기자들까지 우건과 수연의 이번 활약을 취재해 보도하기 시작했다.

이번 사고로 숨진 사람은 놀랍게도 트럭과 부딪친 차에 탔던 네 명에 전부였다. 그리고 병원으로 후송된 중상자는 일곱 명이었는데 일곱 명 모두 새벽 무렵에 안정 상태에 접어들어 생명에 지장이 없다는 내용이 뉴스를 통해 전해졌다.

뉴스에 중상자 중 한 명을 수술한 의사의 인터뷰가 나왔다.

—중상을 입은 환자 중에 세 명은 생명이 아주 위독한 상태였지만 현장에서 응급처치를 잘한 덕분에 살 수 있었습니다. 환자들을 진찰 할 때, 현장에서 응급처치를 도맡아한 분이 의사라는 말을 들었는데 같은 의사로서 존경심이 듭니다.

현장을 취재한 기자는 기사 말미에 현장에서 구조 활동한 남녀 두 명에게 사례하고 싶은 사람들이 많아 언론사와 경찰 등이 구조자의 신원을 확인하는 중이란 내용을 보도했다.

수연이 멋쩍은 미소를 지으며 TV를 껐다.

"사형 말대로 인피면구를 쓰고 대포차를 이용한 게 정말 다행이에요. TV에 나온 나나, 사형의 얼굴을 보고 우리를 아는 사람이 방송국과 경찰에 연락했다면 정말 끔찍했을 거예요."

"그래도 아직 안심하기에는 일러. 좀 더 지켜보자고."

"알았어요."

언론과 인터넷 커뮤니티를 중심으로 구조자의 신원을 알아내려는 움직임이 갈수록 커졌지만 신원을 알아내는 데는 결국 실패했다. 경찰이 우건과 수연이 탄 차가 찍힌 고속도로 감시카메라 영상까지 공개했지만 제보자가 나오지 않았다.

다행히 곧 연말과 새해가 이어진 덕분에 터널사고에서 영웅적인 활약을 펼친 남녀에 대한 관심은 점점 사그라져 갔다.

새해가 된 1월 1일 아침, 김동이 우건에게 전화를 걸어 말했다.

－조사하라 지시하신 차번호에서 무언가를 건진 것 같습니다.

－알겠네.

우건은 바로 쾌영문으로 넘어갔다.

10장. 유착(癒着)

"이걸 먼저 읽어 보십시오."

김동이 우건에게 노트북 화면을 보여 주었다.

불과 한 달 전에 작성된 짤막한 인터넷뉴스 기사였는데 서울에 위치한 사립 고등학교에 다니는 한 여학생이 가족이 거주하는 아파트 23층에서 투신해 사망을 했다는 내용이었다.

기사에 따르면 경찰은 타살정황이 없는 단순 투신자살로 결론 내린 상태였다. 그리고 기사 말미에는 사망한 여학생이 학교성적에서 오는 스트레스로 인해 평소에 우울증과 비슷한 증상들을 보였다는 친구들의 진술이 작게 적혀 있었다.

비극적인 일이지만 한국에서는 심심찮게 볼 수 있는 뉴스였다.

"이 기사가 왜?"

"터널 안에서 화물트럭에 받혔던 승용차 두 대 기억하실 겁니다. 그 중에 흰 차에 있다가 변을 당한 중년 부부가 이 기사에 학업성적 스트레스로 자살했다는 여학생의 부모입니다."

우건은 생각을 잠시 정리한 후에 다시 물었다.

"확실한가?"

"틀림없습니다."

"아직까지는 우연의 일치일 가능성이 있네. 좀 더 조사해 보게."

"알겠습니다."

김동은 시키는 대로 며칠 더 조사했다.

그러나 결과는 똑같았다.

터널사고 피해자 중에 자살한 여학생의 부모 외에는 달리 눈에 띄는 점이 없었다. 다들 평범한 가정을 꾸려가는 소시민으로 누군가에게 원한을 산 적이 없는 사람들이었다. 그리고 사고로 위장해 살인할 만큼 중요한 위치에 있지 않았다.

경찰은 설 며칠 전에 터널사고 조사결과를 발표했다.

경찰의 발표에 따르면 화물트럭 소유주인 43세 남성이 마약류인 암페타민을 복용한 상태에서 트럭에 실은 화물을 인천에 있는 항구로 옮기던 중에 부주의로 사고가 난 것이었다.

터널사고가 있기 며칠 전에 장거리 운전을 하는 화물트럭 운전기사들이 잠을 깰 목적으로 각성제를 상습 복용한다는 심층취재 기사가 떴던지라, 사람들은 이번 사고 역시 각성제에 중독된 마약중독자가 저지른 끔찍한 사고로 결론 내렸다.

신문과 방송은 마약, 암페타민, 다중추돌과 같은 자극적인 문구를 사용해 여론을 선동했지만 피해자에 대한 기사는 거의 찾아볼 수 없었다. 그저 기사에 실린 몇 줄이 다였다.

TV를 끈 우건이 김동에게 물었다.

"화물트럭 기사는 유죄판결을 받을 것 같은가?"

"예, 빼도 박도 못하는 상황입니다. 자기 소유 트럭인데다, 경찰이 현장에 도착했을 때 안전벨트까지 메고 운전석에 앉아 있었다고 합니다. 기사는 자기가 각성제를 상습 복용한 건 맞지만 암페타민을 해 본 적은 없다고 항변했습니다만 현장에서 체포된 거나 마찬가지여서 설득력이 떨어집니다. 또, 기억이 불분명해 증언으로서의 가치가 거의 없습니다."

우건이 미간을 찌푸리며 물었다.

"터널사고 피해자를 취재한 기사는?"

김동이 고개를 저었다.

"인터넷신문이 낸 기사 몇 줄이 답니다."

"그럼 일전에 자살한 여학생과 이번 터널사고로 사망한 부부의 관계를 취재한 방송사나, 신문사가 전혀 없다는 말인가?"

김동이 자기 역시 이해가 가지 않는다는 표정으로 대답했다.

"저도 이상하다고 느끼는 중입니다. 원래 이런 큰 사고에는 기자들이 거머리처럼 달라붙어 피해자 주변을 조사하기 마련입니다. 그들은 피해자에게 안타까운 사정이 있으면 클릭 수나, 판매부수를 올리기 위해 자극적인 헤드라인을 붙여 대중에게 팔아먹는 걸 좋아하니까요. 그런데 이번에는 아주 조용합니다. 자살한 여학생과 이번에 사망한 부부의 사정을 취재했다면 기사로 팔아먹기에 아주 좋은 소재일 텐데 말입니다. 취재가 어려운 것도 아닙니다. 부부의 지인을 찾아가서 말만 걸어도 바로 알 수 있는 내용일 겁니다."

김동은 자기 노트북을 가져와 엔터키를 눌렀다.

"이상한 건 그뿐만이 아닙니다."

"또 뭐가 있는가?"

"제가 며칠 전에 보여드린 기사 기억하십니까?"

"자살한 여학생을 다룬 기사 말인가?"

"그렇습니다. 제가 그 기사를 검색한 후 기사가 사라졌습니다. 원래 기사는 삭제해도 아카이브에 남는데 아카이브에도 없습니다. 누군가가 조직적으로 은폐 중이란 뜻입니다. 심지어 제 IP를 해킹하려고까지 했습니다. 물론, 그들은 전혀 상관없는 아르헨티나를 조사 중일 테지만 말입니다."

"역추적은 해봤나?"

김동이 씽긋 웃었다.

"제가 누굽니까? 당연히 해봤지요. 놈들은 강남 테헤란로에 있는 빌딩 사무실에서 제 IP를 해킹하려고 시도했습니다."

실마리를 잡은 우건은 바로 움직였다.

우건에게 설명을 들은 원공후는 흔쾌히 제자 두 명을 빌려 주었다. 우건은 운전에 특화된 김은과 이런 일에는 누구보다 뛰어난 김동과 함께 쾌영문을 나와 강남으로 출발했다.

김동의 IP를 해킹하려한 자들은 강남 테헤란로에 있는 20층짜리 최신식 빌딩에서 근무 중이었다. 자정까지 기다린 우건은 빌딩에 입주한 회사이름이 적힌 표지판을 먼저 살폈다.

증권회사, 은행, 건설사의 이름이 적혀 있었다.

우건의 시선이 그 중 한성미디어랩이라 적힌 이름에 향했다.

우건은 귀에 찬 이어셋으로 차에 있는 김동에게 물었다.

-한성(漢城)미디어랩은 어떤 회사인가?

-바로 조사해서 알려 드리겠습니다.

김동은 대답과 동시에 키보드를 누르기 시작했다.

-한성미디어랩은 한성그룹이 보유한 자회사 중에 하나입니다.

-한성그룹이라면 한성신문이 발행하는 그 그룹 말인가?

-맞습니다. 한성그룹은 구한말에 창간한 한성신문(漢城新聞)을 모태로 하는 언론재벌입니다. 지금은 한성신문 외에 HS TV라는 이름의 종편채널과 주간 한성, 월간 한성과 같은 잡지회사, 그리고 HSI라는 검색포털 등을 갖고 있습니다.

우건은 고개를 끄덕였다.

그 역시 한성이라는 이름이 들어간 종편채널을 시청한적이 있었다. 그리고 한성에서 발행한 신문과 잡지 등을 읽은 기억이 있으며 한성이 만든 검색포털에서 검색한 적이 있었다. 말 그대로 한성그룹은 언론을 장악한 언론공룡이었다.

우건은 한성그룹에 대한 인상이 별로 좋지 않았다.

한성그룹은 전 정권의 가장 큰 혜택을 보며 성장한 기업으로 한승권이 대통령일 때, 정부를 적극 옹호한 언론으로 악명을 떨쳤다. 그리고 한승권이 탄핵당할 때, 선두에 서서 한승권을 적극 비호한 언론이었다. 또, 19대 대통령 선거에서는 한정당 후보 이정백의 개인 홍보방송을 자처하였다.

우건은 이어셋으로 물었다.

-한성그룹에 이번 사건을 조직적으로 은폐할만한 힘이 있는가?

-있습니다. 전 정권의 지시를 받은 한성그룹이 포털에 뜨는 실시간검색어를 조작하거나, 언론사 허락 없이 특정 기사를 내리는 등의 불법을 저지르다가 고발된 전력이 있습니다.

빌딩에 잠입한 우건은 감시카메라를 피해가며 한성미디어랩이 있는 15층에 도착했다. 당연히 사무실 문은 굳게 닫혀 있었다. 우건은 생전 처음 보는 경보장치가 달려 있는 문손잡이 쪽을 자세히 관찰했지만 그로서는 어떤 장치인지 알 방법이 없었다. 그러나 그는 당황하지 않았다. 바로 문에 달려 있는 경보장치를 촬영해 차에 있는 김동에게 전송했다.

김동이 곧 의문을 풀어 주었다.

-지문과 홍채를 동시에 인식해야 열리는 첨단 보안장치입니다.

-지문과 홍채가 맞지 않으면 못 연다는 말인가?

-이 세상에 완벽한 보안장치는 존재하지 않습니다.

-열 수 있다는 말인가?

-당연하지요. 하지만……

-하지만 뭔가?

-시간은 좀 걸릴 겁니다. 우선 제가 시키는 대로 하십시오.

우건은 김동이 시키는 대로 보안장치를 보호하는 플라스틱 껍데기를 조심해 벗겼다. 그리고는 해킹프로그램이 깔린 단말기를 꺼낸 다음, 단말기 케이블을 보안장치와 연결했다.

그때, 문 뒤에서 발걸음소리가 들렸다.

우건은 급히 이어셋으로 물었다.

-경비원인가?

건물 보안카메라를 해킹한 김동이 고개를 저었다.

-경비원 같지는 않습니다.

단말기 케이블을 떼어 낸 우건은 보안장치를 씌운 플라스틱 껍데기를 다시 원위치에 돌려놓은 다음, 벽에 붙어 숨었다.

그때였다.

육중한 철문이 쿵하는 소리를 내며 천천히 열렸다. 뒤이어 머리카락이 흐트러진 30대 초반의 사내가 나와 문이 닫히기를 기다렸다. 육중한 철문은 다시 쿵하는 소리를 내며 닫혔다.

층계와 승강기 사이의 복도를 둘러본 사내가 층계로 걸어갔다. 그리고는 층계 사이의 계단에 앉아 담배를 하나 꺼냈다.

앞에 있는 벽에 건물 전면흡연금지라는 글자가 적혀 있었지만 사내는 크게 신경 쓰는 기색이 아니었다. 담배에 불을 붙여 한 모금 길게 빤 사내가 왼손으로 뒷목을 문질렀다.

철야작업 하다가 잠시 쉬러 나온 회사원인 듯했다.

우건은 사내 뒤에 슬며시 접근해 아혈을 제압했다. 아혈을 제압당한 사내가 깜짝 놀라 소리를 지르려했지만 목소리가 나올 리 만무했다. 우건은 그 틈에 사내의 뒷목을 틀어쥐었다. 그리고는 청성검의 검집으로 뒷목을 지그시 눌렀다.

서늘한 감촉을 느낀 사내가 몸을 부르르 떨었다.

우건은 사내가 벽을 보게 만든 다음, 귀에 속삭이듯 물었다.

"한성미디어랩직원이오? 맞으면 고개를 끄덕이시오."

침을 꿀꺽 삼킨 직원이 고개를 끄덕였다.

우건이 다시 물었다.

"말을 다시 하고 싶소?"

직원이 잠시 고민하다가 다시 고개를 끄덕였다.

"내가 묻는 말에 진실만을 말하면 말을 할 수 있게 해 주겠소."

직원이 알았다는 듯 고개를 열심히 끄덕였다.

우건은 아혈을 풀어 주며 물었다.

"한성미디어랩에서 무슨 일을 맡고 있소?"

직원이 떨리는 목소리로 대답했다.

"미, 미디어에 관한 연구를 하고 있습니다."

"다시 한 번 물어보겠소. 다음에는 진실을 말하시오. 기회는 원래 많이 주어지는 법이 아니니까. 무슨 일을 맡고 있소?"

"저, 정말입니다. 미디어 플랫폼의 변화를 연구하고 있습니다."

우건은 한숨을 짧게 내쉬었다.

"좀 전에 말했듯 기회는 원래 많이 주어지는 법이 아니오. 만약, 이번에도 거짓말을 하면 다른 사람에게 물어볼 것이오."

직원이 겁에 질린 목소리로 물었다.

"다, 다른 사람에게 물어본다는 말이 무슨 뜻입니까?"

"당신이 상상한 그 뜻일 것이오."

직원이 무슨 상상을 했는지 우건이 알 도리는 없었다. 그러나 아주 무서운 상상을 한 듯 그는 몸을 사시나무처럼 떨었다.

"저, 전 미디어랩에서 웨, 웹을 관리하는 일을 맡고 있습니다."

"구체적으로 말하시오."

긴장이 조금 풀린 듯 직원은 폭포수처럼 말을 쏟아냈다.

"대통령이 파면되기 전에는 정권을 옹호하는 글이나, 댓글을 인터넷에 올렸습니다. 그리고 대선 때부터 지금까진 대통령과 정권 주요 인사들을 비방하는 내용을 올리고 있습니다."

충격적인 고백이었다.

한성신문은 지면과 방송을 모두 동원해 현 대통령과 여당 인사들을 비판하는 데 전력을 쏟는 중이었다. 한데 그것으로 만족할 수가 없었는지 이 직원과 같은 댓글부대를 고용해 대통령과 정권 주요 인사들을 비방해 오고 있었던 것이다.

그러나 우건이 알고 싶은 내용은 따로 있었다.

"인터넷기사를 삭제한 적이 있소?"

"무, 무슨 뜻인지 잘 모르겠습니다."

"한 달 전에 명문 사립학교에 다니던 여학생이 학업 스트레스로 인해 스스로 목숨을 끊었단 기사가 올라온 적 있소. 한데 누가 그 기사를 검색하자마자 그 기사는 종적을 감췄소. 그리고 기사를 삭제한 자들이 그 기사를 검색한 사람의 IP까지 추적해 해킹하려 했소. 그에 대해 아는 게 있소?"

"저, 저는 댓글부대만 운영했을 뿐입니다. 그런 걸 잘 모릅니다."

"그럼 누가 알고 있소?"

직원이 지체 없이 대답했다.

"미, 미디어랩 5팀은 전문 해커로 구성되어 있습니다. 누, 누군가의 IP를 추적해 해킹하려했다면 그들일 가능성이 높습니다."

직원의 턱을 당겨 입을 벌린 우건은 주머니에서 붉은 환약을 꺼내 직원 입에 밀어 넣었다. 직원은 먹지 않으려 애썼지만 소용없었다. 우건이 손으로 직원의 코와 입을 막는 바람에 뱉어낼 새도 없이 환약이 목구멍으로 넘어가 버렸다.

직원이 겁에 잔뜩 질려 물었다.

"제, 제가 방금 먹은 게 뭡니까?"

"독약이오."

"그, 그럼 이제 죽는 겁니까?"

"환약을 싼 껍질이 위액에 녹으면 끔찍한 고통이 찾아올 것이오. 그리고 살이 문드러지다가 결국 숨이 끊어질 것이오. 그러나 살 방도가 전혀 없진 않소. 껍질이 위액에 녹기 전에 해독약을 복용하면 부작용 없이 말끔하게 해독할 수 있소."

직원은 눈치가 빨랐다.

"제, 제가 시키는 대로 하면 해독약을 주실 겁니까?"

"그렇소."

"뭐, 뭐든지 하겠습니다. 제, 제발 살려 주십시오."

우건은 직원 손에 USB를 하나 쥐어주었다.

"그 USB를 인터넷이 연결된 사내 컴퓨터에 부착하시오."

직원이 땀이 젖은 손으로 USB를 꼭 쥐며 물었다.

"그, 그러면 해독약을 주시는 겁니까?"

"그렇소."

"아, 알겠습니다. 시, 시키는 대로 하겠습니다."

그때였다.

직원의 뒷목을 압박하던 차가운 기운이 갑자기 사라졌다. 조심스레 고개를 돌린 직원은 등 뒤에 아무도 없는 것을 확인하고 깜짝 놀라 주위를 둘러보았다. 휑한 층계와 벽만 보일 뿐, 주변 어디에도 사람이 머물렀던 흔적이 없었다.

그때였다.

귓속으로 날카로운 음성이 고막을 찌르는 것처럼 들려왔다.

─환약을 싼 껍데기가 녹기 전에 서두르시오.

직원은 멍한 얼굴로 주위를 둘러보았다.

그러나 여전히 사람은커녕, 그림자도 보이지 않았다.

직원은 손에 쥔 USB를 보았다.

현실이 분명했다.

꿈이라면 자기 손에 USB가 있을 리 없었다. 자신이 복용한 환약에 생각이 도달한 직원은 서둘러 사무실로 돌아갔다.

일월보로 숨어 있던 우건이 이어셋으로 김동에게 물었다.

-그가 성공했나?

-예, USB에 있던 트로이목마로 방금 방화벽을 뚫었습니다.

우건은 직원이 돌아오길 기다렸다.

잠시 후, 문밖으로 다시 나온 직원이 주위를 두리번거렸다.

우건을 찾는 듯했다.

아니, 정확히 말하면 우건이 가진 해독약을 찾는 듯했다.

우건은 그 앞에 환약을 하나 던졌다.

-그걸 복용하면 해독이 될 것이오.

전음을 들은 직원은 살았다는 표정으로 환약을 집어삼켰다.

사실, 그에게 준 붉은 환약은 독약이 아니었다. 붉은 환약은 내상에 즉효인 단약으로 일반인이 복용하면 수명을 조금 늘려 주는 효과가 있었다. 그리고 방금 전에 해독약이라며 건넨 환약 역시 내상을 치료하는 데 사용하는 단약이었다.

우건은 원공후가 예전에 가짜 환약으로 다른 사람을 속이던 모습에서 힌트를 얻어 그대로 실행했다. 어쨌든 덕분에 복잡한 보안장치를 해킹할 필요 없이 내부에 침투할 수 있었다.

우건은 떠나기 전에 마지막 전음을 보냈다.

ㅡ어차피 당신이 했다는 게 곧 들통 날 거요. 내가 만약 당신이라면 이번 일이 잠잠해질 때까지 가족과 함께 피해 있겠소.

직원에게 조언한 우건은 빌딩을 나와 두 블록 떨어진 장소에 주차해 둔 차에서 기다리던 김은, 김동 두 명과 합류했다.

차에 오른 우건이 김동에게 물었다.

"해킹은 바로 가능한가?"

김동이 미간을 찌푸리며 대답했다.

"지금 가진 장비로는 어렵습니다. 1차 방화벽은 뚫었지만 핵심정보가 모여 있는 곳엔 좀 더 강한 방화벽이 있었습니다. 한성그룹이 실력이 꽤 괜찮은 해커들을 고용한 듯합니다."

"그들을 이기기 힘든가?"

우건이 자존심을 건드린 듯 김동이 발끈해 대답했다.

"한국에서 저를 따라올 해커는 없습니다."

"그럼 장비와 장소만 준비하면 되겠군. 일단, 돌아가지."

쾌영문으로 돌아간 우건 일행은 경기 남부에 있는 폐공장을 하나 빌린 다음, 필요한 장비를 구입하기 시작했다. 비용이 꽤 나갔지만 우건이나, 쾌영문이나 돈에 구애받을 사람들이 아니었다. 김동은 구입한 장비를 폐공장 안에 설치했다.

우건은 설비를 마친 폐공장에 들어가 안을 둘러보았다.

컴퓨터 몇 대와 처음 보는 장비들이 정신없이 돌아가는 중이었다. 김동은 마치 오케스트라를 지휘하는 지휘자처럼 가운데 서서 컴퓨터 모니터를 확인하며 키보드로 무언가를 입력했다. 그리고 키보드를 사용하지 않을 때는 그를 도와주기 위해온 임재민에게 처음 듣는 단어로 계속 지시를 내렸다.

우건이 김동에게 걸어가 물었다.

"상황이 어떤가?"

김동이 가장 큰 모니터를 주시하며 대답했다.

"명령만 내리시면 바로 시작할 수 있습니다."

"해킹하는데 문제점은 없는가?"

"방화벽을 뚫는 것은 식은 죽 먹기나 다름없습니다. 문제는 안에 들어가 자료를 다운하는 동안, 그곳에 있는 해커들이 저를 추적해오는 상황입니다. 그들이 저를 추적하기 전에 다운을 마치지 못하면 귀찮은 일이 생길지도 모릅니다."

우건은 숫자와 영어단어로 가득한 모니터를 보며 대답했다.

"가끔은 귀찮은 일을 감수해야 할 때가 있는 법이지."

우건은 김동과 몇 가지 상의한 후에 작업을 시작하라 명했다.

잠시 후, 손가락을 빠르게 푼 김동이 각성효과가 있는 음료를 한 모금을 쭉 빤 다음, 키보드 자판을 정신없이 두드렸다.

시커먼 모니터에 숫자와 영어 알파벳이 엄청나게 빠른 속도로 채워지기 시작했다. 김동은 키보드 자판을 정신없이 두드리는 와중에도 그 옆에 있는 대형모니터를 꼼꼼히 살폈다. 대형모니터는 작업진행상황을 실시간으로 보여 주었다.

"방화벽을 깼습니다! 이제 메인 데이터베이스에 접근합니다!"

김동의 보고가 계속 이어졌다.

"지금 막 데이터베이스에 진입해 자료를 검색하는 중입니다!"

검색프로그램으로 데이터베이스의 자료를 샅샅이 살피던 김동이 다시 각성효과가 있는 음료를 벌컥벌컥 들이켰다.

김동이 음료를 들이킬 때마다 손가락이 더 빨라지는 듯했다.

"자료를 찾았습니다!"

소리친 김동이 옆자리에 있는 임재민에게 지시했다.

"다운해!"

"예, 사형!"

대답한 임재민이 엔터키를 누르는 순간, 데이터베이스의 자료가 이곳으로 넘어오기 시작했다. 김동이 대형모니터를 바라보며 침을 꿀꺽 삼켰다. 그때였다. 대형모니터에 빨간 글씨로 경고를 뜻하는 영어단어가 정신없이 반짝이기 시작했다.

"놈들이 자료에 바이러스를 풀었습니다!"

실제로 상황을 모니터하는 화면에 글자들이 깨져 나타났다. 심지어 그 중에 한 컴퓨터는 자기 혼자 꺼지기까지 했다.

"젠장!"

김동은 얼른 메인 컴퓨터에 USB저장장치를 부착했다. USB에 바이러스제거프로그램이 들어 있는 듯 다운로드한 자료와 함께 침투한 바이러스가 빠르게 제거되기 시작했다. 다행히 바이러스에 감염된 저장장치들이 곧 정상으로 돌아왔다.

잠시 후, 이번에는 노란색 경고창이 모든 모니터에 나타났다.

"미디어랩 해커들이 저를 추적 중입니다! 디코이를 추적 경로에 깔아 다른 곳으로 유도 중이지만 완벽하지는 않습니다!"

우건은 급히 물었다.

"완벽하지 않다는 게 정확히 무슨 뜻인가?"

"디코이로 위치를 속일 수는 있지만 몇 백 미터 차이에 불과합니다. 놈들이 주변을 수색하면 발각될 위험이 있습니다."

대답한 김동이 임재민에게 물었다.

"얼마나 다운했어?"

"지금 10퍼센트를 넘겼습니다!"

혀를 찬 김동이 고개를 돌려 우건에게 보고했다.

"생각보다 자료 양이 많아 제때 마치기가 어려울 것 같습니다."

우건은 다운에 걸리는 시간보다 다른 문제가 더 걱정되었다.

"놈들이 만약 여기서 자료유출을 방지하기 위해 외부와의 연결을 끊어버리면 필요한 자료를 다 다운받지 못하는 건가?"

김동은 지체 없이 고개를 저었다.

"물론, 해킹당할 때 가장 좋은 방법은 외부와의 연결을 차단해버리는 겁니다. 그러나 솜씨가 있는 놈, 아니 자기 실력이 뛰어나다고 믿는 놈일수록 그렇게 하기 어렵습니다. 전원을 꺼버리는 건 상대 실력에 굴복한다는 의미가 있으니까요."

"해커들끼리의 자존심 문제라는 거군."

"맞습니다. 그리고 자료가 이미 넘어간 이상, 자료를 빼간 상대를 추적해 뿌리까지 없애는 편이 더 안전하기 때문입니다."

"자네를 추적하기 위해서라도 연결을 끊을 수 없다는 말인가?"

"그렇습니다."

우건은 모니터를 지켜보는 일이 점점 지겨워졌다.

"놈들이 추격해온다면 그 전에 상의한 대로 움직이도록 하지."

"알겠습니다."

대답한 김동은 바로 마무리작업에 들어갔다.

눈이 군데군데 쌓인 국도를 검은색 승합차 두 대가 빠른 속도로 질주했다. 도로에 깨진 데가 있어 차체가 출렁일 때마다 차 하부가 바닥에 긁혔지만 속도는 떨어지지 않았다.

끼이익!

승합차 두 대는 마치 레이싱을 하는 것처럼 각도가 거의 90도에 가까운 커브를 재빨리 돌아 비포장도로로 들어섰다.

진입로 끝에는 녹슨 철문 하나가 입구를 막고 있었다. 그리고 철문 가운데에는 풍상에 젖어 군데군데 칠이 벗겨진 출입금지 팻말이 달려 있었다. 그러나 속도를 줄이지 않은 승합차 두 대는 전속력으로 돌진해 철문을 통째로 부숴 버렸다.

끼이이익!

빙판에 미끄러진 차를 세우는 것처럼 급제동한 차 두 대에서 검은 양복과 검은 선글라스를 착용한, 그리고 권총과 기관단총, 검 등으로 무장한 사내 10명이 뛰어내려 앞에 보이는 공장으로 달려갔다. 덩치 큰 사내가 가장 먼저 달려가 쇠사슬이 달린 자물쇠로 막아둔 공장 문을 발로 걷어찼다.

퍼엉!

공장 문이 종잇조각처럼 찌그러져 날아갔다.

사내들은 권총과 기관단총으로 사방을 수색하며 공장 안으로 진입했다. 무인이라기보다는 군사훈련을 받은 군인 같았다.

그러나 공장 안에는 그들이 찾는 물건이 없었다.

공장 안에는 낡은 공작기계와 먼지가 잔뜩 앉은 테이블이 널려 있을 뿐이었다. 수천만 원을 호가하는 최첨단 컴퓨터와 서버를 방불케 하는 해킹용 전자장비는 눈에 띄지 않았다.

그때였다.

공장 안을 수색하던 사내가 소리쳤다.

"이곳으로 와보십시오! 여기 뭔가 있습니다!"

그 말에 황당한 표정으로 주위를 둘러보던 다른 사내들이 공안 안으로 몸을 날렸다. 모두 경신법을 익힌 무림인이었다.

얼굴이 검게 탄 중년 사내가 방금 전에 소리친 사내에게 물었다.

"뭔가?"

사내는 대답 대신 무언가를 덮고 있던 파란색 천을 뒤집었다.

그 순간, 작은 노트북이 모습을 드러냈다.

그들이 공장에 들어오기 전부터 켜져 있었는지 시커먼 화면에 하얀 글씨로 적힌 숫자와 영어단어가 계속 반짝거렸다. 그리고 노트북 뒤엔 공장 벽에서 나온 랜선이 달려 있었다.

얼굴이 검게 탄 중년 사내가 손짓으로 뒤에 있는 부하를 불렀다. 그 부하는 손에 태블릿PC를 들고 있었는데 추적프로그램을 돌리는 듯 인터넷지도와 IP정보 등이 출력되어 있었다.

중년 사내가 가까이 다가온 부하에게 지시했다.

"네가 한번 살펴봐라."

"예."

대답한 부하가 바닥에 있는 노트북을 들어 올리는 순간, 노트북 화면이 갑자기 밝은 색으로 바뀌더니 귀여운 소녀 캐릭터가 윙크를 하며 혀를 날름 내미는 영상이 나타났다. 그리고 화면 중앙에는 '속았지 메롱' 이라는 문구가 적혀 있었다.

화가 머리끝까지 난 듯 중년 사내의 볼 살이 푸들푸들 떨렸다.

"저 노트북에 적힌 문구가 사실이냐?"

노트북을 살펴보던 부하가 벌떡 일어나 대답했다.

"그, 그런 것 같습니다."

"그런 것 같다니? 우리가 정말 그 개새끼한테 속았다는 거야?"

긴장한 부하가 침을 꿀꺽 삼키며 대답했다.

"노, 노트북에 추적을 따돌리는 디코이를 심어둔 것 같습니다."

양복상의 단추를 푼 중년 사내가 한숨을 내쉬며 물었다.

"니가 한성미디어랩에 있는 해커새끼들이 최고라고 하지 않았냐?"

"그, 그렇습니다. 한성미디어랩 해커들은 한국 최고의

실력을 가진 해커들입니다. 아마 국정원이나, 군보다 나을 겁니다."

"그럼 그런 새끼들이 정체도 불확실한 놈한테 빤스까지 탈탈 털렸다는 거 아냐? 너는 지금 그게 말이 된다고 생각하냐?"

"이, 이 바닥은 원래 고수들이 많아서 이상한 일이 아닙니다."

이마를 짚은 중년 사내가 다시 물었다.

"그럼 놈을 다시 추적할 방법은 있는 거냐?"

곰곰이 생각하던 부하가 대답했다.

"디코이로 속이긴 했지만 이 근방일 확률이 높습니다."

"거리는?"

"수백 미터 안쪽일 겁니다. 확실합니다."

"또 틀리는 날에는 단단히 각오해야 할 것이다."

부하를 윽박지른 중년 사내가 부하들을 한자리에 모았다.

"다행히 방금 전 이 근처 수백 미터 안에 놈이 있을 확률이 높단 말을 들었다. 이곳에는 농가와 문을 닫은 공장 몇 군데밖에 없으니까 다들 공장 밖으로 나가서 놈을 찾아라."

"옛!"

중년 사내의 지시를 받은 부하들이 공장 문으로 뛰어갈 때였다.

문이 있던 자리에 복면을 착용한 사내가 검을 등에 빗겨 찬 모습으로 우뚝 서 있었다. 사내는 체격이 크고 탄탄해 적지 않은 크기의 문이 꽉 찬 것처럼 느껴졌다. 그리고 복면에서 유일하게 드러난 두 눈은 물빛처럼 담담해 보는 사람을 흠칫하게 만들었다. 사람의 눈은 감정의 통로였다. 그러나 문을 막아선 사내의 눈에선 감정이 전혀 느껴지지 않았다.

공장 밖으로 나가려던 부하들이 흠칫하며 물러서는 순간, 지시를 내렸던 중년 사내가 몸을 날려 우건 앞에 내려섰다.

"복면을 쓰고 검을 찬 상태로 우리 앞에 모습을 드러냈다는 말은 네가 이번 사건을 꾸민 범인이란 뜻이겠지. 맞느냐?"

말을 마친 중년 사내가 기파를 퍼트려 주위를 살폈다. 주변에 복면사내를 돕는 방수(幫手)가 있는지 알아보려는 듯했다.

복면사내가 고개를 천천히 저었다.

"그럴 필요 없소. 나 혼자 왔으니까."

고개를 살짝 끄덕인 중년 사내가 다시 복면사내에게 집중했다.

"그 꼴로 나타났단 말은 순순히 항복할 생각이 없단 뜻이겠지?"

"잘 아는군."

히죽 웃은 중년 사내가 물러서며 손짓했다.

그 순간, 중년 사내 옆에 서 있던 사내 두 명이 앞으로 나와 손에 쥔 기관단총으로 우건을 겨누었다. 우건은 총구가 올라오는 모습을 보면서 양손을 앞으로 뻗어 지력을 발출했다.

무음무영지였다.

타타타탕!

기관단총이 내는 시끄러운 총성이 공장 안을 울리며 지나갔다.

그리고 그와 동시에 기관단총을 든 사내 두 명이 미간에 피를 흘리며 털썩 쓰러졌다. 재빠른 동작으로 기관단총 방아쇠를 당기는 데는 성공했지만 그 바람에 무음무영지를 피하지 못했다. 소리와 흔적이 전혀 없는 무음무영지는 지근거리에서 그 어떤 총보다 강력하며 훨씬 위험한 수단이었다.

중년 사내가 손가락으로 하늘을 가리켰다.

"위다!"

중년 사내의 말처럼 우건은 공중에 떠 있었다. 무영무음지를 발출함과 동시에 비응보로 몸을 날려 탄환세례를 피한 것이다.

중년 사내의 말이 끝나기 무섭게 부하들이 기관단총과

권총 등 가지고 있는 화기로 맹렬한 공격을 해왔다. 슬레이트 지붕에 구멍이 숭숭 뚫리며 먼지와 파편이 비처럼 쏟아졌다.

그러나 연발사격으로 발사한 수백 발의 탄환 중에 우건을 맞힌 탄환은 없었다. 우건은 이미 총구가 천장으로 향할 때, 천근추(千斤墜)의 수법으로 지상에 내려와 있었던 것이다.

우건은 바닥에 앉듯이 자세를 낮춰 선풍무류각의 선와각을 펼쳤다. 우건의 몸이 팽이처럼 제자리를 한 차례 도는 순간, 근처에 있던 사내 두 명이 다리가 부러져 바닥을 굴렀다. 우건은 표풍장을 연속 펼쳐 쓰러진 사내의 숨통을 끊었다.

"개새끼가!"

소리친 사내가 권총으로 우건을 겨누었다. 무공을 익힌 사내가 겨누는 총은 일반인이 겨누는 총보다 위력이 뛰어나산.

탄환이 가진 위력은 동일하지만 조준과 격발에 걸리는 시간이 일반인보다 훨씬 빨랐던 것이다. 우건은 총구가 정지함과 동시에 이형환위로 피했다. 우건을 스치듯 지나간 탄환이 우건의 뒤를 호시탐탐 노리던 동료의 배에 가서 박혔다.

"빌어먹을!"

동료를 맞힌 사내가 당황해 멈칫거릴 때였다. 우건은 공수탈백인(空手奪白刃)의 수법으로 권총을 빼앗아 그를 겨누었다.

"으악!"

비명을 지른 사내가 신법을 펼쳐 도망칠 때, 우건은 재빨리 섬영보로 따라붙어 방아쇠를 연속 당겼다. 총을 쏴보는 것은 처음이지만 그리 어렵지는 않았다. 결과 역시 확실했다.

사내는 뒤통수에 탄환 두 발을 맞고 거꾸러졌다.

우건은 뒤로 돌아서며 다시 방아쇠를 당겼다.

좀 전에 동료의 오인사격으로 배에 탄환을 맞은 사내가 주춤거리며 피하다가 우건이 쏜 탄환에 관자놀이를 관통당했다.

부하들이 연달아 쓰러지는 모습을 본 중년 사내가 소리쳤다.

"총을 쓰지 마라!"

그 말에 기관단총과 권총을 바닥에 버린 부하들이 검과 칼 같은 냉병기와 권장지각으로 우건을 다시 상대하기 시작했다.

우건은 칼을 휘두르며 덮쳐오는 사내에게 권총을 조준해 방아쇠를 당기다가 옆으로 몸을 날려 피했다. 총알이 떨어진 듯 탄환이 더 이상 나가지 않았다. 우건은 칼을 휘두르는 사내의 가슴에 빈총을 던졌다. 사내가 칼을 비스듬히 내리쳐 권총을 막아 냈을 때, 섬영보로 거리를 좁힌 우건이 우장 장심을 사내의 옆구리에 붙였다. 그리고는 파금장을 발출했다. 강맹한 장력이 사내의 갈비뼈를 통째로 박살냈다.

우건은 선 채로 절명한 사내가 놓친 칼이 떨어지기 직전에 잡아 등 뒤로 던졌다. 검으로 우건의 등을 찔러가던 사내가 보법을 밟아 급히 피할 때였다. 갑자기 허공에 정지한 칼이 섬광과 함께 폭발해 그 근처에 있던 세 명을 휘감았다.

섬광이 사라진 자리엔 칼의 파편이 온몸에 박혀 즉사한 적 세 명이 그들이 흘린 피로 만들어진 피 웅덩이에 누워 있었다.

우건이 중년 사내를 제외한 사내들을 쓰러트리는데 걸린 시간은 그야말로 촌각에 불과했다. 부하들이 죽어나가는 동안 얼굴 표정이 시시각각 변하던 중년 사내가 갑자기 기습을 가했다. 조공(爪攻)을 익힌 듯 손가락 끝에서 날카로운 경력이 뻗어 나왔다. 우건은 유수영풍보로 중년 사내의 조공을 피하다가 두 팔을 교차하듯 내밀어 사내의 공격을 막았다.

태을십사수의 쌍비희왕였다.

카앙!

쌍비희왕에 막힌 중년 사내의 오른팔이 뒤로 젖혀지며 가슴이 무방비상태로 드러났다. 우건은 곧장 사내의 가슴에 표풍장을 펼쳐갔다. 그때, 사내가 왼팔을 빙글 돌려 표풍장을 막았다. 우건은 다시 따라붙으며 비원휘비, 맹룡조옥, 광호기경, 흑웅시록을 연달아 펼쳤다. 초식이 갈수록 빨라진 탓에 허둥지둥하던 중년 사내가 가까스로 공격을 막아 냈다.

우건은 거리를 더 좁혔다.

이제 우건과 중년 사내의 거리는 1미터에 불과해 서로의 숨소리가 그대로 느껴질 정도였다. 우건은 무영무음지와 태을십사수로 사내를 공격했고 사내는 조공과 각법으로 막아 냈다.

그때, 우건의 미간이 찌푸려졌다.

두두두!

공장 상공에서 헬리콥터가 내는 로터소리가 들려온 것이다.

우건은 태을진천뢰를 펼쳤다.

쿠르릉!

천둥치는 소리가 은은하게 울려 퍼지는 순간, 무형의 장력이 곧장 중년 사내의 가슴을 짓쳐갔다. 중년 사내는 화들짝 놀라 그가 알고 있는 가장 강력한 초식으로 방어하려 들었다.

그러나 태을진천뢰의 장력은 중년 사내의 방어를 가볍게 부순 다음, 사내의 가슴으로 빨려 들어갔다. 뼈가 부러지는 소리와 함께 피를 뿜은 중년 사내가 공중으로 3미터를 솟구쳤다.

우건은 중년 사내가 쓰러지는 모습을 지켜보지 않았다.

헬리콥터가 내는 로터소리에 더 신경이 쓰였던 것이다.

공장을 나온 우건은 고개를 들어 하늘을 보았다.

경찰이란 문구가 적힌 육중한 헬기가 사방에 엄청난 강풍을 쏟아내며 정지비행 중이었다. 우건의 미간이 더 찌푸려졌다.

드르륵!

그때, 헬기 문이 열리더니 아래위가 붙어 있는 특수한 복장을 걸친 네 명이 그대로 뛰어내렸다. 그들 중 한 명은 전에 본적이 있었다. 바로 특무 1팀 팀장 최무환(崔茂煥)이었다.

전혀 예상하지 못한 장소에서 특무 1팀 팀장을 만난 것이다.

〈7권에 계속〉